Mord süß-sauer

EIN OXFORD-TEAROOM-KRIMI
BAND II

VON

H.Y. HANNA

AUS DEM ENGLISCHEN VON

RITA KLOOSTERZIEL

Inhaltsverzeichnis

Kapitel 1

Ein altes Sprichwort besagt: „Der Weg in den Himmel führt durch eine Teekanne." Leider kann auch der Weg zur Hölle durch eine Teekanne führen, wie ich bald erfahren musste ...

Als ich an jenem Frühlingsmorgen von Oxford in die Cotswolds radelte, war ich mit meinen Gedanken nicht bei der Hölle, wohl aber bei Teekannen. Genauer gesagt: bei den Teekannen in meiner Teestube, dem Little Stables Tearoom. Um diese Uhrzeit sollten sie längst mit dampfend heißem Tee gefüllt sein. *Es ist allerdings niemand da, der sie servieren könnte,* dachte ich mit einem schuldbewussten Blick auf meine Armbanduhr.

Ich war viel zu spät dran – das passierte, wenn man die Schlummertaste am Wecker einmal zu oft drückte, um erneut in tiefen, erschöpften Schlaf zu sinken. Wahrscheinlich würde ich immer noch schlafen, wenn mich meine Tigerkatze Müsli nicht hartnäckig geweckt hätte. Für einen Vierbeiner war sie außerordentlich erfinderisch, wenn es darum ging, mich zum Aufstehen zu bewegen. Da ihr jammervolles Miauen und ihr hartnäckiges Stupsen mit den Pfoten nicht den gewünschten Erfolg brachten, ging sie zur nächsten Eskalationsstufe über: Sie fegte alles von meinem Nachttisch, kaute an meinen Haaren und knabberte an meinen Zehen.

Als sie sich schließlich auf mein Gesicht setzte, schreckte ich hoch, musste allerdings trotz der vom Schlaf verwurschtelten Haare und des chaotischen Gewirrs aus Decken und Kissen einräumen, dass ich meiner frechen Katze dankbar war. Ich warf einen Blick auf die Transportbox im Fahrradkorb und konnte mir ein Lächeln nicht verkneifen, als ich Müsli durch die Stäbe spähen sah. Mit ihren großen grünen Augen betrachtete sie interessiert die vorüberfliegende Landschaft, und ihr rosafarbenes Näschen sog aufgeregt die vielfältigen Düfte ein, die das Land zu bieten hatte. Obwohl ich sie immer mitnahm, wenn ich zur Arbeit fuhr, schien sie die Reise jedes Mal aufs Neue zu genießen.

Sie miaute aufgeregt, als wir eine Brücke über einem kleinen Fluss überquerten. Vor uns lag das malerische Dorf Meadowford-on-Smythe, das mit seinen strohgedeckten Cottages, dem hübschen Dorfanger und den kopfsteingepflasterten Gassen einem Postkartenidyll glich. An einem Ende der High Street lag zwischen einem Antiquitätenladen und einer Boutique meine traditionelle Teestube, in einem Gebäude, das zur Tudorzeit als Gasthaus gedient hatte. Mittlerweile war der Little Stables Tearoom in der ganzen Region bekannt für seine hervorragenden Backwaren, angefangen von den charakteristischen Scones, die wir mit hausgemachter Marmelade und Clotted Cream servierten, bis hin zu den klassischen Favoriten wie Chelsea Buns, Victoria Sponge Cake und zierlichen Teesandwiches. Dazu gab es duftenden Tee in Tassen aus zartem Knochenporzellan.

Ich lächelte voller Vorfreude, als ich vor dem Tearoom anhielt und vom Fahrrad stieg. Ich stellte mir den köstlichen Duft von frischen Scones und die herzerwärmende Atmosphäre zufrieden plaudernder und lachender Gäste vor, die mich gefangen nehmen würde, sobald ich die Teestube betrat. Als ich die Eingangstür aufstieß, saß jedoch nur ein älterer Herr an einem Tisch in der Ecke.

Ich blieb wie angewurzelt stehen und sah mich überrascht und enttäuscht um. Was war hier los? Mein Blick ging unwillkürlich zur Kasse, wo eigentlich meine beste Freundin Cassie stehen sollte. Dann fiel mir ein, dass sie später kommen würde. Darum war es besonders ärgerlich, dass ich ausgerechnet heute verschlafen hatte, weil niemand da war, um die Gäste zu bedienen.

Dafür habe ich mich beeilt? Für einen einzigen Gast

lohnt es sich kaum, die Teestube zu öffnen!, dachte ich mürrisch. Ich hob Müsli aus dem Transportkorb, setzte sie im Gastraum ab und ging durch die Pendeltür hinter der Theke in die Küche. Dort stand meine Konditorin Dora über den großen Holztisch gebeugt, die Arme bis zu den Ellbogen mit Mehl bestäubt. Sie rollte gerade eine große Teigplatte aus.

„Oh, hallo, Gemma." Sie blickte zerstreut auf. „Ich habe mich schon gefragt, wo Sie bleiben."

„Ich habe verschlafen", erklärte ich entschuldigend. „Tut mir leid. Die Hektik der letzten Wochen hat ihre Spuren hinterlassen. Ich hatte Sorge, dass Sie neben dem Backen auch noch die Gäste bedienen müssen, aber wie es aussieht ..." Ich warf einen Blick in den Gastraum und fuhr leise fort: „Dora, warum ist die Teestube so leer?"

Dora richtete sich auf. „Keine Ahnung", antwortete sie schulterzuckend. „Außer Mr Prendergast war heute noch niemand hier."

„Noch niemand?", wiederholte ich entgeistert. „Aber ... ich verstehe das nicht. Wo sind unsere Stammgäste?"

Dora runzelte die Stirn. „So war es gestern auch ... und vorgestern, erinnern Sie sich? Obwohl es im Laufe des Tages ein wenig besser zu werden schien", fügte sie hinzu.

Mir krampfte sich der Magen zusammen. Dora hatte recht. Die ganze Woche über war es im Tearoom ungewöhnlich ruhig gewesen. Ich hatte versucht, diese Tatsache zu ignorieren, und mir eingeredet, dass man im Gastgewerbe eben mit solchen Schwankungen rechnen musste. Seit ich meine vielversprechende Karriere in einem großen Unternehmen aufgegeben hatte, um mir den Traum von einem eigenen traditionellen Tearoom zu erfüllen, musste ich leider hinnehmen, dass ich kein planbares Einkommen mehr hatte und ständig mit unerwarteten Ausgaben konfrontiert war.

Unser gemütliches Ambiente, die freundliche Bedienung und der wohlverdiente Ruf, die besten Scones in ganz Oxfordshire zu servieren, hatten uns jedoch in den vergangenen Monaten einen steten Strom an Gästen beschert, sodass ich mir keine großen Sorgen gemacht hatte. Nicht nur die Dorfbewohner schauten regelmäßig vorbei, auch für Touristen, die Oxford und die angrenzenden Cotswolds besuchten und den typisch britischen Afternoon Tea genießen wollten, war mein Tearoom zu einem absoluten Muss geworden. Das plötzliche Ausbleiben der Gäste war daher umso verblüffender und erschreckender.

„Na, nur keine Angst", meinte Dora munter, als sie meine sorgenvolle Miene sah. „Es kann purer Zufall sein, wissen Sie. Vielleicht sind auf einen Schlag viele Leute in Urlaub gefahren oder einer der Reiseveranstalter macht gerade eine Pause."

„Es ergibt trotzdem keinen Sinn", sagte ich stirnrunzelnd. „Hat es Beschwerden gegeben, von denen ich nichts mitgekriegt habe? Waren Gäste mit irgendetwas unzufrieden?"

Dora schüttelte den Kopf. „Da müssen Sie Cassie fragen, schließlich hat sie am meisten mit den Gästen zu tun. Aber mir ist nichts zu Ohren gekommen. Mir ist auch nicht aufgefallen, dass bestellte Speisen zurückgeschickt worden wären."

Ich nahm mir seufzend eine Schürze vom Haken und band sie mir um. „Ich sehe mal nach, ob Mr Prendergast etwas braucht. Nicht auszudenken, dass wir auch unseren letzten Gast noch verlieren."

Müsli hatte es sich derweil im Gastraum gemütlich gemacht. Am liebsten legte sie sich auf die gepolsterte Fensterbank, von der aus sie die High Street überblicken konnte. Mr Prendergast, ein ehemaliger Buchhalter, hatte sich auf seinem Stuhl zurückgelehnt und studierte die Tageszeitung, seine Teetasse und der Teller waren leer. Er behauptete, unsere Scones seien ebenso gut wie die seiner kürzlich verstorbenen Frau, daher kam er fast jeden Tag in den Tearoom. Er setzte sich immer an denselben Platz, um bei einer Tasse Tee und etwas von unserem reichhaltigen Angebot an frischen Backwaren das Kreuzworträtsel in der Zeitung zu lösen. Ich war froh, dass wenigstens er uns treu geblieben war und uns weiterhin in seine tägliche Runde einschloss.

„Guten Morgen, Mr Prendergast", begrüßte ich ihn. „Haben Sie noch einen Wunsch?"

„Hmm? Oh, nein, danke, alles in bester Ordnung. Es geht doch nichts über frische Crumpets mit reichlich Butter und Honig." Mr Prendergast leckte sich die Lippen. „Hören Sie, Sie wissen nicht zufällig, was hier hineinkommt?"

Er zeigte auf das Kreuzworträtsel. „Senkrecht: Tee für Vierbeiner? (11 Buchstaben)", las ich. „Oh je, da fragen Sie die Falsche. Kreuzworträtsel sind überhaupt nicht mein Fall. Mir fehlt die Geduld dafür."

„Ich bin auch nicht besonders gut darin, aber ich versuche es jeden Tag." Mr Prendergast tippte sich lächelnd an die Schläfe. „Das hält die grauen Zellen auf Trab, wissen Sie?"

„Hmmm ..." Ich las mir noch einmal die Frage durch. „Welche Vierbeiner sind wohl gemeint?"

Mr Prendergast zuckte mit den Schultern. „Pferde? Giraffen? Hunde? Es gibt so viele Arten ..."

„*Miau*", ertönte eine leise Stimme zu unseren Füßen.

Müsli hatte ihren Fensterplatz verlassen und strich Mr Prendergast um die Beine, während sie ihn mit ihren großen grünen Augen ansah.

„Katze!", rief unser einziger Gast plötzlich.

Ich sah ihn überrascht an. „Äh ... ja, das ist Müsli, gewissermaßen unsere Haus-und-Hof-Katze. Sie haben sie sicher schon einmal hier gesehen -"

„Nein, nein, ich meine das Kreuzworträtsel." Mr Prendergast tippte aufgeregt auf die Zeitung. „Mit ‚Vierbeiner' ist vielleicht eine Katze gemeint."

„Warum nicht?", stimmte ich ihm zu. „Aber was haben Katzen mit Tee zu tun?"

„Katzentee?", murmelte Mr Prendergast

nachdenklich.

„Ich glaube, das Wort gibt es gar nicht. Außerdem hat es keine elf Buchstaben.“

„Na, wie auch immer, da sind wir jedenfalls schon ein Stück weitergekommen. Den Rest hebe ich mir für später auf.“ Mr Prendergast faltete die Zeitung zusammen und sah sich im Gastraum um. „Ziemlich ruhig heute Morgen, nicht wahr?“

Ich errötete leicht. „Ja, es ist nicht viel los.“

„Das hat wahrscheinlich mit diesem neuen Lokal zu tun.“

Ich starrte ihn verblüfft an. „Mit welchem neuen Lokal?“

„Haben Sie nichts davon gehört? Drüben beim Cotswolds Manor Hotel, auf der anderen Seite des Dorfes. Haben Sie es noch nicht gesehen?“

Ich schüttelte den Kopf. Ich hatte viel zu tun gehabt, und wenn ich einmal freihatte, ruhte ich mich lieber zu Hause aus als im Dorf und seiner Umgebung herumzuspazieren.

„Für mich ist das nichts“, fuhr Mr Prendergast fort, „aber junge Leute stehen auf solch neuen Firlefanz, nicht wahr? Der Laden nennt sich ‚Tea Bar‘ und auf der Speisekarte stehen lauter seltsame Sachen wie Tee-Cocktail. Was zum Teufel soll das sein?“ Er rümpfte die Nase. „Was spricht gegen guten englischen Tee, dunkel und stark? Milch und Zucker dazu oder vielleicht eine Scheibe Zitrone, mehr nicht.“ Er lächelte mich an. „Und im Little Stables Tearoom gibt es den besten Tee weit und breit.“

„Oh, danke!" Wieder errötete ich, diesmal jedoch vor Freude. „Das ist wirklich nett von Ihnen."

„Es ist nichts weiter als die Wahrheit", erwiderte er mürrisch. Er schob sich die Zeitung unter den Arm, erhob sich und fügte hinzu: „Ich mache mich besser auf den Nachhauseweg. Was bin ich Ihnen schuldig?"

Ein paar Minuten später stand ich in der Tür des Tearooms und sah Mr Prendergast nach, wie er mit gestrafften Schultern und kerzengerader Haltung die High Street hinunterging. Ich folgte ihm mit den Blicken, doch in Gedanken war ich bei dem, was er mir gerade berichtet hatte. Eine Tea Bar auf der anderen Seite des Dorfes? Konnte sie dafür verantwortlich sein, dass die Geschäfte bei uns in letzter Zeit so schlecht liefen?

Meine finsteren Überlegungen wurden durch die Ankunft von Cassie unterbrochen, die auf dem Fahrrad angesaust kam und mit ihrer windgezausten dunklen Lockenpracht und den strahlenden Augen hübscher aussah denn je. Wie viele talentierte Künstler konnte sie von ihrer Kunst nicht leben, sodass sie sich Nebenjobs suchen musste, um über die Runden zu kommen. Sie war hocherfreut, als ich nach einigen Jahren im Ausland nach England zurückkehrte, um meinen Tearoom zu eröffnen. Dadurch bekam sie nicht nur ihre beste Freundin aus Kindertagen zurück, sondern hatte nun auch eine Arbeitsstelle, die sich perfekt mit ihrer Malerei kombinieren ließ. Dass sie jahrelange

Erfahrung als Kellnerin hatte, war in den Anfangszeiten der Teestube eine große Hilfe gewesen.

Cassie war tatkräftig und spontan und hegte ein gesundes Misstrauen gegenüber Konventionen aller Art. Sie stammte aus einer chaotischen und warmherzigen Familie, in der die Kreativität ihrer Sprösslinge an erster Stelle stand. Im Gegensatz zu ihr war ich von klein auf von den starren Verhaltensregeln der oberen Mittelschicht umgeben und war unablässig bemüht, die gesellschaftlichen Erwartungen anderer Leute zu erfüllen. Trotzdem waren wir beste Freundinnen! In unserer gemeinsamen Grundschulzeit waren wir unzertrennlich und nach meiner Rückkehr nach Oxford hatten wir mühelos dort angeknüpft, wo wir ein paar Jahre zuvor aufgehört hatten.

Nun begrüßte ich sie mit einem herzlichen Lächeln, als sie die Treppe hinaufstürmte.

„Verdammt, Gemma", rief sie empört, „ich dachte, ich schaffe es nie. In Jericho hat es einen Unfall gegeben, irgendein Idiot ist aus seiner Parklücke gefahren, ohne auf den Verkehr zu achten. Und die Polizei hat daraufhin alle Straßen ringsum gesperrt, sodass niemand mehr durchkam. Und das im morgendlichen Berufsverkehr! Schrecklich! Ich konnte mich mit Müh und Not am Stau vorbeischlängeln und musste mich fast durch die Hintergärten schlagen, um aus Oxford hinauszukommen -" Sie unterbrach sich und sah mich fragend an. „Was machst du hier draußen auf der Treppe? Solltest du dich nicht um die Gäste kümmern?"

„Das würde ich gerne, wenn wir denn Gäste hätten", antwortete ich und hielt ihr seufzend die Tür auf.

„Mist!" Cassie blieb unvermittelt stehen, als sie die gähnende Leere im Gastraum sah. „Was hat das zu bedeuten?", rief sie.

„Ich wünschte, ich wüsste es", erwiderte ich finster. „Hast du übrigens etwas von einer neuen Tea Bar gehört, die angeblich am anderen Ende des Dorfes eröffnet hat? Nicht weit vom Cotswolds Manor Hotel?"

„Eine Tea Bar? Was soll das denn sein?" Cassie rümpfte die Nase. „Hört sich für mich eher nach Londoner Schickeria an, nicht nach unserem verschlafenen Nest. Hmm ... aber ich glaube, das Cotswolds Manor Hotel wurde vor Kurzem ausgebaut, auf dem Gelände gibt es jetzt mehrere neue Restaurants und Bars. Wahrscheinlich ist diese Tea Bar eine davon."

„Laut Mr Prendergast ist sie sehr beliebt, alle Welt rennt dort hin. Vermutlich ist das der Grund, weshalb es bei uns so leer ist."

Cassie zog ihr Handy hervor und startete eine Online-Suche, während ich ihr über die Schulter schaute. Bald darauf starrten wir auf die beeindruckende Website der neu eröffneten Yin-Yang Tea Bar mit ihren professionellen Fotos von Speisen und Getränken, bei deren Anblick uns das Wasser im Mund zusammenlief. Elegante gusseiserne Teekannen und zarte Teetassen verliehen ihnen einen fernöstlichen Hauch.

Cassie hatte durch die Fotos gescrollt und stieß nun einen überraschten Pfiff aus. „Sieh nur, sie bieten ‚Tee und Kaffee, so viel Sie wollen' und ein Glas Sekt zu jeder Variante des Afternoon Tea. Und das alles fast umsonst! Kein Wunder, dass die Leute ihnen die Türen einrennen! Wie kann man mit solchen Preisen kalkulieren, ohne Verlust zu machen?"

„Hier steht, dass es ein spezielles Angebot für den Eröffnungsmonat ist." Ich wies auf eine unauffällige Notiz am unteren Rand der Seite. Die professionelle Aufmachung der Website ließ mich verschämt an unseren eigenen Internetauftritt denken, der nur aus ein paar amateurhaften Fotos und unserer Speisekarte bestand. Im Vergleich wirkte sie altmodisch, bieder und unattraktiv. „Puh, dagegen sieht unsere Website kümmerlich aus, findest du nicht auch?", fragte ich.

„Unsere Website ist vollkommen in Ordnung", gab Cassie scharf zurück. „Am Ende geben die Qualität der Speisen und die Atmosphäre des Tearooms den Ausschlag. Wir bieten unseren Gästen die besten Scones in ganz Oxfordshire und einen typisch britischen Afternoon Tea."

„Ja, aber das weiß nicht jeder. Ich meine, mindestens die Hälfte unserer Gäste sind Touristen, die unseren Ruf nicht kennen. Sie orientieren sich an dem, was sie im Internet erfahren …" Mein Blick ging erneut zu der attraktiv gestalteten Website. „Und das sieht hinreißend aus."

„Ein paar schicke Fotos im Internet überzeugen auf die Dauer niemanden", beharrte Cassie. „Mach dir keine Sorgen, Gemma. Ich bin sicher, dass es nur der Reiz des Neuen ist. Nächste Woche ist der Spuk vorüber und den Leuten wird klar, dass wahre Qualität zählt, nicht dieser Werbe-Firlefanz."

Kapitel 2

Leider bewahrheitete sich Cassies optimistische Einschätzung in der darauffolgenden Woche nicht. Im Gegenteil: Es wurde noch schlimmer. An den Vormittagen war Mr Prendergast meist der einzige Gast, und wenn wir Glück hatten, schauten nachmittags ein paar Dorfbewohner vorbei. Allmählich kam Panik in mir auf und ich überlegte, was ich tun sollte. Wenn das so weiterging, mussten wir noch vor Ende des Monats für immer schließen!

Ich wandte mich seufzend vom Fenster ab, von dem aus ich die High Street überblickt hatte, in der Hoffnung, Gäste zu erspähen. Der große Eichentisch am Fenster war leer, und es gab mir einen schmerzhaften Stich, als ich an die alten Damen dachte, die dort normalerweise saßen. Die vier

Dorfbewohnerinnen Mabel Cooke, Glenda Bailey, Florence Doyle und Ethel Webb, liebevoll „die Silberlocken" genannt, scheuten sich nicht, ihre Nase in Angelegenheiten zu stecken, die sie nichts angingen, und hegten eine fragwürdige Vorliebe für Mord und andere Verbrechen. Ihre Versuche, sich als Amateurdetektivinnen zu betätigen, hatten mich mehr als einmal in Schwierigkeiten gebracht, doch ich musste zugeben, dass ich sie liebgewonnen hatte, auch wenn mich ihre unstillbare Neugierde regelmäßig auf die Palme brachte. Ihre Hartnäckigkeit und nicht zuletzt ihr Informationsnetzwerk, auch „Klatsch und Tratsch" genannt, nötigten mir widerwilligen Respekt ab.

Die Silberlocken hatten meinen Tearoom zu ihrem Hauptquartier erkoren. Normalerweise kamen sie jeden Tag, um an diesem Tisch am Fenster Hof zu halten, mit den anderen Dorfbewohnern die neuesten Nachrichten auszutauschen oder sich auf nichtsahnende Touristen zu stürzen, die ihr Interesse geweckt hatten. Ihr Stammplatz war jedoch die ganze Woche über leer geblieben, und ich seufzte erneut, als ich die verwaisten Stühle sah.

Aber das hat nichts mit meiner Teestube zu tun, rief ich mir in Erinnerung. Ich wusste, dass die vier Damen nach Norfolk gefahren waren, um alte Freunde zu besuchen. *Allerdings hätten sie gestern zurückkommen müssen,* dachte ich stirnrunzelnd. Ich hätte erwartet, dass sie heute Vormittag in der Teestube auftauchen würden, kaum dass wir geöffnet hatten, um von ihren Abenteuern in den Fens zu berichten. *Vielleicht habe ich mich im Datum geirrt und sie sind noch unterwegs?*, überlegte ich.

Das muntere Läuten der Glocken über der Ladentür kündigte die Ankunft neuer Gäste an. Meine Laune besserte sich schlagartig, als ich die Gruppe eintreten sah. Vermutlich handelte es sich um eine indische Familie: Mutter, Vater, zwei Kinder - ein junger Mann und ein Mädchen im Teenageralter – und eine ältere Dame in einem wunderschönen Seidensari und mit langem grauem Haar, das sie zu einem Zopf geflochten hatte. Während ich sie zu ihrem Tisch geleitete, entnahm ich ihrem Gespräch, dass der Sohn in Oxford studierte und die Familie aus Indien angereist war, um ihn zu besuchen.

„Sanjit hat uns erzählt, dass dieser Tearoom im Handbuch der Universität empfohlen wird, weil es hier den besten Afternoon Tea gibt." Die Mutter strahlte mich an, als ich ihr die Speisekarte reichte.

„Oh, danke." Ich spürte, dass mein Gesicht vor Freude glühte. Diese Freude wurde jedoch durch eine Bemerkung des Mädchens getrübt, die murmelte: „Eine Empfehlung der Uni? Dieser muffige Schuppen? Ich wäre lieber in die Tea Bar am anderen Ende des Dorfes gegangen. Die sah richtig cool aus."

„Priya!", mahnte die Mutter. „So etwas sagt man nicht. Hier ist es doch wirklich hübsch. Die Tea Bar kam mir sehr modern vor."

„Na und?", maulte ihre Tochter. Sie sah sich mit abschätziger Miene im Gastraum um. „Hier ist es wie in einem Museum. Wie in einem besonders langweiligen Museum."

Die Mutter warf mir einen entschuldigenden Blick zu. „Tut mir leid", flüsterte sie mir zu. „Wahrscheinlich liegt es am Alter. Sie hat neuerdings an allem etwas auszusetzen."

„Hör auf!", rief das Mädchen empört. „Ständig fängst du von meinem Alter an ... und von meinen Hormonen! Und du machst dich immer über mich lustig. Du hörst mir überhaupt nicht zu, auch wenn ich recht habe -"

„Das reicht, Priya", unterbrach ihr Vater scharf.

Das Mädchen verstummte und hüllte sich in mürrisches Schweigen, während sich peinliche Stille ausbreitete. Der Mutter war offensichtlich besonders unbehaglich zumute. „Es tut mir sehr leid -"

„Nein, machen Sie sich keine Sorgen", antwortete ich rasch. Vom angestrengten Lächeln taten mir allmählich die Wangen weh. „Ähm ... unser Stil hier ist eher etwas ... äh, traditioneller gehalten." Ich ließ meinen Blick über die dunklen Deckenbalken, die weiß getünchten Wände, die Steinplatten auf dem Boden und den großen Kamin in seiner gemauerten Nische schweifen. Ich hatte immer ein Faible für diesen urtümlichen Baustil gehabt, doch moderne Teenager schienen eher auf „cool und trendy" zu stehen.

„Nun, mir gefällt es hier", bemerkte der Vater entschlossen. „Genau die richtige Umgebung für einen traditionellen Afternoon Tea – so habe ich es mir immer vorgestellt.“

Bei seinen freundlichen Worten fühlte ich mich gleich besser. Während ich mit der Bestellung in die Küche ging, überlegte ich fieberhaft, wie ich der Familie das schönste und befriedigendste Tee-Erlebnis bereiten könnte.

In der Küche lümmelte Cassie auf einem Stuhl und unterhielt sich mit Dora, die gerade Teig in einer Schüssel rührte. Beide sahen auf, als ich mit meinem Bestellblock hereinkam.

„Kundschaft?“, fragte Cassie hoffnungsvoll.

Ich nickte lächelnd. „Und eine umfangreiche Bestellung. Man hat uns sogar den Vorzug vor der neuen Tea Bar gegeben, also sollten wir zusehen, dass wir einen guten Eindruck hinterlassen.“

„Die frischen Scones sind gerade fertig, die schmecken ihnen bestimmt.“ Cassie wies auf die Arbeitsfläche, auf der goldbraune Scones auf dem Gitter abkühlten. „Es geht doch nichts über Scones frisch aus dem Ofen.“

„Perfektes Timing!“, lobte ich und griff mir einen Teller.

Als ich mich jedoch zur Arbeitsfläche umdrehte, wäre ich fast gestolpert. Ich blickte nach unten und entdeckte meine kleine Tigerkatze, die um meine Beine strich und mich dabei frech ansah.

„Miau?“

„Müsli! Was machst du hier?“, fragte ich genervt. „Du weißt doch, dass du in der Küche nichts zu suchen hast.“

„Und deshalb versucht sie immer wieder, sich einzuschleichen", grinste Cassie.

Sie beugte sich hinunter, um die Katze auf den Arm zu nehmen, doch das kleine Biest entwischte ihr mit einem Sprung auf die Arbeitsfläche. Dann tappte sie zu den Scones und schnupperte daran.

„Miau?" Sie warf mir einen weiteren frechen Blick zu, während sie eine Pfote ausstreckte.

„Nein, Müsli, lass das!", rief ich und versuchte, sie zu packen.

Zu spät! Mit einem einzigen Schlag mit der Pfote fegte Müsli einen Scone vom Abkühlgitter. Dann wollte sie mit dem nächsten Scone weitermachen, erwischte aber das ganze Gitter, das sich gefährlich zur Seite neigte, auf der Kante kippelte und zu Boden polterte. Die Scones verteilten sich großflächig in der ganzen Küche.

„Müsli!", rief ich wütend und ungläubig.

Meine Katze sah alles andere als schuldbewusst aus, sondern sprang geschmeidig von der Arbeitsfläche und ging mit einem unverschämten Blick über die Schulter davon.

„Ist nicht so schlimm, Gemma, ich kann schnell neue Scones backen", sagte Dora und griff nach der Mehltüte. „Sie sind in zwanzig Minuten fertig."

„Bis dahin bringst du ihnen eine Auswahl unserer Kuchen und Brötchen", schlug Cassie vor. „Und sag ihnen, das geht aufs Haus."

„Gute Idee." Ich stellte rasch ein Tablett mit Leckereien zusammen und hastete zu unseren

Gästen zurück.

Zum Glück war die indische Familie gerne bereit, auf die frischen Scones zu warten, und fiel gut gelaunt über die angebotenen Alternativen her. Die Großmutter strahlte über das ganze Gesicht, nachdem sie ein Stück von unserem Victoria Sponge Cake probiert hatte, und redete begeistert auf Hindi auf mich ein.

„Nani sagt, Ihr Kuchen ist das Beste, das sie jemals probiert hat", übersetzte die Mutter lächelnd. „Den Biskuitboden und die Sahne kann sie viel leichter essen als Scones. Ich danke Ihnen."

Als die Familie die kostenlosen Köstlichkeiten aufgegessen und ihre zweite Kanne Tee bestellt hatte, holte Dora die frischen Scones aus dem Ofen. Ich brachte sie unseren Gästen an den Tisch und wartete so unauffällig wie möglich, während sie probierten. Ich wusste, dass sie großartig gelungen waren, mit goldfarbener Kruste und weichem, buttrigem Inneren. Es erfüllte mich mit großer Freude, dass die Familie sie begeistert verschlang. Selbst die mürrische Tochter räumte ein, die Scones seien „nicht schlecht".

„Aus Priyas Mund ist das höchstes Lob", sagte der Vater mit einem Augenzwinkern.

Als sie schließlich aufbrachen, bezahlte er die Rechnung und legte ein großzügiges Trinkgeld dazu. Das Geld war uns natürlich willkommen, aber mindestens ebenso willkommen war das offenkundige Vergnügen, mit dem unsere Gäste ihren Besuch bei uns genossen hatten. Das war Balsam für meine Seele, doch die Freude darüber währte nur kurz, denn für den Rest des Nachmittags war der Tearoom so gut wie leer.

Um halb fünf sagte Cassie ungeduldig: „Das reicht, Gemma. Wir werden hier nicht länger herumsitzen und Trübsal blasen. Ich glaube kaum, dass heute noch Gäste zu erwarten sind, also lass uns den Laden zumachen. Dann schaffen wir es, bevor sie schließen."

„Bevor wer schließt? Wovon redest du?", fragte ich erstaunt.

„Von der Konkurrenz!", erwiderte Cassie grimmig. „Wenn alle in die neue Tea Bar stürmen, dann müssen wir uns den Laden ansehen. Wie willst du gegen einen Feind antreten, den du nicht kennst?"

„Ist das nicht ein bisschen melodramatisch?", wiegelte ich ab.

Meine beste Freundin hatte jedoch recht: Tatenlos herumzusitzen und verzweifelt auf Gäste zu warten, war keine Lösung. Ich blickte mich noch einmal im leeren Tearoom um, dann nickte ich seufzend. „Okay, lass uns gehen."

Kapitel 3

Cassie und ich starrten auf die moderne Fassade aus Beton, Glas und funkelndem Metall. Die bodenlangen Fenster mit ihren Stahlrahmen gingen auf eine umlaufende Terrasse hinaus. Vom Eingang war eine große ovale Cocktailbar aus schwarzem Marmor zu sehen, die den Gastraum wie ein glänzendes Raumschiff beherrschte. Ringsherum waren ebenholzschwarze Tische und Stühle angeordnet, die die dunklen, exotisch anmutenden Farben der Inneneinrichtung aufgriffen.

Auch ohne das große Schild mit der Aufschrift „Yin-Yang Tea Bar" hätten wir gewusst, dass wir hier richtig waren: Die Geräuschkulisse aus Gesprächen und Gelächter war eindeutig. Wir starrten fassungslos auf die Warteschlange, die sich vom

Eingang über die Terrasse erstreckte. Nach einer Weile waren wir an der Reihe und sahen uns einer attraktiven jungen Dame gegenüber, deren eng anliegendes Kleid eher an eine Cocktailbar erinnerte als an eine Tea Bar. Sie hielt ein Tablet in der Hand.

„Haben Sie reserviert?"

„Nein", erwiderte Cassie gleichmütig. „Hätten wir das tun sollen?"

Die Dame schürzte die Lippen und tippte mit gewichtiger Miene auf dem Display herum. „Wir könnten Ihnen einen zusätzlichen Tisch ganz hinten aufbauen, wenn es Ihnen nichts ausmacht, dass es ein bisschen eng wird."

„Den nehmen wir", stimmte Cassie zu, bevor ich etwas sagen konnte.

Ein paar Minuten später wurden wir zu einem kleinen Tisch geleitet. Er stand an einem Gang, der offenbar zur Küche im hinteren Teil des Gebäudes führte. Der Gastraum der Tea Bar war zum Bersten gefüllt und wir hatten Mühe, uns zu unserem Tisch vorzuarbeiten. Die Bedienung schien die Enge nicht zu stören, denn aus dem Küchengang tauchten in kurzen Abständen Kellner auf, die sich mit vollbeladenen Tabletts geschickt einen Weg durch die Menge bahnten.

„Wow, was ist das denn?", fragte ich erstaunt, als ein Kellner mit etwas vorbeisegelte, das aussah wie eine hoch aufragende Säule aus unterschiedlichen Speisen.

„Vermutlich das Afternoon-Tea-Eröffnungsangebot",

antwortete Cassie mit einem Blick auf die Speisekarte. „Komm, das bestellen wir. Ich möchte sehen, wie es ist."

Kurze Zeit später musterten wir das Gebilde, das man uns gerade auf den Tisch gestellt hatte. Es bestand aus einer dreistöckigen Etagere, die allerdings ganz anders aussah als die traditionellen Gestelle, wie man sie in Teestuben und schicken Hotels fand. Anstelle der runden Teller, die um eine mittige Säule angeordnet waren, hatten diese Exemplare einen Rahmen aus schwarzem gebürstetem Stahl. Darauf türmten sich nicht die üblichen Teesandwiches, Scones und Sponge Cake, sondern Törtchen aus Wan-Tan-Teigblättern mit Wasabi-Frischkäse, kleine Teigbällchen mit einer Füllung aus gegrilltem Schweinefleisch und Schalotten, Reisbrei mit exotischen Früchten und Sandwiches mit einem Belag aus getrockneten Algen. Selbst die Törtchen hatten eine ungewöhnliche geometrische Form und einen Überzug aus grellfarbigem Zuckerguss, auf dem minimalistische Schokoladenornamente prangten.

„Grundgütiger", murmelte Cassie und beäugte misstrauisch den Teller, den man ihr gerade serviert hatte. „Was zum Teufel ist das?", fragte sie und wies auf ein kleines kompaktes Quadrat mit einer Schicht aus grünem Gelee, die von einem Schaumklecks gekrönt wurde.

Ich warf einen Blick auf die Speisekarte. „Ähm … ich glaube, das ist das Limetten- und Grünkohl-

Delice mit Weizenkeim-Quark, Matcha-Biskuit und Erbsenschaum."

Cassie verzog das Gesicht. „Ist das essbar? Klingt wie etwas, das man im Garten anpflanzt."

Ich lachte. „Nun, ich denke, es gibt nur eine Möglichkeit, das herauszufinden."

Schweigen senkte sich über unseren Tisch, als wir beide vorsichtig begannen, die unterschiedlichen Leckereien zu kosten.

„Hmm ..." Cassie kaute mit langen Zähnen auf einem Bissen herum. „Das sieht viel besser aus, als es schmeckt."

Sie hatte recht. Die Gerichte sahen schick und teuer aus, aber egal, was ich im Mund hatte – es schmeckte alles gleichermaßen fade, ohne dass eine bestimmte geschmackliche Note oder eine besondere Textur hervorstachen. Trotzdem arbeiteten wir uns gewissenhaft durch die verschiedenen Teller der Etagere, bis wir ganz unten zu den quadratischen „Scones" kamen.

„Igitt!", sagte Cassie. Ein Bissen reichte ihr offenbar. „Ich weiß nicht, was das ist, aber es ist auf keinen Fall ein Scone."

„Vielleicht sind die Tees besser." Ich griff nach einer der orientalisch anmutenden gusseisernen Teekannen, die man uns mit dem Essen serviert hatte.

Nach einem weiteren Blick auf die Speisekarte sagte ich: „Das hier ist eine Bio-Mischung aus grünem Tee, Zitronenmyrte und Eukalyptus." Ich deutete auf die andere Teekanne auf unserem Tisch. „Als Alternative hätten wir dort ‚ein Tisane aus rauchigem Schwarztee mit Ginseng und Steinobstaroma‘.“

„Gibt es denn keinen ganz normalen Tee?“, stöhnte Cassie.

Trotzdem nahm sie die Tasse, die ich ihr reichte, und trank gehorsam einen Schluck. Dann rümpfte sie die Nase. „Das schmeckt nach gar nichts. Du hättest mir genauso gut heißes Wasser geben können.“ Sie stellte die Tasse ab und lehnte sich mit angewiderter Miene zurück. „Ehrlich, Gemma, das ist alles nur prätentiöser Mist, mehr nicht! Fassade statt Substanz.“

Ich sah mich in dem gut gefüllten Gastraum um. „Es scheint aber zu funktionieren.“ Ich seufzte. „Vielleicht sind wir nicht auf der Höhe der Zeit, Cass. Vielleicht ist es das, was die Leute heutzutage wollen, und die herkömmlichen Backwaren und traditionellen Tees sind einfach nicht mehr gut genug.“

„Blödsinn!“, schimpfte Cassie. „Das glaube ich nicht.“ Sie stand auf. „Komm, wir gehen. Ich habe genug von diesem Laden.“

Wir bezahlten unsere Rechnung und zwängten uns dann an den dicht an dicht stehenden Tischen vorbei zum Ausgang. Bevor wir die Tür erreichten, zeigte Cassie jedoch voller Empörung an einen Tisch an der Wand.

Dort kauerten vier alte Damen mit weißem,

sorgfältig frisiertem Haar, robusten Schuhen und Handtaschen in verschiedenen Lavendeltönen. Die Silberlocken! Sie waren also wieder in Meadowford – aber in meiner Teestube hatten sie sich noch nicht blicken lassen! Ich fühlte mich verraten und enttäuscht und hätte mich am liebsten unauffällig aus dem Staub gemacht, doch Cassie packte mich am Arm und zog mich zu ihrem Tisch.

Die vier alten Damen zuckten schuldbewusst zusammen, als sie uns sahen.

„Gemma!", rief Mabel Cooke. Selbst ihre dröhnende Stimme ging im Lärm des vollen Gastraums beinahe unter. Als die herrischste und rechthaberischste der Silberlocken war Mabel dafür bekannt, sich jeder unangenehmen Situation mit der ihr eigenen Kaltschnäuzigkeit zu stellen. Diesmal schien ihr jedoch unbehaglich zumute zu sein – sie wirkte etwas ratlos. „Äh ... schön, dich hier zu sehen, meine Liebe."

„Was machen Sie hier?", fragte Cassie.

„Cass!", ermahnte ich sie. Zu den alten Damen gewandt sagte ich: „Ich dachte, Sie seien noch im Urlaub." Ich setzte ein Lächeln auf und zwang mich, mir meine Gefühle nicht anmerken zu lassen.

Die Silberlocken tauschten leicht beschämte Blicke, dann erwiderte Mabel: „Wir sind seit gestern wieder da und wollten eigentlich heute Morgen in deine Teestube kommen, aber dann haben wir den Flyer in unseren Briefkästen gefunden und da dachten wir, wir schauen erst mal hier vorbei."

„Was für ein Flyer?", fragte Cassie.

„Ich müsste ihn irgendwo haben … warte." Glenda kramte in ihrer riesigen Handtasche und fischte Puderdosen, Taschentücher, Haarklammern und mehrere rosa Lippenstifte hervor.

Trotz ihres fortgeschrittenen Alters war Glenda im Grunde ihres Herzens immer noch ein Teenager. Sie schminkte sich mit Hingabe, schwelgte in romantischen Fantasien und kokettierte mit jedem gutaussehenden Mann. Schließlich zog sie triumphierend ein gedrucktes Faltblatt hervor und reichte es uns.

Ich ließ meinen Blick über die fett gedruckten Worte schweifen. So viele Ausrufezeichen auf einmal hatte ich noch nie gesehen:

YIN-YANG TEE BAR – NEUERÖFFNUNG!!!
SONDERAKTION!!!
Gönnen Sie Ihren Sinnen eine einzigartige Variante des traditionellen High Tea!
Kehren Sie den muffigen alten Teestuben den Rücken und genießen Sie Ihren Tee in einer anspruchsvoll gestalteten, modernen Umgebung!!!
Auf Sie warten süße und herzhafte Köstlichkeiten mit Tee und/oder Kaffee so viel Sie wollen, und ein Glas Sekt zur Begrüßung für jeden Gast!!!

~ Afternoon Tea mit allem, was dazugehört ~
Dieses begrenzte Sonderangebot kann jederzeit enden!!!

GREIFEN SIE ZU! NICHT VERPASSEN!!!!!!

„Aha ... sie drohen mit Verknappung!", zischte mir Cassie ins Ohr. „Der älteste Verkaufstrick, den es gibt: ‚begrenztes Sonderangebot', ‚kann jederzeit enden', ‚greifen Sie zu, nicht verpassen!'. Das funktioniert immer! Nichts bringt die Leute so sehr auf Trab wie die Angst, dass ihnen ein tolles Schnäppchen durch die Lappen geht. Selbst wenn sie eigentlich woanders hingehen wollten, werden sie auf diese Weise hierhergelockt, bevor das Sonderangebot endet. Sehr clever." Sie sah die Silberlocken an. „Hatten Sie alle solch einen Flyer in Ihren Briefkästen?"

Die vier alten Damen nickten.

„Und alle Mitglieder unserer Bingogruppe auch", fügte Glenda hinzu. „Sie haben sich sogar überlegt, dass wir uns morgen Abend hier treffen, anstatt im Little Sta-" Sie brach plötzlich ab, senkte verlegen den Blick und fügte hastig hinzu: „Natürlich nur diese Woche. Ihr wisst schon, wegen der Sonderangebote."

„Für uns bist du immer noch die Beste, Gemma", sagte Ethel, die treue Seele. Ethel war die ruhigste der Silberlocken, sie war sanftmütig und immer freundlich. Früher hatte sie in der Dorfbibliothek gearbeitet und erfreute sich allgemeiner Beliebtheit.

„Oh ja, deine Teestube ist viel, viel schöner. Wir dachten nur, es würde Spaß machen, mal etwas Neues auszuprobieren. Um zu sehen, was es damit auf sich hat", sagte Glenda in einem entschuldigenden Ton.

„Das ist okay", beschwichtigte ich lächelnd. „Sie müssen sich nicht rechtfertigen. Ich meine, Sie sind nicht verpflichtet, ständig in den Little Stables Tearoom zu kommen. Natürlich wollen Sie sich das neu eröffnete Restaurant ansehen, vor allem bei so verlockenden Sonderaktionen."

„Nun ja, ich muss allerdings sagen, dass ich von dem Angebot nicht sehr beeindruckt bin", meinte Florence. Sie verzog enttäuscht das Gesicht. Florence liebte gutes Essen und hatte immer Sorge, ich könnte zu dünn werden. Jetzt sah sie sich stirnrunzelnd im Gastraum um. „Es ist ein schönes Ambiente, das muss man sagen. Aber was hat man davon, in einem schicken Lokal zu sitzen, wenn der Tee und die Scones nichts taugen?"

Die anderen Silberlocken nickten.

„Ja, das Essen ist enttäuschend", bestätigte Glenda. Dann kicherte sie neckisch. „Der junge Mann, der uns bedient hat, war allerdings sehr ansehnlich! Wenn ich sechzig Jahre jünger wäre ..." Sie warf mir einen Blick zu. „Vielleicht ist es genau das, was du brauchst, meine Liebe: ein paar knackige Kerle, die in deinem Tearoom die Scones servieren."

„Das ist es!", rief Cassie. Sie drehte sich aufgeregt zu mir um. „Wir müssen sexyer werden!"

Ich starrte sie an. „Wie bitte?"

Cassie schnappte sich die Speisekarte vom Tisch

der Silberlocken. „Hör dir das an: ‚Fluffige Buttermilch-Scones mit seidiger Sahne und saftigem Fruchtmus‘ - hm!" Sie musterte die Reste auf den Tellern auf dem Tisch.

„Nichts als leere Versprechungen! Die Scones sind fade, sie schmecken nach Pappe, während unsere tatsächlich fluffig und köstlich sind. Aber das muss man ihnen lassen: Sie präsentieren ihr Zeug ansprechend. ‚Scones mit Marmelade und Clotted Cream‘, wie es auf unserer Speisekarte steht, hört sich längst nicht so vielversprechend an, oder?"

„Wahrscheinlich nicht", sagte ich zweifelnd. „Aber -"

Ich brach ab, weil ich merkte, dass eine Frau an den Tisch getreten war und zuhörte. Vermutlich stammte sie aus China oder aus einem anderen ostasiatischen Land. Ihr langes, seidiges, schwarzes Haar war zu einem Pferdeschwanz gebunden, sie hatte ein markantes Gesicht mit hohen Wangenknochen und schrägen, mandelförmigen Augen, die mit schwarzem Eyeliner betont waren.

Man würde sie nach konventionellen Maßstäben nicht unbedingt als schön bezeichnen - ihr Gesicht und ihr schmallippiger Mund hatten etwas Hartes an sich -, aber sie war der Typ, der unweigerlich die Aufmerksamkeit auf sich zog.

Jetzt musterte sie uns mit misstrauischem Blick, obwohl ihre Miene und ihre Stimme kühl und höflich waren, als sie fragte: „Guten Tag, meine Damen, gibt es ein Problem?"

„Oh nein, wir haben nur zufällig unsere Bekannten gesehen und wollten kurz Hallo sagen", erklärte Cassie und deutete auf die Silberlocken.

„Wie nett." Das Lächeln der Frau reichte nicht bis zu ihren Augen. „Sollen die Kellner zusätzliche Stühle bringen?"

„Oh nein, das ist schon in Ordnung. Wir wollten eigentlich gerade gehen", lehnte ich ab.

„Nun, ich hoffe, es hat Ihnen hier gefallen. Ah ... wie ich sehe, haben Sie das Afternoon-Tea-Eröffnungsangebot bestellt", sagte sie und deutete auf die futuristische Etagere auf dem Tisch der Silberlocken. „Das freut mich sehr. Das ist das Beste auf unserer Speisekarte, eine köstliche Auswahl an Teatime-Leckereien!" Mit einem süffisanten Lächeln wandte sie sich mir zu. „Meinen Sie nicht, dass unsere Scones die besten sind, die Sie je gegessen haben?"

„Äh ... nun ja ..." stammelte ich. Einerseits wollte ich als typische Britin immer höflich sein, andererseits widerstrebte es mir, etwas zu loben, was so furchtbar geschmeckt hatte.

Bevor ich mich zu einer Antwort durchringen konnte, schaltete sich Mabel mit ihrer berühmt-berüchtigten Direktheit ein: „Nein, das sind sie nicht. Die Scones sind sogar ausgesprochen fade und trocken."

Die Frau hob verblüfft eine Augenbraue. „Aha?"

„Jawohl." Mabel reckte trotzig das Kinn vor. Mit erhobener Stimme sagte sie über den Lärm im Raum hinweg: „Und wenn Sie wirklich wissen wollen, wie gute Scones schmecken, dann sollten Sie in Gemmas Tearoom gehen." Sie wies mit dem Kopf in meine Richtung. „Das sind richtige Scones, und es sind wirklich die besten, die Sie je essen werden!"

Mehrere Gäste an den Nachbartischen drehten sich zu uns um, weil Mabels dröhnende Stimme ihre Aufmerksamkeit erregte. Ich stöhnte leise auf und hätte mich am liebsten irgendwo verkrochen. Mabels Lob rührte mich natürlich, auf diese Weise ins Rampenlicht gezerrt zu werden, behagte mir jedoch gar nicht.

Die Chinesin warf einen Blick auf die gespannt lauschenden Leute um uns herum, die uns interessiert musterten. Ihre Miene verhärtete sich. Mit zu Schlitzen verengten Augen wandte sie sich mir zu. „Ihnen gehört eine Teestube?", sagte sie.

Ich räusperte mich. „Ja, am anderen Ende von Meadowford-on-Smythe. Es ist der Little Stables Tearoom."

„Oh, dieser alte Laden." Ihre Lippen kräuselten sich verächtlich.

In diesem Moment schwand meine Verlegenheit und ich spürte stattdessen einen Anflug von Verärgerung. Meine Teestube war weder schick noch modern, aber ich war stolz darauf und ich liebte sie. Neben mir holte Cassie gerade Luft, um der Dame die Meinung zu sagen, doch ich legte ihr schnell eine Hand auf den Arm. Ich wollte keine Szene, wollte mich aber auch nicht unterkriegen lassen.

„Ja, wir sind bekannt dafür, die besten Scones in Oxfordshire anzubieten", sagte ich ruhig und sah meiner Konkurrentin direkt in die Augen.

„Wirklich?", fragte sie in einem abschätzigen Ton. „Nun, dann sollte ich wohl mal vorbeischauen und mich selbst davon überzeugen."

Diese kalte, hochmütige Frau in meiner Teestube zu sehen, war das Letzte, was ich wollte, aber natürlich rang ich mir ein höfliches Lächeln ab und antwortete: „Natürlich, Sie sind jederzeit willkommen." Nach einem kurzen Blick auf Cassie, deren Gesicht immer noch vor Empörung gerötet war, fügte ich schnell hinzu: „Ähm ... wir sollten besser gehen. Nochmals vielen Dank für ... ähm ..." Die Worte „den köstlichen Nachmittagstee" brachte ich nicht über die Lippen. Stattdessen schloss ich mit „... äh ... die interessante Erfahrung."

Ich verabschiedete mich hastig von den Silberlocken und schob Cassie so schnell wie möglich aus der Tea Bar. Im Hinausgehen spürte ich jedoch, wie sich der Blick der Frau in meinen Rücken bohrte, und ich wurde das unangenehme Gefühl nicht los, sie mir zur Feindin gemacht zu haben.

Kapitel 4

Nach unserem Ausflug in die Tea Bar fühlte ich mich völlig erschöpft und sehnte mich danach, mit einer Tasse Tee zu Hause auf dem Sofa zu liegen und mir irgendetwas Banales im Fernsehen anzusehen. Als ich jedoch Müsli in ihrem Transportkorb auf meinem Fahrrad festschnallte und aufsteigen wollte, fiel mir ein, dass meine Mutter mich zum Abendessen erwartete. Ich warf einen raschen Blick auf meine Armbanduhr. Oh je, ich musste mich beeilen, sonst kam ich zu spät – und für meine Mutter gab es kaum etwas Schlimmeres als Unpünktlichkeit. Wenn ich beim Auftragen der Vorspeise nicht am Tisch saß, würde sie mir das noch wochenlang vorhalten.

Leider hatte ich keine Zeit, Müsli nach Hause zu

bringen und mich umzuziehen, also musste meine Katze wohl oder übel mitkommen. Ich sprang auf mein Fahrrad und trat in die Pedale. Müsli hätte sicher nichts dagegen, den Abend bei meinen Eltern zu verbringen, die sie nach Strich und Faden verwöhnten. Für zwei Leute, die nach eigenem Bekunden nichts für Tiere übrighatten und die normalerweise beim kleinsten Fleck auf ihren Polstermöbeln oder auf ihren cremefarbenen Teppichen einen Aufstand machten, waren sie erstaunlich duldsam, wenn es um Müslis Kapriolen ging. Meine Mutter hatte immer einen Napf mit Leckerli für sie in der Küche stehen und mein Vater bestand darauf, dass der Lieblingssessel meiner Katze frei blieb – für den Fall, dass sie zu Besuch kam.

Müsli spähte gut gelaunt aus ihrem Transportkorb, als wir vor dem eleganten Stadthaus meiner Eltern im Norden von Oxford anhielten. Ihr selbstgefälliger Gesichtsausdruck ließ erkennen, dass sie wusste, wo wir waren, und dass sie sich auf eine reichliche Portion Streicheinheiten freute. Ich stellte mein Fahrrad ab, schnappte mir den Transportkorb und rannte zur Treppe, in der Hoffnung, meinen Platz am Esstisch einzunehmen, bevor meine Mutter merkte, wie spät es war.

Als ich jedoch ins Haus stürzte, ließ mich der Anblick der gebeugten Gestalt meines Vaters innehalten. Er war damit beschäftigt, mehrere Paare flauschige Pantoffeln sorgfältig in einer Reihe aufzustellen.

„Dad?", fragte ich verdutzt.

„Ah … hallo, Schatz." Mein Vater, Professor Philip Rose, richtete sich auf und schenkte mir wie üblich ein zerstreutes Lächeln.

Er war ein freundlicher Mann, der sich widerspruchslos von meiner Mutter herumscheuchen ließ. Obwohl er mittlerweile pensioniert war, unterrichtete er immer noch stundenweise an der Universität. Ansonsten vertiefte er sich in seine wissenschaftlichen Bücher oder verfolgte Cricket-Matches im Fernsehen. Normalerweise würde er jetzt geduldig am Esstisch sitzen und darauf warten, dass man ihm die Suppe servierte, daher starrte ich ihn verdutzt an.

„Was um alles in der Welt machst du da?", fragte ich.

Bevor ich den Flur betreten konnte, hielt mein Vater mich zurück. „Oh, nein, Schatz", sagte er nervös. „Du musst die Schuhe ausziehen."

„Die Schuhe ausziehen? Warum?" Ich blickte nach unten. „Sie sind nicht schmutzig."

„Deine Mutter hat beschlossen, dass alle die Schuhe ausziehen müssen, wenn sie das Haus betreten. Und dann ziehen sie diese Pantoffeln an."

„Was?"

„Schatz!", ertönte die tadelnde Stimme meiner Mutter von oben. „Wie oft habe ich dich schon daran erinnert, dass man nicht ‚Was?' sagt – das ist ungehobelt. Wenn du etwas nicht verstanden hast, fragst du höflich nach: ‚Entschuldigung, kannst du das bitte wiederholen?‘"

Evelyn Rose, meine Mutter, kam die Treppe aus dem Obergeschoss herunter. Sie trug ein blaues Ensemble, hatte eine Perlenbrosche angesteckt und ihr Haar war sorgfältig frisiert, keine Strähne tanzte aus der Reihe. Mit meiner Cordhose und dem abgetragenen Pullover, der bessere Tage gesehen hatte, und meinem zerstrubbelten Haar kam ich mir in ihrer Gegenwart wie immer zerzaust und ungepflegt vor. Dass mein Gesicht von der hektischen Fahrt in die Stadt gerötet war, machte die Sache nicht besser.

„Mutter, meine Schuhe sind nicht schmutzig", sagte ich ungeduldig.

„Alle Schuhe sind schmutzig", erwiderte meine Mutter, die inzwischen am Fuß der Treppe angekommen war. „An den Sohlen schleppt man unweigerlich Keime und Bakterien ins Haus. Draußen starrt alles vor Schmutz, glaub mir. Außerdem ist es nicht nur eine Frage der Hygiene, sondern auch ein Zeichen von Respekt für den Gastgeber, sein Haus nicht mit Schuhen zu betreten."

„‚Ein Zeichen von Respekt‘?" Ich sah meine Mutter verwundert an. Wo hatte sie das denn her? „Ist Barfußlaufen in einem fremden Haus respektvoll?", fragte ich erstaunt.

„Man läuft nicht barfuß oder auf Socken, sondern in Pantoffeln", antwortete meine Mutter selbstzufrieden lächelnd. „,Vor dem Betreten des Wohnbereichs sind die Straßenschuhe gegen entsprechendes Schuhwerk zu tauschen.' Mrs Chu hat mir alles erklärt."

„Wer ist Mrs Chu?" Allmählich verstand ich überhaupt nichts mehr.

„Oh, das ist eine sehr nette Dame aus Taiwan, die ich über die OISS kennengelernt habe. Du weißt schon, über die Oxford Immigrant Support Society, einer Initiative, die sich ehrenamtlich um Einwanderer kümmert", erklärte meine Mutter. „Wir helfen Neuankömmlingen, sich bei uns einzuleben. Mrs Chu ist erst seit ein paar Monaten in England, die Arme hat so etwas wie einen Kulturschock erlitten, vor allem, weil sie nicht so gut Englisch spricht. Im Moment hat sie Schwierigkeiten, sich zurechtzufinden."

„Warum ist sie dann hierhergekommen?"

„Ihre drei erwachsenen Töchter wohnen in England. Sie waren hier auf dem Internat und haben dann in Oxford studiert. Die beiden ältesten sind inzwischen fertig, die jüngste ist noch an der Uni. Als Mrs Chus Mann letztes Jahr starb, schlug ihre älteste Tochter vor, dass sie nach England übersiedeln sollte, um in der Nähe ihrer Kinder zu sein. Sie ist solch eine nette Dame!", schwärmte meine Mutter. „So freundlich, ganz reizend. Ich habe ihr die Stadt gezeigt und ihr ein paar typisch englische Gepflogenheiten erklärt. Im Gegenzug hat sie mir viel über die Traditionen in chinesischen

Familien erzählt."

„Moment mal, hast du nicht gesagt, dass sie aus Taiwan kommt?"

„Mrs Chu hat chinesische Wurzeln, lebte aber in Taiwan. Sie hat mir erzählt, dass ihre Vorfahren in Südchina Schweinebauern waren – stell dir das mal vor! Wie viele andere Bauern und Fischer haben sie sich nach Taiwan aufgemacht und sich dort niedergelassen."

„Taiwan ist eine Insel, stimmt's?" In Geografie war ich noch nie besonders gut.

Meine Mutter nickte. „Es ist eine kleine Insel vor der südöstlichen Küste von China. Dort muss es sehr schön sein, mit Bergen und Wäldern, Flüssen und Stränden – oh, und mit vielen Erdbeben, wegen des Pazifischen Feuerrings."

„Politisch ist es kompliziert, meine Liebe", erklärte mir mein Vater mit seiner Professorenstimme, während er seine Brille zurechtrückte. „Taiwan blickt auf eine bewegte Vergangenheit zurück: Die Insel war ursprünglich von austronesischen Stämmen besiedelt, doch ihre strategische Lage und ihre fruchtbaren Böden weckten immer wieder die Begehrlichkeiten fremder Mächte. So gelangte sie zunächst in den Besitz der niederländischen Krone, dann war sie eine japanische Kolonie, und als die Kommunisten in den 1940er-Jahren in China die Oberhand gewannen, zog sich die unterlegene Partei nach Taiwan zurück und regierte dort viele Jahre mit harter Hand. Sie rief das Kriegsrecht aus, was für die

Menschen dort ein Schock gewesen sein muss. Sie hatten über Jahrhunderte friedlich zusammengelebt, etwa die Vorfahren von Mrs Chu, die sich lange vor den neuen Herrschern auf der Insel niedergelassen hatten. Glücklicherweise haben sich die Verhältnisse inzwischen gebessert und das kleine Land gilt als eine liberale, moderne Demokratie. Allerdings ist Taiwans Status als unabhängiger Staat umstritten. China betrachtet die Insel als abtrünniges Territorium, während Taiwan sich selbst als eigenständiges Land sieht."

„Oh ja, Mrs Chu hat mir erzählt, dass es einen himmelweiten Unterschied zwischen Taiwan und China gibt. Und da Mrs Chu sich bemüht, sich an unsere Sitten und Gebräuche anzupassen, ist es nur fair, wenn ich meinerseits versuche, etwas von ihren Traditionen zu übernehmen." Sie strahlte mich an.

„In den Schuhen eines anderen zu gehen, das ist sicherlich die beste Möglichkeit, dessen Kultur kennenzulernen", pflichtete mein Vater ihr bei. „Obwohl man im vorliegenden Fall die Schuhe eher ausziehen sollte", grinste er.

„Mrs Chu hat mir geholfen, Pantoffeln ‚Made in Taiwan' aufzutreiben!" Meine Mutter wies stolz auf die rosa Plüschpantoffeln, die eine verdächtige Ähnlichkeit mit einer bekannten Comicfigur aufwiesen, einer weißen Katze mit roten Schleifchen an einem Ohr. „Sind sie nicht entzückend? In Taiwan sind sie der letzte Schrei."

„Entzückend" war allerdings nicht das Wort, das

mir als Erstes einfiel. Die Katze war auf eine dermaßen zuckersüße Weise niedlich, dass mir leicht übel wurde. Dass jeder Pantoffel mit pastellfarbenen Herzchen und dem Schriftzug „Hello Kitty" bestickt war, machte es noch schlimmer.

Ich schreckte ein wenig zurück, als mir meine Mutter ein Paar entgegenstreckte. „Von nun an laufen wir im Haus also in Pantoffeln umher?"

„Ja, aber das ist noch längst nicht alles!", strahlte sie. „Wir übernehmen ab sofort viele taiwanesische Traditionen – und fangen gleich heute beim Abendessen damit an." Sprach's und segelte hoch erhobenen Hauptes vom Korridor ins Esszimmer, dicht gefolgt von meinem Vater.

Was um alles in der Welt meinte sie damit? Ich zog kopfschüttelnd die Pantoffeln an und wollte ebenfalls ins Esszimmer gehen, als es an der Haustür läutete.

Seufzend wandte ich mich um und ging zur Tür, während ich mich fragte, welche ihrer Freundinnen meine Mutter eingeladen hatte. Statt der erwarteten älteren Dame mit Twinset und Perlenkette stand jedoch ein Mann da, bei dessen Anblick mein Herz einen freudigen Sprung machte. Mit seinen dunklen Haaren, den blauen Augen, der ernsten Miene und der Ausstrahlung natürlicher Autorität hatte Devlin O'Connor immer noch diese Wirkung auf mich, obwohl wir uns schon seit zehn Jahren kannten. Allerdings waren wir nicht die ganze Zeit über zusammen gewesen. Er war meine erste große Liebe und nach einer stürmischen Romanze als Studenten an der Uni hatten wir uns getrennt, als Devlin mir einen Heiratsantrag gemacht und ich abgelehnt hatte. Nicht, weil ich ihn nicht liebte, sondern weil ich wusste, dass meine Mutter und ihr Freundes- und Bekanntenkreis ihn ablehnten. Als Arbeiterkind konnte er weder finanziell noch gesellschaftlich mit ihnen mithalten, und man redete mir überzeugend ein, dass ich mit jemandem wie ihm nie glücklich sein würde. Unsicher, wie ich damals war, hatte ich mich dem Druck gebeugt.

Devlin war wütend und verletzt, wir gingen im Streit auseinander. In den darauffolgenden acht Jahren, die ich im Ausland verbrachte, bemühte ich mich, mein gebrochenes Herz und das Gefühl zu ignorieren, dass ich den schlimmsten Fehler meines Lebens gemacht hatte. Als ich vorletztes Jahr nach Oxford zurückkehrte, erfuhr ich zu meiner Überraschung, dass Devlin inzwischen nicht nur ein geschätzter und erfolgreicher Detective bei der Kripo war, sondern es auch zu Wohlstand gebracht hatte und neben einem schicken Auto auch ein schönes Anwesen in den Cotswolds besaß – während ich wieder in meinem alten Kinderzimmer bei meinen Eltern lebte und um meinen neu gegründeten Tearoom bangte. Vielleicht war es eine Form von Karma.

Netterweise hat uns das Karma jedoch eine zweite Chance gegeben, daher habe ich keinen Grund zur Klage, dachte ich mit einem leisen Lächeln.

Mittlerweile war ich älter und klüger und hatte es endlich geschafft, aus dem Schatten meiner Mutter herauszutreten.

Manchmal konnte ich kaum glauben, dass Devlin und ich tatsächlich wieder zusammen waren. Als sich unsere Blicke trafen und sich seine düstere Miene aufhellte, bekam ich weiche Knie.

„Devlin!" Ich schlang ihm die Arme um den Hals. „Was für eine schöne Überraschung!"

Als er mir einen verspielten Kuss auf die Nasenspitze gab, bog ich den Kopf zurück und sah ihn lachend an. Dann wurde ich schlagartig ernst, denn ich bemerkte, dass er einen Dreiteiler trug, wie er ihn normalerweise bei der Arbeit anhatte. Er kam also direkt von der Polizeiwache.

„Stimmt etwas nicht?", fragte ich besorgt.

„Ich bin mir nicht sicher. Deine Mutter hat eine Nachricht geschickt und mich um Hilfe gebeten. Sie sagte, ich solle nach der Arbeit nicht nach Hause fahren, sondern gleich herkommen. Hat vielleicht jemand ihr Auto demoliert oder ist etwas anderes vorgefallen?" Er wandte sich um und warf einen wachsamen Blick auf die von Bäumen gesäumte Straße, die jedoch ruhig und friedlich dalag.

„Mir hat sie nichts dergleichen erzählt. Wahrscheinlich war es nur eine Finte, um dich zum Abendessen hierherzulocken", erwiderte ich, nahm seine Hand und zog ihn ins Haus. Dann blieb ich wie angewurzelt stehen. „Oh, das hätte ich fast vergessen: Du musst die Schuhe gegen diese

Pantoffeln tauschen."

Devlin starrte ungläubig auf die flauschigen Pantoffeln, die ich ihm reichte. „Du willst mich auf den Arm nehmen."

Angesichts seiner entgeisterten Miene hätte ich beinahe laut losgelacht. „Nein, ich meine es ernst. Das ist eine neue Regel. Na, komm schon", ermunterte ich ihn, als er weiterhin zögerte. „Es ist doch nur heute Abend. Und meiner Mutter bedeutete es viel."

Devlin schluckte, dann straffte er mannhaft die Schultern und versuchte, seine großen Füße in die rosafarbenen Pantoffeln zu zwängen. Es gelang ihm, einen halb überzustreifen und den anderen wenigstens ansatzweise anzuziehen, bevor er sich mühsam auf den Weg ins Esszimmer machte. Ich folgte ihm grinsend. Einen Eins-achtzig-Mann sieht man nicht alle Tage in flauschigen Hello-Kitty-Pantoffeln den Flur entlangschlurfen.

Fünf Minuten später hatten wir am Esstisch Platz genommen. Statt vor der üblichen Suppe saßen wir jedoch vor leeren Tellern, neben denen jeweils ein Paar Essstäbchen lag.

„Ähm, gibt es heute keine Suppe, Mutter?", fragte ich.

„Nein, Mrs Chu sagt, dass man in Taiwan die Suppe zum Schluss isst, nicht zu Beginn einer Mahlzeit, weil man sonst schon fast satt ist, bevor man überhaupt beim Hauptgericht angekommen ist. Ich finde, das ist eine gute Idee – meint ihr nicht auch? Meist wird eine Auswahl an kalten Vorspeisen gereicht."

„Hm ... das ist ähnlich wie bei uns, wenn wir Krabbencocktail und Eier mit Mayonnaise essen", sagte ich.

„Und das ist genau das, was ich zubereitet habe", meinte meine Mutter stolz und ging in die Küche.

Sie kehrte jedoch nicht mit einzelnen, auf Tellern angerichteten Portionen zurück, sondern stellte eine riesige Schüssel mit gekochten und gepulten Krabben auf den Tisch, die mit einer pinkfarbenen Soße beträufelt waren.

„Bitte, bedient euch!" Sie wies mit einer großartigen Geste auf die Schüssel. „Eigentlich nimmt man ein Paar Essstäbchen zum Servieren, aber da wir praktisch eine Familie sind ..."

Ich traute meinen Ohren kaum. Meine Mutter achtete für gewöhnlich peinlich genau auf gepflegte Esskultur und selbst bei einer einfachen Mahlzeit im Kreise der Familie bekam jeder sein Gedeck mit einer schier endlosen Galerie an Besteck, vom Fischmesser über die Pastagabel bis hin zum Dessertlöffel. Wer sich mit dem „falschen" Messer Butter aufs Brot strich, wurde mit einem missbilligenden Blick bestraft – und nun sollten wir unsere Stäbchen in eine gemeinsame Schüssel tunken?

„Äh, sonst haben wir jeder unser eigenes Besteck", merkte ich an.

„Mrs Chu ist der Meinung, dass man in einer

Familie aus gemeinsamen Schüsseln und Töpfen essen soll", entgegnete meine Mutter eindringlich. „Essen zu teilen ist sehr wichtig. Es ist ein Zeichen von Vertrauen und stärkt den Zusammenhalt."

Ich beäugte die schlanken, spitz zulaufenden Stäbchen neben meinem Teller misstrauisch. „Könnte ich vielleicht eine Gabel haben?"

„Oh nein, Schatz!" Meine Mutter runzelte die Stirn. „Mrs Chu sagt, dass Messer und Gabeln am Tisch nie benutzt werden, weil sie scharfe Kanten haben und ein Zeichen von Disharmonie darstellen."

„Mrs Chu weiß nicht, wie disharmonisch es wirkt, wenn ich versuche, mit Stäbchen zu essen", murmelte ich, während mein Vater und Devlin meine Mutter in ungläubigem Staunen musterten. Schließlich stocherten sie mit ihren Stäbchen ungelenk in der Schüssel herum. Devlin bekam eine Krabbe zu packen und wollte sie auf seinen Teller bugsieren, doch im nächsten Moment lockerte er unvorsichtigerweise seinen Griff ein wenig, seine Beute baumelte gefährlich an einem Ende eines Stäbchens und eine Spur leuchtend rosafarbener Soße bahnte sich einen Weg nach unten. Es war wie eine Szene aus einem Horrorfilm, als der Soßentropfen bebend über der schneeweißen Damasttischdecke schwebte, bis es Devlin gelang, die Krabbe auf seinem Teller in Sicherheit zu bringen, und er sich erleichtert auf seinem Stuhl zurücklehnte. Die ganze Aktion hatte ihm mehr abverlangt, als eine bewaffnete Geiselnahme es jemals tun würde. Ich musste mich zusammenreißen, um nicht laut loszulachen.

Meine gute Laune verschwand jedoch schlagartig, als mir einfiel, dass mir die Jagd nach Krabben noch bevorstand. Ich holte tief Luft und nahm meine Essstäbchen in die Hand.

Kapitel 5

Eine Zeit lang herrschte angespanntes Schweigen am Tisch, als wir alle versuchten, die schlüpfrigen Krabben auf unseren Tellern mit unseren Stäbchen einzufangen. Schließlich schaffte mein Vater es, seine hart erkämpfte Beute hinunterzuschlucken, und wischte sich erschöpft die Stirn.

„Oh, Philip, du wirst doch nicht nur eine Krabbe essen?", sagte meine Mutter.

„Ich ... äh, lasse Platz für das Hauptgericht, meine Liebe", antwortete mein Vater und wechselte dann schnell das Thema: „Tja, Devlin, wie sieht's aus? Was macht die Arbeit?"

„Alles bestens, Sir", antwortete Devlin. Er wirkte erleichtert, weil er seine Stäbchen ebenfalls beiseitelegen konnte. „Es sieht sogar so aus, als könnte ich demnächst befördert werden."

Ich sah ihn aufgeregt an. „Ohhh, Devlin! Das hast du mir gar nicht erzählt! In den Rang des Chief Inspectors?"

Er nickte lächelnd. „Ja. Es ist noch nicht offiziell, aber der Super – das ist mein Chef, der Detective Superintendent", erläuterte er meinen Eltern, „der Super hat angedeutet, dass er beim DCC – dem Deputy Chief Constable – ein gutes Wort für mich einlegen wird. Ich glaube, ich habe gute Chancen auf die Beförderung. Er hat meinen bisherigen Werdegang mitverfolgt und war beeindruckt ..."

„Das sollte er verdammt noch mal auch!"

„Gemma!" Meine Mutter stieß einen spitzen Schrei aus und griff sich entsetzt an die Kehle. „So redet eine Dame nicht!"

„Entschuldige, Mutter", murmelte ich. Zu Devlin gewandt sagte ich: „Du hast mehr Fälle gelöst als jeder andere Detective bei der Kripo von Oxford. Und wahrscheinlich arbeitest du mehr als jeder andere", fügte ich hinzu, wobei ich versuchte, meinen Ärger darüber nicht zu deutlich werden zu lassen.

Devlin hörte meine unterschwellige Gereiztheit dennoch heraus und sah aus, als wollte er etwas erwidern, überlegte es sich jedoch mit einem Blick auf meine Eltern anders.

„Na, das sind ja erfreuliche Nachrichten", stellte meine Mutter lächelnd fest. „Wie aufregend! Wir sind alle so stolz auf dich!"

Ich musste insgeheim grinsen. Dass meine Mutter

Devlin O'Connor sagte, sie sei stolz auf ihn, grenzte an ein Wunder. Ich erinnerte mich nur zu gut an die Zeiten, in denen sie sich nicht einmal vorstellen konnte, ihn zum Abendessen in ihr Haus einzuladen, und es war ein harter und mühsamer Kampf gewesen, bis er ihr gut genug für ihr einziges Kind erschien. Eins musste ich ihr allerdings lassen: Seit sie sich dazu durchgerungen hatte, Devlin als meinen Freund zu akzeptieren, hatte sie ihn mit offenen Armen in der Familie willkommen geheißen und vergötterte ihn geradezu.

Devlin räusperte sich verlegen. „Noch ist es keineswegs sicher, daher sollten wir uns nicht zu früh freuen. Wahrscheinlich hängt alles davon ab, wie meine nächsten Fälle verlaufen."

„Oh, ich bin überzeugt, dass es sich nur um eine Formalität handelt", meinte meine Mutter leichthin und verschwand in der Küche, um die Hauptspeise zu holen.

Als sie nach ein paar Minuten eine große Servierplatte auf dem Tisch abstellte, atmeten wir auf. Darauf war nichts Exotischeres zu sehen als Brathähnchen – ausnahmsweise waren bereits alle Knochen ausgelöst und das Fleisch in kleine Stücke geschnitten, sodass es mit den Essstäbchen leichter zu greifen war. Dazu gab es eine Schüssel mit Erbsen und eine mit Röstkartoffeln. Aus beiden ragte jeweils ein Servierlöffel hervor, wie ich erleichtert feststellte. Unsere Essstäbchen kamen also erst auf den Tellern zum Einsatz.

Meine Mutter häufte uns Erbsen und Kartoffeln auf, dann setzte sie sich und sagte: „Wenn deine Beförderung offiziell ist, Devlin, müssen wir in Gemmas Tearoom feiern -"

„Wenn es den Tearoom dann noch gibt", unterbrach ich sie finster.

„Was meinst du damit?", fragte sie verblüfft.

Ich seufzte, holte tief Luft und berichtete von der Durststrecke, die ich mit der Teestube gerade durchlebte, von der gähnenden Leere im Gastraum und schließlich von dem unerfreulichen Besuch in der schicken neuen Tea Bar.

„Vor der Tür standen die Leute Schlange und drinnen war es so voll, dass man kaum einen Fuß vor den anderen setzen konnte. Man bekommt Tee und Kaffee, so viel man will, und zum Afternoon Tea gibt es sogar ein Glas Sekt auf Kosten des Hauses." Ich ließ mich entmutigt auf meinem Stuhl zurücksinken. „Es ist hoffnungslos, da kann ich nicht mithalten."

„Unfug, Schatz!", widersprach meine Mutter munter. „Du sagst selbst, dass die Speisen und Getränke im Little Stables Tearoom viel besser sind als das Angebot in der neuen Tea Bar. Du musst nur dafür sorgen, dass es alle erfahren."

„Und wie? Ich kann die Leute nicht mit großzügigen Rabatten in meinen Tearoom locken, die Verdienstspanne ist schon gering genug und -"

„Du brauchst nicht mit Sonderangeboten zu winken", sagte meine Mutter mit einer wegwerfenden

Geste. „Ein paar kleine Werbeaktionen und einige Veränderungen auf der Speisekarte könnten schon reichen. Das würde sicher einen großen Unterschied machen."

„Mit den typisch englischen Köstlichkeiten kann man nichts mehr reißen", wandte ich düster ein. „In dieser Tea Bar gab es alle möglichen exotischen Gerichte wie Törtchen aus Wonton-Teigblättern und Sandwiches mit Seetang. Selbst ihre Scones sind nicht rund, sondern eckig." Ich seufzte. „Heißt das, dass ich nun auf Fusion Food umschwenken muss, um konkurrieren zu können?"

„Natürlich nicht. Die Leute kommen in deinen Tearoom, weil sie authentische britische Traditionen erleben wollen. Aber vielleicht solltest du mehr Menüs anbieten."

„Meinst du wirklich?", fragte ich stirnrunzelnd. „Ich dachte, unsere Gäste würden anhand der Speisekarte lieber selbst zusammenstellen, was sie essen und trinken möchten statt auf ein Menü festgelegt zu sein."

„Keineswegs, Schatz, viele Leute begrüßen es, wenn man ihnen die Qual der Wahl abnimmt und ihnen ein fertig geschnürtes Paket vorsetzt. Außerdem hat man bei einem Menü immer das Gefühl, ein Schnäppchen zu machen, selbst wenn man nur ein paar Pennys spart. Du könntest ‚Klassischen Afternoon Tea' anbieten, mit allem, was dazugehört. Oder ‚Tea for Two'."

„Deine Mutter hat recht", meldete sich mein Vater

zu Wort. Er lächelte mir ermutigend zu. „Das ist besser als jeder Versuch, diese Tea Bar nachzuahmen. Du wärest nichts weiter als eine schlechte Imitation. Sei du selbst, Schatz, das ist immer der beste Weg."

„Ich selbst zu sein hilft mir in dieser Situation erst mal nicht weiter", murmelte ich und rutschte tiefer und tiefer auf meinem Stuhl.

Meine Mutter warf mir einen tadelnden Blick zu. „Liebes, wenn du ein mürrisches Gesicht ziehst und in Selbstmitleid schwelgst, wirst du keine Gäste in deinen Tearoom locken."

„Ich schwelge nicht in Selbstmitleid", rief ich empört und setzte mich mit einem Ruck aufrecht hin.

Ohne auf mich zu achten, meinte meine Mutter zu Devlin gewandt: „Gemma wird schrecklich unleidlich, wenn man ihr sagt, dass sie sich albern aufführt." Ihre Stimme klang nachsichtig, als würde sie über ein übellauniges Kleinkind sprechen.

„Mutter!", rief ich wütend und klang in diesem Moment wie das bockige Kind, das sie beschrieb.

Ich sah Devlin an, in der Hoffnung, dass er meiner Mutter widersprach und mich als leuchtendes Beispiel von Reife und Ausgeglichenheit verteidigte. Statt jedoch für mich in die Bresche zu springen, warf er meinem Vater einen flehentlichen Blick zu. Da dieser gerade versuchte, mit seinen Stäbchen eine Röstkartoffel zu erwischen, war er ihm in dieser diplomatisch brisanten Situation keine Hilfe.

Schließlich meinte Devlin in betont neutralen Ton: „Äh … Gemma, deine Mutter könnte recht haben. Nicht in puncto Selbstmitleid", fügte er hastig hinzu. „Aber vielleicht ist es nicht so schlimm, wie es scheint. Du musst nur deine Speisekarte ein bisschen anpassen." Er schenkte mir ein aufmunterndes Lächeln. „Ich bin sicher, dass der Tearoom mit ein wenig Werbung wieder so gut läuft wie zuvor. Schließlich gibt es bei euch die besten Scones weit und breit."

„Wo wir gerade von Scones sprechen …" Meine Mutter übersah meine düstere Miene geflissentlich. „Kannst du für morgen Abend eine zusätzliche Charge Scones backen?"

„Morgen Abend? Was ist denn morgen Abend?", fragte ich gereizt. Noch war ich nicht bereit, ihr zu verzeihen.

„Oh, habe ich dir das nicht erzählt? Das OISS-Komitee lädt zu einem interkulturellen Abend für die Neuankömmlinge und die örtlichen Ehrenamtlichen ein, damit sich alle ein wenig kennenlernen. Und da regionale Gerichte eine Brücke zwischen den Kulturen schlagen, wollen sie eine Mitbringselparty veranstalten."

„Ich glaube, du meinst eine ‚Mitbringparty', Mutter." Gegen meinen Willen musste ich grinsen. „Jeder steuert etwas Essbares bei, nicht wahr?"

„Ja, jeder bringt ein Gericht mit, das für sein Land typisch ist, sodass wir alles miteinander teilen und probieren können. Auf diese Weise lernt jeder etwas dazu. Mrs Chu bereitet taiwanesische Klöße zu, Mr Odongo will Mandazi machen und Mrs Singh hat uns ein passendes indisches Dessert versprochen. Mrs Kim bringt hausgemachtes Kimchi mit und Miss Petrović will versuchen, istrischen Schinken aufzutreiben. Und da dachte ich: Was ist englischer als Scones mit Marmelade und Clotted Cream?"

Bevor ich etwas sagen konnte, fuhr sie munter fort: „Und du musst auch kommen, Devlin. Darüber wollte ich heute Abend mit dir sprechen. Deine Mitarbeit in unserer Initiative wäre von unschätzbarem Wert."

Devlin focht gerade einen aussichtslosen Kampf mit den Erbsen auf seinem Teller aus, die seinen Essstäbchen immer wieder entglitten. Nun sah er meine Mutter verständnislos an. „Meine Mitarbeit?"

„Ja, wir würden uns freuen, wenn du bei der morgigen Veranstaltung ein paar Worte sagen würdest. Manche Einwanderer haben in ihren Heimatländern schlechte Erfahrungen mit den Behörden gemacht, daher wäre es eine sehr gute Gelegenheit, das Vertrauen in die britische Polizei zu stärken."

„Hm ... nun ja, eigentlich gehört der Kontakt zu den Bürgern nicht in den Tätigkeitsbereich der Kripo", wandte Devlin ein. „Ich habe keinerlei Erfahrung mit solchen Sachen ..."

„Oh, du brauchst gar nichts Besonderes zu tun, nur kurz erzählen, was die Polizei macht und wie sie uns beschützt. Ich glaube, unsere Mitglieder wären schon froh, ein freundliches Gesicht zu sehen und ein paar Fragen stellen zu können."

„Ja, ich bin sicher, die Damen wären sehr froh, dein freundliches Gesicht zu sehen", neckte ich meinen gutaussehenden Freund. „Du wirst dich vor Einladungen kaum retten können – bestimmt wollen dir alle ihre nationalen Spezialitäten auftischen."

Devlin wurde rot und rieb sich verlegen den Nacken. „Wahrscheinlich wäre es besser, wenn ich jemanden von der Polizeiwache schicke oder vielleicht einen PCSO – ähm, das ist ein Police Community Support Officer, der meist zu Fuß durch seinen Bezirk geht und mit den Leuten spricht und -"

„Nein, nein, du musst selbst kommen", beharrte meine Mutter. „Ich habe dem Komitee so viel von dir erzählt und alle brennen darauf, dich endlich kennenzulernen."

Wenn meine Mutter sich etwas in den Kopf gesetzt hatte, war sie nicht davon abzubringen, und so versprach Devlin schließlich gehorsam, sich am nächsten Abend einzufinden.

„Wo und wann findet die Veranstaltung statt?", fragte er.

„Um zwanzig Uhr geht es los, aber wo – das weiß ich noch nicht." Meine Mutter runzelte die Stirn. „Eigentlich sollten wir einen Saal in der Town Hall in Oxford bekommen, doch dann gab es ein Durcheinander mit den Buchungen und der Raum wurde anderweitig vergeben. Heute Abend tritt das

Komitee zusammen, um zu beratschlagen, wo wir unsere Party morgen feiern können. Ich sage dir Bescheid, sobald ich Näheres erfahre."

Das weitere Abendessen verlief recht ereignislos, wenn man von den Erbsen absah, die unseren Stäbchen entwischten und über den Tisch katapultiert wurden. Müsli hielt das für ein wundervolles neues Spiel. Sie setzte sich unter den Tisch und wartete, bis die grünen Geschosse vor ihren Pfoten landeten. Als meine Mutter schließlich Eiscreme als Nachtisch hereintrug, waren wir alle erleichtert, dass wir die Essstäbchen beiseitelegen und zu Dessertlöffeln greifen konnten.

Nachdem wir uns von meinen Eltern verabschiedet hatten, verließen Devlin und ich zusammen das Haus und blieben auf der obersten Stufe stehen.

„Hör mal, sollen wir morgen Abend nach der Veranstaltung des OISS auf einen Drink in den Pub gehen?", fragte ich. „Spätestens um zehn Uhr müssten wir uns davonschleichen können."

„Tut mir leid, Gemma", erwiderte Devlin entschuldigend. „Übermorgen muss ich ganz früh raus, außerdem sollte ich morgen Abend eigentlich eine Menge Papierkram erledigen. Darum muss ich mich nun nach der Veranstaltung kümmern. Ich fahre also gleich nach Hause."

„Oh." Ich verbarg meine Enttäuschung, so gut es ging.

Mir kam es vor, als hätten Devlin und ich uns in

letzter Zeit kaum gesehen. Seine Arbeitstage waren immer schon lang gewesen, ein Detective macht eben keinen Dienst nach Vorschrift. Neuerdings schien es mir jedoch, als würde er die Arbeit nur unterbrechen, um zu essen und zu schlafen (für gewöhnlich allein). Natürlich wusste ich, dass er ein gewissenhafter Detective war, sein Streben nach Gerechtigkeit ließ ihn nicht ruhen, bis er einen Fall gelöst und den Täter hinter Gitter gebracht hatte. Trotzdem konnte ich nicht verhehlen, dass es mich verletzte und auch ein bisschen ärgerte.

Es könnte ihm ein bisschen mehr leidtun, dass wir uns so selten sehen, dachte ich gereizt. Devlin war nicht der Typ für romantische Liebesschwüre, was mich normalerweise nicht störte. Mit einem Mann, der abgeschmackte Plattitüden von sich gab, konnte ich nichts anfangen, doch manchmal wünschte ich, er würde seine Gefühle offener zeigen. Bisweilen sehnt sich selbst eine moderne, eigenständige Frau nach ein wenig Leidenschaft und Romantik im alten Stil. Ich hätte mich gefreut, ab und zu von ihm zu hören, dass er an mich dachte und mich vermisste.

Devlin betrachtete mich von der Seite, dann berührte er sanft meine Hand. „Es tut mir wirklich leid, dass ich Verabredungen immer wieder in letzter Minute absage und nicht einmal Zeit habe, dich anzurufen. Die Arbeit wächst uns allen über den Kopf, und seit ich weiß, dass ich für eine Beförderung in Frage komme, gebe ich mir noch mehr Mühe, alles richtig zu machen. Das verstehst du doch sicherlich?"

Ich seufzte. „Ja, natürlich. Es ist okay, Devlin, ich verstehe das."

„Danke." Er lächelte mich an. „Soll ich dich nach Hause bringen?"

„Nein, danke", sagte ich mit einem Blick auf seinen Jaguar. „Es ist viel zu mühsam, das Rad in deinem Kofferraum zu verstauen. Außerdem ist es nicht weit bis zu meinem Cottage." Ich gab mir Mühe, munter und optimistisch zu klingen.

„Okay, dann sehen wir uns morgen Abend." Nach kurzem Zögern beugte er sich herunter und gab mir einen flüchtigen Kuss, bevor er mit großen Schritten zu seinem Wagen ging.

Ich blieb noch lange in Gedanken versunken bei meinem Fahrrad stehen, nachdem seine Rücklichter in der Ferne verschwunden waren.

Kapitel 6

Am nächsten Morgen waren sehnsuchtsvolle Gedanken an Romantik und Liebesschwüre das Letzte, was mir durch den Kopf ging, als ich mich mit Cassie zusammensetzte, um einen Schlachtplan auszuhecken, wie wir dem Tearoom auf die Beine helfen könnten. Ich gab es nur ungern zu, aber meine Mutter hatte recht. Ich hatte mich in Selbstmitleid gesuhlt wie ein Schwein im Schlamm, und nun war es höchste Zeit, mich am Riemen zu reißen und den Kampf gegen die Flaute aufzunehmen. Tatsächlich hatte ich den Arbeitstag so optimistisch begonnen wie lange nicht mehr und selbst der Anblick des leeren Gastraums konnte meiner Stimmung nichts anhaben.

„Mit ein bisschen zusätzlicher Werbung locken

wir die Leute in den Tearoom zurück", sagte Cassie, die ich mit meiner Zuversicht angesteckt hatte. „Ich denke gerade an den Flyer, den die Silberlocken in ihren Briefkästen hatten. Wir könnten doch eine ähnliche Aktion starten. Ich mache ein paar Entwürfe, dann lassen wir einige Hundert drucken und verteilen sie in den Dörfern in der Umgebung ... vielleicht sogar in Oxford –"

„Ja ... Oxford ... die Busreisen!", rief ich. „Einige Veranstalter haben wir schon kennengelernt, sie bringen öfter ihre Reisegruppen hierher. Vielleicht könnten wir noch weitere für uns gewinnen und sie bitten, jedem Fahrgast beim Einsteigen einen unserer Flyer in die Hand zu drücken, damit die Leute ihren Aufenthalt im Dorf für einen Besuch bei uns nutzen."

„Nein, nein, ich habe eine bessere Idee!", sagte Cassie aufgeregt. „Dora könnte kleine Scones backen, die wir als Kostproben anbieten – du weißt schon, wie diese Cremepröbchen, die man im Kaufhaus bekommt. Schließlich sprechen unsere Backwaren für sich!"

„Das ist eine gute Idee", pflichtete ich ihr bei. „Diese Art der Werbung wird nicht billig, aber ich stecke das Geld lieber in Kostproben als in übertriebene Rabatte."

„Wenn die Leute erst einmal unsere Scones probiert haben, brauchst du keine Rabatte mehr anzubieten", verkündete Cassie siegesgewiss. Sie griff sich einen Bestellblock und drehte ihn um, sodass sie sich auf der Rückseite Notizen machen konnte. „Für die Flyer brauchen wir Werbetexte – kurz, aber aussagekräftig. Irgendetwas, was einen bleibenden Eindruck hinterlässt – Moment mal, ich sehe mir die Bewertungen unserer Gäste an. Authentische Kommentare sind immer gut …“ Sie nahm ihr Handy und gab den Namen der Teestube ein.

„Ich gebe es ja nur ungern zu, aber was meine Mutter über Menüs und Angebotspakete gesagt hat, war gar nicht schlecht“, meinte ich und fügte mit einem schiefen Lächeln hinzu: „Wer hätte gedacht, dass eine biedere Hausfrau mit derart gewitzten Marketingstrategien aufwartet? Ich dachte, wir könnten –“

„VERDAMMTER MIST!“ Cassie sprang empört auf, sie war puterrot im Gesicht.

„Was ist los?“, fragte ich erschrocken.

„Wir haben jede Menge negative Online-Bewertungen!“

Ich riss entsetzt die Augen auf, als ich die abschätzigen Kommentare sah, die dem Little Stables Tearoom jeweils nur einen einzigen kümmerlichen Stern verliehen.

„Das verstehe ich nicht. Wer sind all diese Leute?“, jammerte ich. „Gab es in letzter Zeit viele Beschwerden? Wenn ein Gast nicht zufrieden ist, geben wir uns normalerweise alle Mühe, die Wogen zu glätten und ihn irgendwie zu entschädigen.“

„Das ist alles kompletter Unsinn! Hier zum

Beispiel -" Cassie zeigte auf einen Kommentar. „Angeblich servieren wir altbackene Eclairs mit ranziger Sahne – dabei stehen Eclairs gar nicht auf unserer Speisekarte! Und hier beklagt sich jemand über den schlechten Service und die halbgare Fischpastete, die man ihm als Abendessen aufgetischt hat. Wir schließen am späten Nachmittag, daher bezieht sich das entweder auf ein anderes Lokal oder es ist frei erfunden."

Ihre Augen verengten sich zu Schlitzen, während sie eine Bewertung nach der anderen las. „Weißt du was? Ich wette, diese Kommentare sind allesamt erlogen – und ich glaube, ich ahne, wer dahintersteckt."

„Wen meinst du?"

„Ja, sieh her ... alle negativen Bewertungen wurden gestern und heute gepostet. In dieser kurzen Zeit können unmöglich so viele Leute hier gewesen und lauter schlechte Erfahrungen gemacht haben. Schließlich hatten wir höchstens drei Gäste! Und die indische Familie hat ihren Besuch im Tearoom offenkundig genossen."

Ich starrte sie ungläubig an. „Willst du damit sagen, dass jemand gefälschte Bewertungen ins Netz stellt, um uns schlecht aussehen zu lassen?"

„Ja, das könnte sein. Und ich glaube zu wissen, wer dafür verantwortlich ist", fügte Cassie düster hinzu. „Diese Zicke aus der Tea Bar, die an den Tisch der Silberlocken gekommen ist, als wir mit ihnen gesprochen haben."

Vor meinem geistigen Auge erschien das Bild der Dame mit ihrer kalten Eleganz, und ein Schauder lief mir über den Rücken, als ich mich an ihren Blick erinnerte, mit dem sie uns beim Abschied bedachte. Trotzdem konnte ich mir nicht vorstellen, dass jemand derart boshaft vorgehen würde.

„Warum sollte sie das tun?", fragte ich.

„Gemma! Natürlich, um die Konkurrenz auszuschalten!", antwortete Cassie ungeduldig. „Sie hat sich offenbar umgehört und herausgefunden, dass wir eine ernsthafte Bedrohung für ihren Laden darstellen. Die Speisen, die sie anbietet, sind unterirdisch, also kann sie nur mit ihren schwindelerregenden Rabatten trumpfen. Doch selbst die werden sie auf Dauer nicht retten, wenn das Essen nichts taugt. Daher hat sie beschlossen, deinen Tearoom niederzumachen und auf diese Weise die Leute von ihm fernzuhalten. Das ist so widerwärtig! Am liebsten würde ich sie sofort zur Rede stellen und ihr ordentlich die Meinung geigen."

„Wir haben keinerlei Beweise, dass sie hinter diesen Bewertungen steckt."

„Ich brauche keine Beweise! Überleg doch mal, Gemma! Kommt es dir nicht auch seltsam vor, dass sie gestern Abend von deinem Tearoom und seinem guten Ruf erfährt und jetzt lauter negative Bewertungen im Internet stehen? Ich habe ihr angesehen, dass sie sich mächtig geärgert hat, als die Silberlocken deine Scones in den höchsten Tönen gelobt haben - und alle Gäste an den umliegenden

Tischen haben es gehört. Das kann doch kein Zufall sein!"

„Ja, das klingt tatsächlich ein wenig merkwürdig", pflichtete ich ihr zögernd bei.

„Ein wenig?" Cassies Stimme troff vor Sarkasmus. „Du weißt, wie leicht man sich bei Online-Posts hinter falschen Namen verstecken kann. Vielleicht hat sie sogar einen dieser zweifelhaften Dienstleister dafür bezahlt, die Kommentare für sie zu posten."

„Welche zweifelhaften Dienstleister?"

„Im Guardian habe ich einen Artikel über Firmen gelesen, die für gezinkte Fünf-Sterne-Bewertungen im Internet stattliche Summen bezahlen. Ein Mann in Italien hat sogar erfundene Tripadvisor-Bewertungen an Hotels und Restaurants verkauft und ist dafür für mehrere Monate ins Gefängnis gewandert. Wenn man sich positive Kommentare kaufen kann, um besser dazustehen, warum sollte man dann nicht auch negative Bewertungen kaufen können, um die Konkurrenz zu schädigen?"

Ich starrte meine Freundin ungläubig an. Bei der Vorstellung, dass jemand uns auf solch abscheuliche Weise schlechtmachte, wurde mir leicht übel. Einem Widersacher gegenüberzutreten, sich gegen einen Angriff zu wappnen und sich zu wehren – das war eine Sache. Wenn der Angreifer jedoch heimtückisch aus dem Hinterhalt zuschlug, war es etwas ganz anderes und man fühlte sich hilflos und verletzt.

„Wir können sie nicht einfach mit unserem Verdacht konfrontieren, Cassie", sagte ich besorgt.

„Vor allem, weil sie so erfolgreich ist. Es würde aussehen, als würden wir ihr den Erfolg nicht gönnen.“

Nach kurzem Zögern fuhr ich fort: „Hör zu, ich sehe Devlin heute Abend. Ich frage ihn, was wir unternehmen können, falls tatsächlich diese Frau dahintersteckt -“

„Das tut sie!“, beharrte Cassie.

„Mag sein, aber wir müssen aufpassen, alles nicht noch schlimmer zu machen. Das Wichtigste ist, unsere Teestube wieder ans Laufen zu bringen. Eine Schlammschlacht mit der Dame von der Tea Bar wäre sicher nicht hilfreich.“

„Na gut“, gab Cassie widerstrebend nach. „Rede mit Devlin. Ich bin gespannt, was er sagt.“

Weitere Überlegungen wurden durch das verheißungsvolle Läuten der Glocke über der Eingangstür unterbrochen. Ich stand hastig auf, um das junge Paar zu begrüßen, das den Gastraum betrat, und war froh, das unerfreuliche Thema für den Moment beiseiteschieben zu können. Für den Rest des Tages bemühte ich mich, nicht weiter über die Flut der negativen Kommentare und über Cassies Verdacht zu grübeln. Es war sinnlos, mich innerlich in Rage zu reden, bevor ich eine Möglichkeit hatte, mit Devlin darüber zu sprechen. Nach all den Sorgen um die Teestube erschien mir selbst die Mitbringparty am Abend als willkommene Abwechslung.

Die Verschnaufpause war jedoch nur von kurzer

Dauer. Meine Mutter holte mich an der Teestube ab, da ich die versprochenen Scones nicht auf dem Fahrrad transportieren konnte. Unterwegs plauderten wir über alles Mögliche, und erst als wir auf den Parkplatz eines weitläufigen Gebäudekomplexes einbogen, wurde mir klar, wo wir uns befanden. Wir steuerten geradewegs auf die Ansammlung von Restaurants und Cafés zu, die vor Kurzem auf dem Gelände des Cotswolds Manor Hotels entstanden waren.

„Findet die Veranstaltung hier statt?", fragte ich kleinlaut, als meine Mutter den Wagen in eine Parklücke vor der funkelnden Fassade aus Beton und Glas lenkte. Da waren sie wieder, die umlaufende Terrasse und die gewaltige Cocktailbar aus schwarzem Marmor, die vom Eingang aus zu sehen war.

„Ja, das Komitee hatte schon fast die Suche nach einem geeigneten Raum aufgegeben, doch dann trat zum Glück Mrs Chus älteste Tochter Azalea auf den Plan", erklärte meine Mutter. „Azalea ist eine erfolgreiche Unternehmerin, sie hat gerade eine neue Bar eröffnet und hat uns ein sehr großzügiges Angebot gemacht. Die OISS kann das Lokal heute Abend kostenlos nutzen und -" Meine Mutter verstummte plötzlich. „Oh je, Schatz, ist das diese Tea Bar, von der du gestern Abend erzählt hast? Beim Komitee war nur von einer ‚Bar' die Rede, als heute Früh die Einzelheiten zum Veranstaltungsort bekanntgegeben wurden. Mir war nicht klar, dass es ausgerechnet *diese* Bar war."

Ich seufzte. *Und ich dachte, ich könnte die Aufregung um den Tearoom für eine Weile vergessen,* schoss es mir durch den Kopf. Ich stieg aus und holte die mitgebrachten Scones und andere Köstlichkeiten vom Rücksitz. Ein Wiedersehen mit Azalea Chu war das Letzte, was ich gebrauchen konnte! Egal, ob sie bei den negativen Bewertungen der Teestube ihre Finger im Spiel hatte oder nicht – es würde schwierig werden, ihr höflich und freundlich gegenüberzutreten.

Meine Mutter hatte eine Freundin entdeckt und hatte sich zu ihr gesellt. Nun betraten die beiden, ins Gespräch vertieft, die Tea Bar, während ich langsam mit Scones, Clotted Cream und Marmelade folgte. Jetzt war ich froh, dass Dora sich die Mühe gemacht und für den Abend frische Scones gebacken hatte. Das buttrige Aroma stieg mir in die Nase, und ich betrachtete stolz die kleinen runden Gebäckstücke, so weich und ein wenig mürbe, mit einer wundervollen goldenen Kruste, bei deren Anblick mir das Wasser im Mund zusammenlief. Ein Zusammentreffen mit Azalea Chu wäre sicher unangenehm, aber wenigstens konnte ich die perfekten Ergebnisse von Doras Backkünsten präsentieren.

Eine zornige Stimme riss mich aus meinen Gedanken. Ich blickte auf und sah einen Mann am Eingang der Tea Bar stehen. Er trug die zweireihig geknöpfte Jacke, die schwarz-weiße Hose und die Schürze, die Köche auf der ganzen Welt bei der Arbeit tragen. Die traditionelle Kochmütze fehlte zwar, doch es handelte sich zweifelsfrei um ein Mitglied des Küchenpersonals. Während ich noch überlegte, ob er gerade direkt aus der Küche der Tea Bar gekommen war, streckte er die Hand nach einem Werbeplakat aus, das an einem der Fenster hing.

Ich traute meinen Augen kaum, als er es herunterriss, zusammenballte, es auf den Boden warf und fluchend darauf herumtrampelte. Seine Stimme bebte vor Wut. Plötzlich fiel sein Blick auf mich, und er blieb wie angewurzelt stehen. Es war mir peinlich, dass er mich dabei ertappte, wie ich ihn anstarrte, und ich war unschlüssig, wie ich mich verhalten sollte. Er sah mich böse an und schien etwas sagen zu wollen, doch dann machte er auf dem Absatz kehrt und stapfte ohne ein Wort davon. Neugierig folgte ich ihm, um ihn im Auge zu behalten, und sah, dass er nicht auf die Tea Bar zusteuerte, sondern auf der Terrasse um das Gebäude herumging.

Ich stellte fest, dass die Terrasse nicht nur an die Tea Bar, sondern auch an eine Reihe weiterer Gebäude grenzte und am Cotswolds Manor Hotel endete. Der Mann steuerte auf das Haupthaus zu und verschwand hinter einer Tür, die ins Hotel führte. Ich blieb nachdenklich stehen. Gehörte er zum Küchenpersonal des Hotels? Was hatte er dann an der Tea Bar gemacht?

Ich erschauderte bei der Erinnerung an sein Gesicht, als er mich angesehen hatte. Die Bitterkeit und der blanke Hass in seinen Augen hatten mich wie ein Keulenschlag getroffen. Die Redensart „Wenn Blicke töten könnten" hatte ich schon oft genug gehört, doch es war das erste Mal, dass ich einen solchen Blick wahrgenommen hatte. Nach seinem Gesichtsausdruck zu schließen, hätte der Mann in jenem Augenblick einen Mord begehen können.

Kapitel 7

Im Gastraum der Tea Bar waren die meisten Tische an den Rand geschoben worden, sodass in der Mitte eine freie Fläche entstanden war. Dort standen die Gäste unterschiedlichster Nationalitäten in Grüppchen zusammen, plauderten und lachten oder bedienten sich am Buffet, das auf der marmornen Bar aufgebaut war.

Ich bahnte mir einen Weg durch die Menge und stellte die Servierplatten mit den Scones vorsichtig an einem freien Fleck auf der Bar ab.

„Hmmm, die sehen köstlich aus“, sagte eine stattliche Mittfünfzigerin neben mir. Sie trug ein elegantes Wollkleid und einen italienischen Seidenschal und hatte ihr blondes, von grauen Strähnen durchzogenes Haar im Stil von Catherine

Deneuve in weichen Wellen aus dem Gesicht nach hinten frisiert. Ich war überrascht, als sie mir die Hand entgegenstreckte und sich als Professor Gillian Bennett vorstellte, Dozentin für Englisch am Pendlebury College, einem der Colleges der Universität Oxford. Sie erinnerte eher an einen alternden Hollywoodstar als an eine spießige Universitätsprofessorin.

„Und Sie müssen Gemma sein, die Tochter von Evelyn Rose", sagte sie lächelnd.

„Woher wissen Sie das?", fragte ich staunend.

Ihr Lächeln wurde noch breiter und sie wies auf die Scones. „Wir haben schon so viel von Ihnen und Ihren Scones gehört. Evelyn behauptet, dass sie als die besten in ganz Oxfordshire bekannt sind."

Ich spürte, wie ich rot wurde. Dass meine Mutter stolz auf mich war, rührte mich, doch gleichzeitig war es mir peinlich, dass meine Eltern damit prahlten.

„Ich hoffe, sie werden ihrem Ruf gerecht", sagte ich mit einem verlegenen Lachen, bevor ich schnell das Thema wechselte. Ich wies auf einen Teller in ihrer Hand, auf dem eine Art frittierte Fleischbällchen aufgetürmt waren. „Haben Sie die gemacht?"

„Großer Gott, nein!", antwortete Gillian Bennett lachend. „Das sind die Koftas von Mrs Akbas. Ich habe nur angeboten, sie zum Buffet zu bringen. Ehrlich gesagt bin ich kaum in der Lage, ein Ei zu kochen! Glücklicherweise brauche ich mich um solche Dinge nicht zu kümmern: Da ich im College wohne, kann ich jeden Abend mit den anderen Professoren und ihren Gästen am High Table essen."

Ich seufzte wehmütig. „Ja, das vermisse ich manchmal. Natürlich saß ich zu meiner Studienzeit nicht auf dem Podest am High Table, sondern mit den anderen Studenten im großen Speisesaal. Dass man nicht einzukaufen und zu kochen braucht, sondern sich an den gedeckten Tisch setzen kann, hat etwas für sich, selbst wenn man sich dafür seine Robe anziehen muss." Bei der Erinnerung an diese skurrile Absonderlichkeit der Universität Oxford musste ich grinsen. Zu vielen Gelegenheiten, zu denen auch die Abendessen im College gehören, sind die Studenten gehalten, schwarze akademische Roben überzustreifen.

„Oh, natürlich, Ihre Mutter erwähnte, dass Sie in Oxford studiert haben. Gab es an Ihrem College nicht auch die Informal Hall mit einer weniger strengen Kleiderordnung?"

„Doch, die gab es, und vielen meiner Freunde war sie lieber, weil sie nicht erst auf ihre Zimmer rennen, sich umziehen und die Roben holen mussten. Mir passte meist die frühe Essenszeit nicht, daher bin ich eher zur Formal Hall gegangen. Für mich als Frau war es nicht ganz so schlimm, weil man auch in langer Hose und einem gepflegten Top erscheinen kann, Hauptsache, man zieht die Robe über. Davon abgesehen glaube ich, dass viele Frauen gerne die Gelegenheit nutzen, sich in Schale zu werfen", fügte ich schmunzelnd hinzu. „Für die Männer ist es schwieriger, weil sie zu ihrer Robe Jackett und Krawatte tragen müssen.“

„Nun, darum braucht man sich am Pendlebury College erst seit Kurzem Gedanken zu machen“, erwiderte Professor Bennett trocken. „Dieses Jahr haben wir unseren Status als reines Frauencollege verloren und müssen jetzt auch Männer zulassen.“

Ihr Tonfall ließ mich aufhorchen. „Bedauern Sie das?“

„Hmm ... natürlich habe ich nichts gegen eine diverse Gemeinschaft.“ Ihre Antwort klang, als würde sie sie routinemäßig abspulen. „Aber ich glaube, dass die unterstützende und nährende Atmosphäre, die unser College ausgezeichnet hat, unwiederbringlich verlorengeht, sobald Männer auf der Bildfläche erscheinen.“ Sie zog die Augenbrauen zusammen. „Junge Frauen können sich besser auf sich selbst, auf ihr persönliches Wachstum und Selbstbewusstsein konzentrieren, wenn sie nicht durch das andere Geschlecht abgelenkt werden. Wenn Männer in der Nähe sind, verschwenden sie oft viel zu viel Zeit auf Ängste und romantische Verstrickungen, die nur ihr Selbstbewusstsein aushöhlen.“

„Aber ... sich zu verlieben gehört doch zum Erfahrungsschatz einer Frau, meinen Sie nicht auch?“ Ihr heftiger Ton erschreckte mich.

Professor Bennett schnaubte. „Mag sein. Es ist aber keinesfalls ein wesentlicher oder gar der wichtigste Teil dieses Erfahrungsschatzes – obwohl wir immer so tun. Noch immer steht die Erwartung im Raum, zu heiraten, Kinder zu bekommen und sich in die Rolle als hingebungsvolle Ehefrau und Mutter zu fügen, wie es sich für ein ‚liebes Mädchen‘ gehört. Frauen, die diese Erwartungen enttäuschen, gelten als Versagerinnen. Aus persönlicher Erfahrung kann ich Ihnen bestätigen, dass dem nicht so ist.“

„Aber ist das nicht längst überholt?“, wandte ich ein.

„Weil heutzutage von Karrierefrauen und Gleichberechtigung die Rede ist?“, meinte sie mit verächtlicher Miene. „Das sind nur politische Lippenbekenntnisse. Falls sich überhaupt etwas verändert hat, dann beschränkt sich diese Veränderung auf liberale Kreise in westlichen Gesellschaften. In vielen traditionelleren Gesellschaften herrscht nach wie vor ein großer Konformitätsdruck. Sie können sich nicht vorstellen, wie sehr Mädchen unter den kulturellen Erwartungen nicht zuletzt ihrer Eltern leiden.“

Ihre unverblümte Direktheit verblüffte mich, was sich in meiner Miene gespiegelt haben musste, denn sie lachte verlegen und gestand: „Ich fürchte, Sie haben mich bei meinem persönlichen Kreuzzug erwischt. Das Thema liegt mir am Herzen, weil ich in meinem Beruf immer wieder vielversprechenden jungen Frauen begegne, die ihre Träume aufgeben und ihr Talent verschwenden, um sich dem sozialen und kulturellen Druck ihrer Familien zu beugen.“

Ich dachte an meine eigene schwierige Identitätsfindung nach Abschluss meines Studiums, und an die Ablehnung, die mir entgegenschlug, als ich eine erfolgreiche Karriere aufgab, um die Teestube zu eröffnen – und plötzlich war mir Gillian Bennett sehr sympathisch. Wenn ich in jüngeren Jahren jemanden wie sie in meinem Leben gehabt hätte, wären die Erwartungen meiner traditionell geprägten Mutter und der konservativen Mittelschicht, in der ich aufgewachsen war, vielleicht nicht so erdrückend gewesen.

„Die jungen Frauen an Ihrem College können von Glück sagen, dass Sie sie unterstützen und ihnen helfen, ihre Träume zu verwirklichen“, sagte ich lächelnd.

Sie seufzte. „Nun, ich versuche es. Das war einer der Gründe, mich im OISS zu engagieren. So viele Töchter von Einwandererfamilien sind in dem Konflikt zwischen ihren eigenen Lebensentwürfen und den Erwartungen ihrer Kultur gefangen. Ich dachte, wenn ich einige der Eltern kennenlerne und locker und entspannt mit ihnen plaudere, kann ich sie vielleicht eher dazu bringen, meinen Standpunkt zu verstehen.“

Plötzlich wies sie mit dem Kopf auf eine zierliche Dame mittleren Alters mit Mandelaugen und einer sanften Miene, die sich gerade mit meiner Mutter unterhielt.

„Nehmen Sie zum Beispiel Mrs Chu“, sagte

Professor Bennett. „Zwei ihrer drei Töchter haben ihren Abschluss an der Universität Oxford gemacht, die jüngste ist zurzeit noch eingeschrieben. Von ihnen wird erwartet, dass sie dem Namen der Familie Ehre machen. Die älteste, Azalea, ist inzwischen eine erfolgreiche Unternehmerin im Gastronomiebereich. Die zweite Tochter, Magnolia, ist zwar keine Ärztin geworden, hat aber die zweitbeste Wahl getroffen und einen Arzt geheiratet. Außerdem hat sie zwei prachtvolle Kinder in die Welt gesetzt", fuhr Professor Bennett trocken fort. „Bleibt die jüngste Tochter, Freesia, die mittlerweile in ihrem zweiten Jahr am Pendlebury College studiert und wahrscheinlich meine vielversprechendste Studentin ist. Sie steht unter immensem Druck, dem Beispiel ihrer Schwestern zu folgen, dabei ist sie ganz anders als die beiden. Sie ist eine wunderbar kreative, empfindsame Träumerin und würde am liebsten Schriftstellerin werden. Und damit ist ihre Familie ganz und gar nicht einverstanden. Ich versuche also, mich mit Mrs Chu anzufreunden und sie zu überreden, Freesia bei ihren Träumen und Ambitionen zu unterstützen."

„Man sollte meinen, dass ihre große Schwester als erfolgreiche Unternehmerin Ihnen hilft, gegen die traditionellen Ansichten anzugehen."

Professor Bennett presste die Lippen aufeinander. „Azalea Chu? Sie stellt das größte Hindernis dar. Mrs Chu ist eine sanftmütige Frau und ich glaube, sie wünscht sich, dass ihre Kinder glücklich sind.

Allerdings habe ich den Eindruck, dass sie sich bei allem nach ihrer ältesten Tochter richtet, wie überhaupt die ganze Familie nach Azaleas Pfeife tanzt. Und die hat sehr klare Vorstellungen vom Leben ihrer jüngsten Schwester. Kunst und Kreativität verachtet sie; können Sie sich vorstellen, dass sie versucht hat, Freesia vom Englischstudium abzubringen?"

„Was soll sie ihrer Meinung nach stattdessen studieren?"

Professor Bennett verzog das Gesicht. „Oh, wahrscheinlich Ingenieurswesen oder Ökonomie oder Naturwissenschaften. Auf jeden Fall etwas, das akzeptabler und ‚nützlicher' ist als ein Fach wie Englisch. Das ist etwas für Spinner. Ich finde, es ist höchste Zeit, ihr zu sagen, dass das Leben ihrer kleinen Schwester sie nichts angeht." Sie seufzte. „Der Respekt vor dem Alter ist eine der großen Herausforderungen, die die chinesische Kultur bereithält. Selbst unter Geschwistern hat das älteste Kind oft eine ähnliche Stellung wie die Eltern und übt einen größeren Einfluss auf die jüngeren Brüder und Schwestern aus als bei uns im Westen."

Ich wollte ihr gerade antworten, als meine Mutter mich zu sich winkte. Ich entschuldigte mich bei Gillian Bennett, bahnte mir einen Weg quer durch den Raum und stand bald darauf der Dame gegenüber, über die wir gerade gesprochen hatten.

„Schatz, ich möchte dich Mrs Chu vorstellen." Meine Mutter wandte sich an die zierliche Frau neben ihr. „Das ist meine Tochter Gemma."

„Ist schön, Sie kennenlernen", sagte Mrs Chu mit leiser Stimme in gebrochenem Englisch und neigte leicht den Kopf.

„Ich freue mich auch, Sie kennenzulernen." Ich streckte ihr zögernd die Hand entgegen, überlegte es mir dann anders und neigte ebenfalls den Kopf.

Sie strahlte mich an, offenbar erfreut über meine Geste. „Ihre Mutter spricht viel über Sie. Ist sehr stolz auf Sie. Gute Tochter, sehr gute Tochter. Sehr schön, sehr schlau."

„Äh … danke", murmelte ich verlegen.

„Sie sind sicher ebenfalls sehr stolz auf Ihre Töchter, Mrs Chu. Wie ich höre, sind sie unglaublich talentiert und so erfolgreich!", meinte meine Mutter.

Mit einem gezwungenen Lächeln pflichtete ich ihr bei: „Ja, Ihre älteste Tochter, Azalea, hat kürzlich dieses Lokal eröffnet – und hat damit offenbar einen Volltreffer gelandet."

Die Mutter errötete vor Freude, winkte aber bescheiden ab. „Oh, nein, nein … hat Glück, bei Geschäften." Ihre Augen leuchteten auf, als sie hinter mir etwas erspähte. „Ah! Azalea kommt gerade. Ich stelle Sie vor. Ist gut, wenn Sie Freundinnen sind."

Mit einem mulmigen Gefühl in der Magengegend drehte ich mich um. Kühl, elegant und selbstbewusst kam die Frau, der ich gestern zu ersten Mal begegnet war, auf uns zu.

Kapitel 8

Azalea Chu hatte ihr seidiges schwarzes Haar zu einem geschmeidigen Pferdeschwanz gebunden und ihr Make-up wirkte noch dramatischer als gestern: Ein kräftiger Lidstrich verlieh ihren Augen ein katzenartiges Aussehen und der dunkelrote Lippenstift betonte ihre schmalen Lippen. Sie telefonierte, während sie näher kam, und ihre Stimme klang scharf und höhnisch.

„... wenn du mir drohst, Kai, wird es dir leidtun. Ich werde dich ruinieren. Ich meine es ernst ... Na und? Das ist *dein* Problem ... tja, das hättest du dir überlegen sollen, bevor du die Scheidungsanwälte in Marsch gesetzt hast, nicht wahr?"

Mit triumphierender Geste beendete sie das Gespräch, bevor sie sich uns zuwandte.

„Azalea! Sieh hier, Mrs Roses Tochter, Jem-Ma", sagte Mrs Chu. „Sie hat auch Geschäft wie deins. Sehr gut, könnt ihr Freundinnen sein, nein?"

Azalea warf ihrer Mutter einen ungeduldigen Blick zu, dann antwortete sie: „Meine Tea Bar ist etwas ganz anderes als Gemmas ... äh, altbackener Tearoom." Sie verzog den Mund zu einem arroganten Lächeln.

Ich erstarrte innerlich. Dass sie meine Teestube absichtlich als ein trauriges Überbleibsel aus früheren Zeiten hinstellte, ärgerte mich. Ich verkniff mir jedoch eine spitze Antwort, als ich Mrs Chus eifrige Miene und den erwartungsvollen Blick meiner Mutter sah.

„Ich habe Ihre Tochter gestern kennengelernt, als ich mit meiner Freundin hier war", sagte ich lächelnd zu Mrs Chu. „Aber ich freue mich, dass wir uns offiziell vorgestellt werden", fügte ich zu Azalea gewandt hinzu und streckte ihr die Hand zum Gruß entgegen.

Mit einem gezierten Lächeln sagte sie: „Ich hoffe, Sie waren gestern nicht hier, um zu spionieren und Ideen zu stehlen?"

Mir stockte der Atem, so wütend war ich. Was erlaubte sich diese Frau! Ich musste all meine Zurückhaltung aufbieten, um ihr gleichmütig zu antworten. „Nun, wie Sie bereits bemerkten, haben wir jeweils einen anderen Stil, daher wird es kaum Überschneidungen geben."

In diesem Moment betrat ein junger Mann mit

einem schmalen, klugen Gesicht und wachen Augen die Tea Bar und schlenderte langsam auf uns zu. Sein starres Lächeln erinnerte mich an einen Hai. Er trug schwarze Röhrenjeans und eine enganliegende schwarze Jacke. Über seiner Schulter baumelte eine professionell aussehende Kamera. Als er sie mit einem flüchtigen Kuss auf die Wange begrüßte, fragte ich mich, ob er Azaleas Lebensgefährte war, obwohl er mir nicht ihr Typ zu sein schien.

„Tut mir leid, dass ich mich verspätet habe. Der Zug von London war der reinste Albtraum. Und? Hab ich irgendwas verpasst? Skandale? Streitereien? Mord und Totschlag?" Er warf grinsend einen Blick in die Runde.

„Ma, dies ist Mark Scott", erklärte Azalea ihrer Mutter. „Er ist der Journalist, von dem ich dir erzählt habe. Er ist ein guter Freund, und ich dachte, er könnte eurer Organisation mit etwas PR auf die Beine helfen."

Mrs Chu runzelte fragend die Stirn. „P-R?", wiederholte sie zögernd.

„Publicity", erläuterte ihre Tochter ungeduldig, „Werbung, damit ihr in die Zeitung kommt und die Leute über euch reden. Mark hat viele Leser und Follower in den sozialen Medien."

„Und ob!", bestätigte Scott mit einem selbstgefälligen Lächeln. „Ich habe viel Macht, meine Damen. Ich entscheide über Erfolg oder Misserfolg eines Unternehmens."

„Aber ... wir sind eigentlich kein Unternehmen",

wandte meine Mutter verwirrt ein. „Die OISS ist ein Zusammenschluss von Freiwilligen, wir leisten gemeinnützige Arbeit."

„Sie können gar nicht genug Publicity haben", meinte Azalea entschlossen. „Mark sorgt dafür, dass alle Welt von den großartigen Leistungen der OISS erfährt, und zwar nicht nur die ehrenamtlichen Mitarbeiter, sondern auch die Unternehmen, die den Verein unterstützen – wie meine Tea Bar", setzte sie munter hinzu. „Wir alle haben es verdient, dass unser Einsatz an Zeit und Ressourcen angemessen gewürdigt wird." Mit gedämpfter Stimme sagte sie zu Scott: „Achte darauf, dass unsere Speisekarte auf den Fotos gut zu sehen ist. Am Buffet liegt ein Stapel. Und vergiss nicht die Außenaufnahmen. Der Name der Tea Bar muss unbedingt mit drauf."

Ich wandte mich angewidert ab. Das war also der Grund, weshalb Azalea ihre Tea Bar so großzügig als Veranstaltungsort angeboten hatte: Sie erhoffte sich kostenlose Publicity und ein paar Bonuspunkte als Unterstützerin einer wohltätigen Sache. Das war schlau und einfallsreich, wie ich widerstrebend einräumen musste. Diese Frau wusste, wie man eine Gelegenheit nutzte, und ich konnte ihr keinen Vorwurf machen, dass sie ihr Unternehmen ins beste Licht rücken wollte – wie ich selbst es längst hätte tun müssen. In der Gastronomie herrschte ein harter Konkurrenzkampf, dem man sich beizeiten stellen sollte. Trotzdem erfüllte mich Azaleas Geldgier mit Abscheu.

Plötzlich meldete sich Mrs Chu strahlend zu Wort: „Ah! Das ist gute Idee. Dein Freund kann auch über Jem-Mas Lokal schreiben. Sie hilft OISS auch."

Azalea erstarrte. „Wie bitte?"

„Oh nein, das ist -", sagte ich schnell. Ich wand mich unter Azaleas kaltem Blick. „Ihr Vorschlag ist sicher nett gemeint, Mrs Chu, aber das ist wirklich nicht –"

„Nicht schüchtern sein." Mrs Chu tätschelte mir ermutigend den Arm. „Ihre Mutter sagt, Sie machen die besten englischen Scones. Berühmt in Oxford. Sie sagt, Sie bringen sie heute Abend, zu probieren?"

„Ähm, ja, ich habe ein paar Scones fürs Buffet mitgebracht ..." Ich lächelte schwach und wechselte schnell das Thema. „Es sieht alles köstlich aus, die Auswahl ist fantastisch. Und alles von den Mitgliedern der OISS selbstgemacht."

„Oh nein", widersprach Azalea. „Meine Tea Bar hat einen beträchtlichen Teil der Speisen beigesteuert, vor allem Zutaten unseres beliebten Afternoon-Tea-Angebots. Auf diese Weise können die Gäste wenigstens ein paar ansprechend angerichtete Dinge genießen, von einem professionellen Koch, dessen Fähigkeiten höchsten Ansprüchen genügen."

Ein Blick zum Buffet bestätigte, dass neben windschiefen selbstgebackenen Kuchen, Eintöpfen und grob geschnittenen Salaten mehrere große Platten mit zierlichem Fingerfood standen. Da waren mit Hähnchen und Tofu gefüllte Tacos, Parfaits mit frittierten Shrimps, Käsetörtchen mit Ingwer und

Mango, Reisbrei mit geraspelter Kokosnuss und eine Auswahl an Kuchen mit geometrischem Schokodekor und grellfarbigem Überzug. Zwischen den abgeschabten Töpfen und angeschlagenen Schüsseln mit ihrer Hausmacherkost wirkten diese Häppchen wie exotisch-bunte Pfeilgiftfrösche in einem englischen Dorfteich.

Ich musste allerdings einräumen, dass sie eindrucksvoller aussahen als die mitgebrachten Gaben der Gäste. Selbst meine Scones, die ja von einer Konditorin hergestellt waren, hatten einen bewusst selbstgemachten Look. Plötzlich wünschte ich, ich hätte nicht nur die schlichten Scones, sondern eine größere Auswahl der Köstlichkeiten mitgebracht, die wir im Tearoom regelmäßig anboten. Doch dann rief ich mich zur Ordnung. *Sei nicht albern*, schalt ich mich. *Lass dich nicht in einen Wettstreit mit Azalea hineinziehen. Du musst niemandem etwas beweisen.*

Dennoch beobachtete ich angstvoll aus den Augenwinkeln, wie sich eine große Gruppe von Gästen am Buffet bediente, und war über die Maßen erfreut, als sich die Platten mit den Scones in Windeseile leerten. Kurz darauf umringten mich zahlreiche Mitglieder des OISS, die mich mit Komplimenten umschütteten. Meine Mutter strahlte vor Freude und nickte huldvoll, als sei die Eröffnung eines Tearooms ihre Idee gewesen.

„Oh, das sind die besten Scones, die ich je gekostet habe!", schwärmte eine Dame.

„Ja, so leicht und locker – und trotzdem wunderbar buttrig", stimmte eine weitere Dame zu.

„Und man könnte meinen, sie kämen direkt aus dem heimischen Backofen, nicht aus einem schicken Café. Das gefällt mir", meinte ein Mann.

„Ich denke immer, ich mag englischen Kuchen nicht", vertraute mir eine andere Dame an. „Sind so süß, mit viel Sahne. Aber Ihr Scone ist sehr lecker. Sehr leicht. Schmeckt mir sehr gut."

„Danke … vielen Dank!" Ich spürte, wie ich vor Freude rot wurde, doch gleichzeitig war ich mir nur allzu bewusst, dass Azalea Chu uns mit feindseligem Blick beobachtete, die Lippen zu einer schmalen Linie zusammengepresst. Zu meiner Erleichterung betrat bald darauf ein weiterer Gast die Tea Bar, der alle Aufmerksamkeit auf sich lenkte.

„Ah, wunderbar! Endlich!", rief meine Mutter begeistert.

Ich drehte mich neugierig um und sah zu meinem Erstaunen Devlin im Eingang stehen – und hinter ihm drängten sich vier nette alte Damen in den Raum! Die Silberlocken! Was wollten sie hier? Ich heftete mich an die Fersen meiner Mutter, die sich einen Weg durch die Menge bahnte, um die Neuankömmlinge zu begrüßen.

„Ich hatte Angst, dass wir zu spät dran sind, Evelyn, aber dann traf Inspector O'Connor zum Glück im selben Moment wie wir ein", ertönte Mabels dröhnende Stimme. „Wir hatten ein paar Probleme mit den Requisiten, aber dann fiel Glenda ein Herr ein, mit dem sie ab und zu tanzen geht – und dessen Schwester war sehr groß und schlank. Leider ist die arme Paula schon vor Jahren von uns gegangen, doch sicher wäre sie hocherfreut, dass ihre Garderobe für einen guten Zweck eingesetzt wird."

„Oh ja, Percy redet ständig davon, dass seine Schwester für ihr Leben gern getanzt hat", erklärte Glenda. „Sie hat sogar an Wettbewerben teilgenommen und hatte den ganzen Schrank voller Kostüme."

„Und als wir keine passenden Strümpfe finden konnten, dachte Glenda sofort an Percy und hat ihn gefragt", ergänzte Florence.

„Zum Glück hat er die Sachen seiner Schwester aufgehoben und hatte nichts dagegen, sie uns zu leihen!" Glenda gab ein mädchenhaftes Gekicher von sich. „Percy meinte, dafür schulde ich ihm eine private Tanzvorführung – so ein Schlingel! Für seine fünfundsiebzig Jahre ist er unglaublich sexy!" Sie seufzte verträumt. „Er hat mich schon mehrmals zu einer Tasse Tee und einem Snack eingeladen, und wenn ich den Toyboys nicht abgeschworen hätte, würde ich es mir ernsthaft überlegen."

„Ich bin mir allerdings nicht sicher, dass die Sachen wirklich passen", sagte Ethel mit einem zweifelnden Blick auf Devlin. „Inspector O'Connor ist viel größer, als wir dachten."

„Oh, das macht nichts", erwiderte meine Mutter leichthin. „Auf solche Details achtet niemand, dafür sorgt schon die Perücke."

Devlin hatte dem Gespräch mit wachsender Unruhe gelauscht. Jetzt räusperte er sich und sagte so geschäftsmäßig wie möglich: „Äh, ich habe einen Projektor mitgebracht – wo soll ich den aufbauen? Ich brauche ihn für die PowerPoint-Präsentation, die unser PCSO ausgearbeitet hat -“

„Oh, nein, nein, Devlin, wir haben uns etwas anderes überlegt", unterbrach meine Mutter ihn unbekümmert. Sie wies auf die Silberlocken. „Als ich Mabel und ihren Freundinnen von unserer Veranstaltung erzählt habe, meinten sie, du solltest deinen Vortrag ein bisschen auflockern. Es käme sicher besser an, wenn du keine professionelle Präsentation gibst, sondern eher eine Art Show daraus machst. Es wirkt weniger einschüchternd, meinst du nicht auch? Mabel hatte eine hervorragende Idee: Warum trittst du nicht als elegant gekleidete Dame auf, mit hübscher Frisur und dezentem Make-up?“

Devlin starrte sie ungläubig an. „Ich soll mich als Frau verkleiden?“

Kapitel 9

„Ja! Ist das nicht eine fantastische Idee?" Meine Mutter strahlte. „Was könnte die Angst vor der Kriminalpolizei besser zerstreuen als der Anblick eines unserer leitenden CID-Beamten mit Lippenstift und Netzstrümpfen?"

Devlin war sprachlos. „Das ist das Dümmste, was ich je gehört habe!", brachte er schließlich hervor.

„Ich muss doch sehr bitten!", sagte Mabel empört. „Und was sagst du dazu, junge Frau? Es ist doch ein brauchbarer Vorschlag oder etwa nicht? Schließlich wird Inspector O'Connor nicht nur Interessantes über die Polizeiarbeit in England berichten, sondern auch einen wichtigen Aspekt der britischen Kultur verdeutlichen."

„Was?", fragte ich. Als ich sah, wie meine Mutter

die Stirn runzelte, korrigierte ich mich rasch. „Wie bitte? Ich verstehe nicht – wovon reden Sie?"

„Von der großen britischen Tradition des Crossdressing natürlich!", dröhnte Mabel stolz. „Alle, die neu in diesem Land sind, sollten gleich erfahren, wie gern sich unsere Männer als Frauen verkleiden."

„Ja, da hat sie vollkommen recht", meinte meine Mutter. „Schließlich handelt es sich um eine altehrwürdige Tradition, die bis in die Shakespeare-Zeit zurückreicht. Damals mussten alle Frauenrollen von Männern gespielt werden."

„Ganz zu schweigen von den großartigen britischen Komikern aus Film und Fernsehen." Mabel nickte entschlossen. „Monty Python, Carry On, The Two Ronnies -"

„Vergiss die Pantomimes nicht, die zur Weihnachtszeit für die Kinder aufgeführt werden", meldete sich Ethel zu Wort. „Der Held wird immer von einer Frau gespielt, und die Hexe, die hässlichen Stiefschwestern oder die alten Frauen – das sind alles Männer."

„Oh, ich liebe die Pantomime-Dame", sagte Florence mit einem glücklichen Seufzer. „Man merkt sofort, dass ein Mann im Frauenkostüm steckt, und das ist furchtbar lustig. Die anzüglichen Witze! Die Zuschauer krümmen sich vor Lachen!"

„Ohh … *there is nothing like a dame … nothing like a dame …!*", sang Glenda plötzlich mit zittriger Stimme.

Die anderen Silberlocken stimmten ein: „…

THERE IS NOTHING LIKE A DAME!", krähten sie und wiegten sich im Rhythmus der Melodie.

Grundgütiger! Ich wusste nicht, ob ich lachen oder weinen sollte. Ich sah, dass Devlin einen verzweifelten Blick zur Tür warf, als wollte er die Flucht antreten, doch bevor er entwischen konnte, hakte Mabel ihn unter und zog ihn zum hinteren Teil des Restaurants.

„Kommen Sie, Inspector, wir müssen Sie fertig machen!"

Und so wurde mein hochgewachsener, muskulöser Freund von vier netten alten Damen im Polizeigriff abgeführt. Ich überlegte noch, ob ich mitgehen sollte, als mir jemand eine Hand auf den Arm legte.

„Na so was - Gemma! Schön, dich zu sehen!"

Ich drehte mich überrascht um und sah mich einer hübschen, schlanken Endzwanzigerin gegenüber. Mit ihrem seidigen schwarzen Haar, den zarten Gesichtszügen und der makellosen Porzellanhaut ostasiatischer Frauen wirkte sie auf den ersten Blick wie ein zerbrechliches Püppchen, aber ich wusste es besser. Jo Ling – mit vollem Namen Dr. Josephine Ling – war eine hervorragende forensische Pathologin bei der Kripo von Oxfordshire.

Ich konnte nicht leugnen, dass ich früher furchtbar neidisch auf Jo und ihre lockere Vertrautheit mit Devlin gewesen war, und auch heute verspürte ich noch einen kleinen eifersüchtigen Stich, wenn ich ihr begegnete. Welche

Frau wäre angesichts von so viel Schönheit, Charme und Selbstbewusstsein nicht verunsichert! Inzwischen empfand ich echte Zuneigung und Respekt für sie und begrüßte sie nun herzlich.

„Jo, wie schön! Ich wusste nicht ... arbeitest du auch bei der OISS mit?"

„Ich nicht, aber meine Eltern", erklärte sie. „Natürlich leben sie seit Jahren in England, aber gerade Einwanderern aus dem Fernen Osten helfen sie gern, hier Fuß zu fassen. Bei ihrer Ankunft aus Taiwan hatten sie den gleichen Kulturschock, den die Neuankömmlinge heutzutage erleben, daher können sie sich in sie hineinversetzen."

„Ich wusste gar nicht, dass du ursprünglich aus Taiwan stammst."

„Nun ja, da ich hier aufgewachsen bin, betrachte ich mich als Engländerin", grinste sie. „Aber meine Eltern kommen beide aus Taiwan und freuen sich immer, wenn sie jemanden aus diesem Teil der Welt treffen."

„Wie Mrs Chu?", fragte ich schnell.

Jo verzog leicht das Gesicht. „Oh ja, meine Mutter hat sich mit ihr angefreundet. Eigentlich hat sie in den letzten Wochen über kaum etwas anderes geredet als über Mrs Chu und ihre Töchter." Sie verdrehte die Augen. „Ehrlich, mittlerweile weiß ich wahrscheinlich mehr über Azalea, Magnolia und Freesia als über meine eigenen Schulfreunde! Und sie will mich Azalea unbedingt vorstellen. Das ist der Grund, weshalb ich heute hier bin – als gute Tochter tue ich natürlich alles, um meine Eltern zufriedenzustellen, eine chinesische Eigenart.“

„Oh, ich weiß genau, was du meinst“, erwiderte ich mit einem schiefen Lächeln. „Unter Engländern ist diese Eigenart ebenfalls verbreitet. Was meinst du, weshalb ich hier bin?“

Jo lachte. „Stimmt, du hast recht. Meine Mutter versucht seit einer halben Ewigkeit, mich mit Mrs Chus Töchtern zusammenzubringen, vor allem mit Azalea, der ältesten. Sie meint, wir müssten dicke Freundinnen werden, weil wir etwa gleichaltrig sind und beide aus taiwanesischen Familien stammen.“ Sie seufzte genervt, dann blickte sie sich vorsichtig um und fuhr mit gedämpfter Stimme fort: „Nach dem, was meine Mutter mir erzählt hat, glaube ich kaum, dass ich Azalea Chu näher kennenlernen will.“

„Was meinst du damit?“, fragte ich erstaunt.

„Sie klingt wie eine gemeine Zicke“, lautete die unverblümte Antwort. „Wie sie mit anderen Menschen umspringt -“

„Hat deine Mutter das von ihrer Mutter?“

„Nein, nein, natürlich nicht. Die taiwanesische Gemeinschaft hierzulande ist nicht besonders groß, und es wird viel geredet. Selbstverständlich kann man nicht alles glauben, was man hört, aber … kein Rauch ohne Feuer, sage ich immer. Zum Beispiel ist die schmutzige Scheidung, die Azalea gerade durchläuft, in aller Munde, und wenn nur die Hälfte der Dinge wahr ist, die mir zu Ohren gekommen sind

…“

„Welche Dinge?“, fragte ich neugierig und hatte zugleich ein schlechtes Gewissen, weil ich Klatsch und Tratsch Vorschub leistete.

„Ach, das ist so absurd, wie man es eigentlich nur aus Seifenopern kennt. Angeblich hat sie ihren Mann betrogen, hat ihn aber gezwungen, aus dem gemeinsamen Haus in Nord-Oxford auszuziehen. Dann hat sie bei der Polizei Anzeige gegen ihn erstattet, weil er sie ‚bedroht‘ hat, und hat ein Kontaktverbot gegen ihn erwirkt. Dabei hat dieses hinterhältige Biest seine neue Adresse als ihre eigene angegeben, mit dem Ergebnis, dass der arme Kerl sich seiner eigenen Wohnung nicht nähern darf. Das geht jetzt wohl schon seit ein paar Wochen so. Jedenfalls musste er sich ein Hotelzimmer nehmen und kommt weder an seine Kleidung noch an etwas anderes heran. Trotzdem muss er Miete für die leere Wohnung zahlen. Hast du schon mal etwas so Abscheuliches gehört?“

„Ganz schön abgebrüht“, pflichtete ich ihr bei. „Eigentlich kaum vorstellbar.“

„Offenbar ist sie nicht nur privat so skrupellos“, fuhr Jo fort. „Meine Mutter hat mir eine schlimme Geschichte erzählt, wie sie einen Konkurrenten mit einer gezielten Rufmordkampagne in den Ruin getrieben hat. Es war ein Restaurant in London, in unmittelbarer Nachbarschaft zu ihrer ersten Tea Bar. Man munkelt sogar, dass sie einen Onlinedienst bezahlt hat, der das Internet mit Hunderten von gefälschten Negativbewertungen seines Restaurants überschwemmt hat –"

„Was?" Mir stockte der Atem, als ich an die unerklärliche Flut von negativen Kommentaren über meinen Tearoom dachte. Hatte Cassie recht mit ihrer Vermutung, dass Azalea dahintersteckte? „Was hat der Restaurantbesitzer dagegen unternommen?"

Jo zuckte die Schultern. „Was sollte er machen? Er hat versucht, dagegen anzugehen und die Kommentare löschen zu lassen, aber sein Wort stand gegen ihres. Sie hat sogar in den sozialen Netzwerken verbreitet, dass er es auf sie abgesehen habe, weil er ihr ihren Erfolg nicht gönnte."

„Oh Gott ..." Mir wurde flau bei dem Gedanken, was mir und meinem Tearoom möglicherweise bevorstand. „Und du sagst, Azalea hat ihn in den Ruin getrieben?"

„Das behauptet meine Mum jedenfalls. Sie hat die Öffentlichkeit gegen ihn aufgebracht, sodass man sein Lokal boykottiert hat und er schließlich zumachen musste."

Ich schüttelte den Kopf. Einerseits war ich schockiert, andererseits wollte ich nicht wahrhaben, dass jemand derart gemein sein konnte. Wenn Azalea es einmal geschafft hatte, konnte sie es auch ein zweites Mal schaffen. Plötzlich wurde mir angst und bange um meine Teestube.

„Gemma? Ist alles in Ordnung?"

Jo sah mich besorgt an. Ich lächelte schwach. „Ja, alles okay. Es ist nur ... in der Teestube läuft es im

Moment nicht so, wie es sollte."

„Kann ich dir irgendwie helfen?"

Ich sah sie dankbar an. „Nein, ich glaube nicht, aber danke für das Angebot. Wahrscheinlich sollte ich mit Devlin reden", sagte ich mit einem Blick zum hinteren Teil der Tea Bar. „Entschuldige bitte, ich gehe ihn suchen."

„Dev ist hier?", fragte Jo erfreut. „Das wusste ich nicht. Ist er gekommen, um dir moralische Unterstützung zu bieten?"

„Na ja, meine Mutter hat ihn überredet, einen Vortrag über die Arbeit der britischen Polizei zu halten."

„Ah, meine Mutter wollte, dass ich ebenfalls von meiner Arbeit erzähle", grinste Jo, „aber ich habe ihr gesagt, dass es besser ist, wenn die Leute nicht allzu viel von meiner Tätigkeit erfahren."

Da könntest du recht haben, dachte ich, als ich mich von ihr verabschiedete und mich auf die Suche nach Devlin machte. Es war eine Ironie des Schicksals, dass ausgerechnet Jo Ling, die jede Modelagentur mit Kusshand genommen hätte, für ihr Leben gerne Leichen sezierte!

Kapitel 10

Als ich den Personalraum im hinteren Teil der Tea Bar betrat, musste ich mich zusammenreißen, um nicht laut loszulachen. Devlin saß mit hängenden Schultern auf einer Bank an der Wand, während Glenda ihn eindringlich musterte. Zu einem pinkfarbenen, mit Pailletten bestickten Top trug er einen schwarzen Rüschenrock und Netzstrümpfe.

„Sie haben so wunderschöne lange Wimpern, Inspector O'Connor!" Glenda brachte ihr Gesicht ganz nah an seins, sodass er beunruhigt den Kopf nach hinten bog. „Wahrscheinlich brauchen Sie nur ein bisschen Wimperntusche. Aber ohne Rouge geht es nicht. Oh, wo hat Mabel das Schminktäschchen hingestellt? Warten Sie einen Moment, ich bin gleich wieder da."

Als sie an mir vorbei aus dem Raum schlurfte, sah ich plötzlich, dass mein Freund nicht allein war. Neben ihm auf der Bank saß ein weiterer junger Mann, der mindestens ebenso deprimiert wirkte wie Devlin und den ich gut kannte.

„Lincoln!", rief ich erfreut. „Was machst du hier?"

Lincoln Green war der Sohn von Helen Green, der besten Freundin meiner Mutter. Lange Zeit war es der Herzenswunsch unserer Mütter, dass wir eines Tages ein Paar werden würden. Seine soziale Herkunft und nicht zuletzt seine Stellung als hochgeschätzter Arzt machten Lincoln zum idealen Schwiegersohn, und nach meiner Rückkehr nach Oxford hatte es einige erfolglose Versuche gegeben, uns zusammenzubringen.

Zum Glück schien sich meine Mutter damit abgefunden zu haben, dass meine Wahl auf Devlin gefallen war, doch Lincoln hatte bei ihr immer noch einen Stein im Brett – ebenso wie bei mir. Wenn Devlin nicht aus der Versenkung aufgetaucht wäre, hätte ich mich wahrscheinlich in Lincoln verliebt. Er war charmant und freundlich, sah gut aus und wirkte ruhig und kompetent, sodass man sich in seiner Gesellschaft sofort wohlfühlte.

Im Moment schien er selbst sich jedoch gar nicht wohlzufühlen in seiner Haut. Er saß zusammengesunken da und zupfte unglücklich an seiner knallroten Hose, die von der Hüfte bis zum Saum mit goldfarbenen Rüschen besetzt war und ihn optisch zwischen einer Hochzeitstorte und einem

Flamencotänzer ansiedelte.

Er lächelte mich verlegen an. „Oh … hallo, Gemma. Ich … äh … habe mich überreden lassen, heute Abend zum Unterhaltungsprogramm beizutragen." Mit einem Seitenblick auf Devlin fuhr er fort: „Obwohl es mich nicht so schlimm getroffen hat wie ihn."

Devlin schlug ihm grinsend auf die Schulter. „Ich weiß nicht … als verführerische Frau aufzutreten ist gar nicht so übel – im Vergleich zu deiner Rolle als Hinterteil eines Löwen."

Die beiden Männer brachen in schallendes Gelächter aus, und ich betrachtete sie überrascht und erfreut zugleich. Zwischen ihnen hatte stets eine gewisse Spannung geherrscht, weil sich Devlin der Tatsache nur allzu bewusst war, dass meine Mutter lieber Lincoln an meiner Seite gesehen hätte, den sie für „besser" hielt. Schließlich hatte er einen ähnlichen gesellschaftlichen Hintergrund wie ich und hatte eine teure Privatschule besucht. Lincoln dagegen hatte in Devlins Gegenwart immer distanziert und verlegen gewirkt, und obwohl sie einander nie mit offener Feindseligkeit begegnet waren, war ich froh zu sehen, wie entspannt sie lachten und sich gegenseitig aufzogen.

„Das Hinterteil eines Löwen?", fragte ich schmunzelnd. „Ich bin mir nicht sicher, ob ich wirklich mehr wissen will."

„Eine der Damen von der OISS hat zwei Söhne, die in Oxford eine Kampfkunstschule besuchen und gerade einen traditionellen Löwentanz einstudiert haben. Daher dachte sie, es wäre eine gute Idee, wenn die beiden den Tanz heute Abend aufführen, als Beispiel für chinesische Kultur", erläuterte Lincoln. „Leider ist der jüngere Sohn, der den hinteren Teil des Löwen übernehmen sollte, an Grippe erkrankt, sodass sie in letzter Minute einen Ersatz brauchten. Jo hat mich heute bei der Arbeit angerufen und gefragt, ob ich einspringen könnte. *Et voilà!*"

Dass er Jo Ling erwähnte, fand ich interessant. Ich fragte mich seit einiger Zeit, ob Jo und Lincoln ein Paar waren, hatte allerdings nicht gewagt, nachzufragen. Trotz der allzu offensichtlichen Versuche unserer Mütter, uns zusammenzubringen, hatte Lincoln nie verhehlt, dass er gerne mehr als nur mein guter Freund wäre. Ich hatte ein furchtbar schlechtes Gewissen, als ich ihm einen Korb gab, und würde mich freuen, wenn er jetzt jemand anderen gefunden hätte, mit dem er glücklich war.

Ich schob die Spekulationen über Lincolns Beziehungsstatus beiseite und fragte ihn, ob er den Löwentanz jemals aufgeführt habe.

Lincoln schüttelte den Kopf. „Ich habe nicht die geringste Ahnung, was ich tun soll", meinte er mit einem verschämten Lächeln. „Ich dachte, ich klammere mich einfach an meinem Vordermann fest."

Devlin stand schwankend auf und wäre fast gestürzt, wenn ich ihn nicht festgehalten hätte. Ich musste mir das Lachen verkneifen, als er sich mit rotem Gesicht aufrichtete und versuchte, auf seinen hochhackigen Schuhen ein paar wacklige Schritte zu gehen.

„Wenn die Kollegen beim CID das herausbekommen, ziehen sie mich bis an mein Lebensende damit auf", murmelte er.

Ich sah kichernd zu, wie er tapfer durch den Raum wankte, und empfand tiefe Liebe und Dankbarkeit für ihn. Voller Scham dachte ich daran, wie wütend ich gestern Abend auf ihn gewesen war. Ja, es stimmte, dass er in den letzten Wochen wenig Zeit für mich gehabt hatte, aber mir wurde plötzlich klar, dass es bei Liebe – wahrer Liebe – nicht nur um Champagner und Rosen ging, nicht um rührselige Schwüre, von denen man in Romanen immer liest, und auch nicht darum, dem anderen ununterbrochen Zärtlichkeiten ins Ohr zu flüstern. Nein, wahre Liebe zeigte sich in den Opfern, die man zu bringen bereit war, um die geliebte Person glücklich zu machen. Devlin hatte seine Pläne für den Abend geändert, er sprang über seinen Schatten und ließ sich mit Pailletten und Netzstrümpfen herausputzen, um meiner Mutter einen Gefallen zu tun – weil er wusste, dass es mir wichtig war. Und das war mehr wert als tausend blumige Liebeserklärungen.

Als die Silberlocken mit pinkfarbenem Rouge, Wimperzangen und rotem Lippenstift beladen zurückkehrten, verabschiedete ich mich und überließ die beiden beunruhigt aussehenden Männer ihrem Schicksal. Im Gastraum vertrat mir Mark Scott, der Fotograf, den Weg.

„Hören Sie, Sie haben diese tollen Scones mitgebracht, nicht wahr?", begann er ohne Umschweife. „Die sind fantastisch."

Sein Lob freute mich. „Danke."

„Sie haben also auch ein Lokal wie dieses?", fragte er.

„Nein, das kann man so nicht sagen", erwiderte ich mit einem Blick auf den polierten Marmor der Bar und die glänzenden Beschläge. „Ich betreibe einen traditionellen englischen Tearoom in einem ehemaligen Gasthof aus der Tudorzeit, am anderen Ende des Dorfes."

„Und wenn ich vorbeischaue, spendieren Sie mir sicher einen Afternoon Tea, stimmt's?" Er grinste frech. „Ich würde Ihren Tearoom natürlich in meiner wöchentlichen Kolumne erwähnen."

Aha! Er wollte eine kostenlose Mahlzeit schnorren, als Gegenleistung für eine positive Kritik! Es war nicht das erste Mal, dass man mir einen solchen Vorschlag unterbreitete – in der Gastronomie ist das gang und gäbe -, doch da war etwas an Mark Scotts aalglatter Art, das mich ärgerte. Gleichzeitig war mir klar, dass ich gerade jetzt keine Gelegenheit auslassen durfte, Werbung für meine Teestube zu machen.

Ich holte tief Luft, dann setzte ich ein höfliches Lächeln auf und sagte: „Sie sind uns jederzeit willkommen, Mr Scott. Wir freuen uns immer, unsere köstlichen Backwaren präsentieren zu können, und wenn Sie Ihre Erfahrungen teilen, wäre das großartig."

„Haben Sie eine Visitenkarte oder so?", fragte er.

Ich wollte schon in meine Hosentasche greifen, als mir zu meinem Ärger einfiel, dass ich meiner Mutter zuliebe „ausnahmsweise ein hübsches Kleid" angezogen hatte, wie sie es ausdrückte.

„Tut mir leid, ich müsste im Auto nachsehen, ob ich dort welche habe", erklärte ich. „Ich bin gleich wieder da."

Draußen war es kalt; obwohl offiziell schon der Frühling begonnen hatte, wurde es abends immer noch ziemlich ungemütlich. Ich verfluchte mich insgeheim, weil ich nicht daran gedacht hatte, mir meine Jacke überzuziehen. Zum Glück fand ich auf dem Rücksitz von Mutters Wagen ein paar Speisekarten des Little Stables Tearooms, griff mir eine und wollte so schnell wie möglich in die gut geheizte Tea Bar zurückkehren.

Als ich mich jedoch dem Eingang näherte, sah ich zwei Frauen auf der umlaufenden Terrasse stehen. Sie standen im Schatten und wurden teilweise von den Säulen am Rand der Terrasse verdeckt, doch bei einer der Frauen handelte es sich zweifelsohne um Azalea Chu. Die andere war zierlich, hatte langes schwarzes Haar und war Azalea zwar nicht wie aus dem Gesicht geschnitten, doch die Ähnlichkeit war unverkennbar. Vermutlich war es Freesia, die jüngste der drei Schwestern. Sie trug einen weiten blauen Strickpullover, enge Jeans und Doc Martens, lehnte lässig an einer Säule und zog hektisch an einer Zigarette.

Azaleas Stimme war nicht zu überhören, sie klang scharf und vorwurfsvoll, und unwillkürlich trat ich näher.

„Nicht zu fassen, dass du dich zum Rauchen nach draußen schleichst! Zigaretten stinken, sie sind ekelhaft. Habe ich dir nicht gesagt, du sollst mit dem Rauchen aufhören?"

„Ich bin zwanzig Jahre alt! Wenn ich rauchen will, kann mich niemand daran hindern", gab die junge Frau trotzig zurück. „Außerdem geht dich das überhaupt nichts an!"

„Es geht mich sehr wohl etwas an! Wenn du meinst, du könntest tun und lassen, was du willst, hast du dich geirrt. Es geht uns alle an, vor allem Ma, die für dich verantwortlich ist -"

„Ich brauche keinen Aufpasser, ich kann für mich selbst sorgen", unterbrach Freesia sie heftig.

„Ach ja? Und wer wäscht die Wäsche, die du einmal in der Woche bei Ma ablieferst? Und wer gibt dir Taschengeld?", erwiderte Azalea höhnisch. „Wer bezahlt deinen Unterhalt – hast du darüber schon mal nachgedacht? Nein, natürlich nicht. Du denkst immer nur an dich."

„Das ist nicht wahr!", rief Freesia. „Ich verdiene neben dem Studium ein bisschen Geld und helfe im Haushalt, wo ich kann. Ich habe mich sogar für das

Stipendium der Oxford Emerging Writers beworben, mit dem junge Autoren gefördert werden. Damit könnte ich einen Teil meiner Unterhaltskosten bestreiten -"

„Wie bitte? Ein Stipendium für Schriftsteller?" Azalea lachte boshaft. „Wer hat dir denn diese Flausen in den Kopf gesetzt?"

„Das sind keine Flausen! Professor Bennett findet auch, dass ich Schriftstellerin sein könnte, eine echte Schriftstellerin, eine Bestsellerautorin und –"

„Bestsellerautorin? Das meinst du hoffentlich nicht ernst! Man weiß doch, dass die meisten Autoren keinen roten Heller verdienen. Es ist kein Beruf mit finanzieller Sicherheit, kein regelmäßiges Einkommen, du bist immer darauf angewiesen, einen weiteren Vertrag zu kriegen. Und wenn sich deine Bücher nicht verkaufen, lässt dich dein Verlag fallen wie eine heiße Kartoffel. Außerdem sind Vorschusszahlungen dieser Tage kaum der Rede wert. Wie willst du davon leben?"

„Es gibt auch erfolgreiche Autoren, die gut verdienen, wie ... wie James Patterson ... und Dan Brown ... und Nora Roberts -"

„Das sind Ausnahmen von der Regel. Für jede Nora Roberts dort draußen gibt es Dutzende von Autoren, die ein karges Dasein fristen", meinte Azalea. „Wie kommst du auf die Idee, dass ausgerechnet du zu den Ausnahmen gehörst?"

Die junge Frau straffte entschlossen die Schultern. „Professor Bennett ist überzeugt, dass ich großes Talent habe. Ich habe ihr meinen Roman zu lesen gegeben, und sie findet ihn sehr gut."

„Du schreibst einen Roman?" Der beißende Spott in Azaleas Stimme war nicht zu überhören. „Und wo ist dieses Meisterwerk?"

„Ich schreibe seit meinem sechzehnten Lebensjahr an meinem Roman! Mittlerweile habe ich ihn drei Mal umgeschrieben und immer wieder überarbeitet. Ich habe einen Ausdruck in meiner Tasche in der Tea Bar. Den kann ich dir zeigen, wenn du magst -"

Azalea schnaubte verächtlich. „Nein, danke."

Die junge Frau zuckte zusammen, als hätte ihre Schwester sie geschlagen. Dann blickte sie trotzig auf. „Ich werde versuchen, einen Verleger dafür zu finden, und es ist mir egal, wie viel ich dabei verdiene. Reichtum ist nicht alles. Ich brauche keine Designerhandtaschen und luxuriöse Ferienreisen wie du. In der Liste der reichsten Engländer in der Sunday Times zu erscheinen kann nicht das höchste Lebensziel sein -"

„Oh, du findest Armut also romantisch?", höhnte Azalea. „Wenn du in deinem Elfenbeinturm sitzt und dich fragst, wo deine nächste Mahlzeit herkommt, wirst du sicher anders darüber denken."

„Nun, in diesem Fall werde ich dich nicht um Hilfe bitten, keine Sorge."

„Red nicht solchen Blödsinn! Freesia, es wird höchste Zeit, dass du in der Wirklichkeit ankommst. Du wirst einen Abschluss der Universität Oxford haben. Du könntest einen angesehenen Beruf ergreifen, eine gute Stelle finden, die dir ein verlässliches Gehalt beschert, sodass du ein Haus kaufen und etwas fürs Alter zurücklegen kannst. Warum willst du so viele Chancen, ja, dein ganzes Leben wegwerfen und einem albernen Traum nachjagen?" Sie trat näher zu ihrer Schwester. „Meinst du, es ist lustig, arm und hungrig zu sein? Hältst du großartige Gesten für cool? Jetzt hast du leicht reden, aber wenn du auf der Straße lebst und Hunger hast und nichts weiter vorweisen kannst als einen Stapel Briefe von Verlagen, die deinen Roman nicht haben wollen, dann sieht die Sache anders aus. Und dreimal darfst du raten, wer dann den Karren aus dem Dreck ziehen muss. Ich, wie immer."

„Lieber würde ich verhungern, als von dir etwas anzunehmen!" Freesias Stimme bebte vor Empörung. „Du denkst, du weißt alles, aber du hast mir nichts zu sagen, also VERPISS DICH!"

„Ich habe dir so lange etwas zu sagen, wie ich deine Collegegebühren bezahle", erwiderte Azalea kalt. „Und damit du es weißt, Schwesterchen: Wenn du es wagst, dich um dieses Stipendium zu bewerben, oder versuchst, deinen albernen Roman zu veröffentlichen, streiche ich dir auf der Stelle die finanzielle Unterstützung. Du wirst dein Englischstudium nicht beenden, du musst die Universität verlassen und deine ach so nette Professorin wird dir keinen Honig mehr ums Maul schmieren. Ich bin sicher, das wird dir gar nicht gefallen.“

„Ich … du …“ Freesia brachte vor Zorn kaum ein Wort hervor. In ihren Augen loderte blanker Hass. „Was glaubst du eigentlich, wer du bist? Wir sind keine Sklaven, die du herumkommandieren kannst. Du hältst dich für so schlau, so überlegen, aber glaub mir: Du wirst es eines Tages bereuen, dass du Menschen so behandelst. Doch dann ist es zu spät.“

Sie warf ihre Zigarette zu Boden, trat sie wütend aus und stürmte an Azalea vorbei in die Tea Bar.

Kapitel 11

Ich fuhr erschrocken zusammen und verbarg mich im Schatten einer Säule, als Freesia Chu an mir vorbeilief. Ihr Gesicht war rot und fleckig und in ihren Augen sah ich Tränen schimmern. Sie tat mir leid. Natürlich waren Azaleas Einwände gerechtfertigt, doch die Grausamkeit und Härte ihrer Worte waren verletzend.

Ein leises Klicken ließ mich aufblicken. Azalea hatte sich nicht vom Fleck gerührt. Sie hielt ein schlankes goldenes Feuerzeug in der Hand und steckte sich gerade eine Zigarette an. Der Rauch kräuselte sich in der kühlen Abendluft. *So eine Heuchlerin!*, dachte ich empört. Ich war froh, als sie sich abwandte und zum entgegengesetzten Ende der Terrasse schlenderte. Kaum war sie weit genug entfernt, verließ ich mein Versteck und lief die Treppe hinauf in die Tea Bar.

Im Gastraum sah ich mich nach Freesia um, konnte sie jedoch nirgendwo entdecken. Das betrübte Gesicht der jungen Frau rührte mich. Vielleicht hatte es damit zu tun, dass ich mich nur zu gut an die Reaktionen erinnerte, die mir entgegengeschlagen waren, als ich beschloss, meine vielversprechende Karriere aufzugeben und alle meine Ersparnisse in die Teestube zu stecken. Ich wusste, wie es war, einem unkonventionellen Traum zu folgen, und konnte mir vorstellen, wie schwierig es war, sich den Wünschen der Familie und den gesellschaftlichen Erwartungen zu widersetzen. Instinktiv verspürte ich das Bedürfnis, Freesia Mut zu machen und sie zu unterstützen.

Nach einer Weile gab ich meine Suche auf. Vermutlich wären ihr die Mitleidsbekundungen einer Fremden sowieso unangenehm und peinlich. Die Spannungen innerhalb der Familie Chu gingen mich nichts an, ich sollte mich aus ihren Angelegenheiten heraushalten.

Als ich Azalea in die Tea Bar zurückkehren sah und bemerkte, wie sich ihre Augen bei meinem Anblick zu Schlitzen verengten, hätte ich sie am liebsten zur Rede gestellt. Was Jo Ling mir über ihre gezielten Aktionen gegen ihren Londoner Konkurrenten erzählt hatte, machte mich immer noch wütend. Andererseits wollte ich keine Szene machen, die meine Mutter, Mrs Chu und andere

Gäste in Verlegenheit gebracht hätte, daher musste ich mich wohl oder übel auf höflichen Smalltalk mit ihr beschränken, falls sie mich ansprach. Glücklicherweise ging sie ohne ein Wort an mir vorbei in den hinteren Teil des Restaurants.

Um mich abzulenken, gesellte ich mich zu einer Gästegruppe am Buffet und stellte fest, dass kaum noch etwas zu essen übrig war. Offenbar war die interkulturelle Mitbringparty ein voller Erfolg. Einige Mitglieder der OISS räumten gerade die Reste von der Marmorbar, um alles für das „Unterhaltungsprogramm" fertig zu machen. Die Platten, auf denen die Scones gelegen hatten, konnte ich ohne Probleme finden, doch die Souffléförmchen für die Marmelade und die Clotted Cream waren verschwunden. Als ich jedoch hörte, wie jemand einen Helfer anwies, gebrauchtes Geschirr in die Küche zu bringen, begriff ich, dass meine Sachen vermutlich mit den Schüsseln und Tellern der Tea Bar in der Küche gelandet waren.

Widerstrebend machte ich mich auf den Weg zum hinteren Teil des Restaurants und hoffte inständig, dass ich Azalea nicht in die Arme lief. Ich warf einen raschen Blick in den Personalraum und überlegte, ob Devlin und Lincoln immer noch mit den Silberlocken dort drinnen waren. Ich ging langsam den Korridor weiter bis zu den großen Pendeltüren, die in die Küche führten. Ich drückte die Türflügel auf. Dahinter erwartete mich eine riesige professionell eingerichtete Küche mit einer Kochinsel in der Mitte und Schränken und Arbeitstischen aus blitzendem Stahl.

Ich blickte mich suchend nach meinen Souffléförmchen um und entdeckte in einer Ecke einige große Spülbecken. Möglicherweise hatten die Mitglieder der OISS das gebrauchte Geschirr dort gestapelt. Auf dem Weg dorthin sah ich mich voller Bewunderung um. Alle Arbeitsflächen waren blitzsauber, die Soßen, Gewürze und Kräuter lagerten in akkurat beschrifteten Behältern und die Tüten mit Vorräten waren mit beinahe militärischer Präzision in die Regale geräumt worden.

Auf der großen Plattform waren große Schüsseln und Töpfe mit eingelegtem Fleisch, Gemüse, Eiern und Tofu, die einen wunderbar würzigen Duft verbreiteten. Hier war offenbar der Bereich, in dem die Speisen zubereitet wurden, doch selbst hier war keine Soßenspur, kein Ölfleck zu sehen, wie man sie in einer Küche erwarten würde, in der gearbeitet wurde. Azalea Chu führte offenbar ein strenges Regiment!

Wahrscheinlich lässt sie ihr Personal unbezahlte Überstunden machen und die Ecken schrubben, sobald das Restaurant geschlossen ist, dachte ich zynisch.

Ich blickte auf, als ich ein Klappern hörte. An der Fensterreihe, die auf eine Gasse am hinteren Teil des Gebäudes hinausging – vermutlich handelte es sich um eine Anlieferzone –, war eine Bewegung wahrnehmbar. Im Schein der Straßenlaternen war kurz eine schwarzhaarige Gestalt in einem blauen Strickpullover zu sehen, bevor sie im Dunkel verschwand.

Den Blick auf die Fenster gerichtet achtete ich nicht darauf, wohin ich ging, und wäre beinahe in eine große Rotweinlache auf dem Boden getreten. *Hoppla, Azaleas Arbeitsbienen haben etwas übersehen ...*

Dann erstarrte ich. Nein ... das war kein Rotwein ...

Ich fuhr zurück, stolperte und wäre fast gestürzt. Entsetzt starrte ich auf die Lache.

Es war Blut.

Langsam, beinahe unwillig folgte mein Blick dem Verlauf der roten Pfütze. Mit laut pochendem Herzen trat ich einen Schritt zur Seite, in gebührendem Abstand von der Blutlache, und umrundete die Kücheninsel. Dann stockte mir der Atem.

Azalea Chu lag mit ausgestreckten Armen und Beinen auf der Seite. Ihre Augen starrten blicklos ins Leere, das seidige Haar war ihr ins Gesicht gefallen. Die klaffende Wunde an ihrer Schläfe, die ihr jemand mit Gewalt zugefügt hatte, war halb verdeckt.

Wahrscheinlich hätte ich schreien oder um Hilfe rufen oder ähnlich panisch reagieren sollen. Stattdessen stand ich sekundenlang reglos da und starrte auf Azaleas Leiche. Dann wandte ich mich ab und ging langsam aus der Küche. Ich hatte das Gefühl, mich in einem schlechten Traum zu bewegen, und als ich in den Gastraum taumelte, sah ich die versammelten Gäste wie durch eine Nebelwand, ihre Stimmen klangen gedämpft, als kämen sie aus großer Ferne.

„Gemma?"

Meine Mutter stand lächelnd mit einer Tasse Tee vor mir. Ich sah sie verwirrt an.

„Ich habe mich gerade mit einigen Damen unterhalten, die erst seit Kurzem in England sind. Es ging darum, wie man Scones essen sollte: erst die Marmelade und dann die Clotted Cream oder umgekehrt. Es wäre nett, wenn du -" Sie unterbrach sich und musterte mich prüfend. „Ist alles in Ordnung, Liebes?"

„Ich ... ich muss zu Devlin", sagte ich schwach. „Weißt du, wo er ist?"

„Devlin? Ich bin nicht sicher, aber ich glaube, ich habe ihn eben mit Lincoln zusammen gesehen." Meine Mutter wies mit der Hand vage zur anderen Seite der Tea Bar, dann sah sie mich erneut an. „Ist wirklich alles in Ordnung, Schatz? Du bist so blass."

„Es ... es geht mir gut, aber ... lass niemanden in die Küche, Mutter, vor allem Mrs Chu nicht. Das ist sehr wichtig, okay? Sie darf auf keinen Fall in die Küche."

Meine Mutter starrte mir verwundert nach, als ich mich durch die Gästeschar drängte. Ich reckte den Hals und versuchte, Devlin in der Menschenmenge auszumachen, während ich in Gedanken fieberhaft wiederholte: *Wo ist er? Er muss die Küche sichern ... sie ist ein Tatort ... ich muss Devlin finden ... die*

Küche ist ein Tatort ...

Dann endlich entdeckte ich ihn in der hintersten Ecke des Raumes, wo er mit Lincoln am Ende der Bar aus schwarzem Marmor stand. Beide trugen ihre Kostüme und waren grell geschminkt, schienen sich jedoch anders als vorhin im Personalraum prächtig zu amüsieren, tranken Bier und unterhielten sich angeregt. Mit der heiteren Stimmung war es jedoch schlagartig vorbei, als ich unsicheren Schrittes auf sie zuwankte.

„Gemma!" Devlin packte mich besorgt am Arm.

„Devlin ... in der Küche ...", keuchte ich. Plötzlich drehte sich alles vor meinen Augen.

„Du solltest dich setzen", sagte Lincoln bestimmt. Er zog einen Stuhl von einem Tisch in der Nähe heran, schob mich darauf und drückte meinen Oberkörper sanft nach unten, sodass sich mein Kopf zwischen meinen Knien befand. „Du siehst aus, als könntest du jeden Moment in Ohnmacht fallen. Wir müssen deinen Blutdruck ankurbeln, dein Gehirn muss mit Blut versorgt werden."

Lincoln ging neben mir in die Hocke, nahm mein Handgelenk und fühlte den Puls. Ich atmete ein paarmal tief durch, bis ich merkte, dass es mir besser ging. Dann richtete ich mich abrupt auf.

„Ganz ruhig ...", ermahnte Lincoln mich und legte mir die Hand auf die Schulter. „Du darfst nicht zu schnell aufstehen."

„Was ist los, Gemma?", fragte Devlin mit sorgenvollem Blick. Er musterte mich eindringlich.

„Bist du verletzt?"

„Nein, nein ... mir geht es gut", sagte ich atemlos, „aber Azalea Chu ... Sie ist ..." Ich holte zitternd Luft. „Sie ist tot."

„Tot?", wiederholten beide wie aus einem Munde. Ich nickte. „In der Küche -"

„Hatte sie einen Unfall?" Lincoln erhob sich rasch. „Vielleicht ist sie noch am Leben, vielleicht kann ich -"

„Nein, warte ... du verstehst nicht", rief ich und packte seine Hand, um ihn zurückzuhalten. Ich schluckte mühsam, dann sah ich Devlin an, der mich nicht aus den Augen ließ. „Sie ist ermordet worden."

Kapitel 12

Als der Krankenwagen und die Polizei erschienen, hatte ich meine Fassung halbwegs wiedererlangt, dank des starken, süßen Tees, den Mabel mir aufgenötigt hatte. Und obwohl mir ihre herrische Art normalerweise auf die Nerven ging, war ich jetzt froh, dass sie das Kommando übernahm. Gemeinsam mit den anderen Silberlocken schaffte sie es, Ruhe und Ordnung in das Chaos zu bringen, das sich unter den Gästen verbreitet hatte, als die Nachricht von Azaleas Tod die Runde machte.

Außerdem war ich froh, dass meine Mutter sich um Mrs Chu kümmerte und sie ablenkte, während die Polizeibeamten, das forensische Team und andere Einsatzkräfte die Tea Bar durchquerten, um im hinteren Teil des Restaurants ihrer bedrückenden

Arbeit nachzugehen. Devlin und Jo Ling waren mit ihnen in der Küche. Trotz der ernsten Lage blitzte mir ein bizarrer Gedanke durch den Kopf: *Wenn man sich ermorden lässt, dann sollte man es möglichst bei einer Party tun, bei der ein CID Detective und eine forensische Pathologin zu Gast sind.*

Ich rief mich entsetzt zur Ordnung. Wie konnte ich so respektlos sein? *Wahrscheinlich ist es der Schock,* dachte ich. Galgenhumor war eine bewährte Strategie, um mit schrecklichen Erlebnissen fertigzuwerden, und ich konnte nicht leugnen, dass mir alles recht war, um die grausigen Bilder zu verdrängen, die immer wieder vor meinem inneren Auge auftauchten. Irgendwann stand ich auf, um auf andere Gedanken zu kommen.

Ich sah mich rastlos um. Lincoln hatte mir aufgetragen, mich auszuruhen, während er sich um einige Gäste kümmerte, doch ich konnte nicht länger stillsitzen. Ohne lange darüber nachzudenken, steuerte ich auf den hinteren Teil der Tea Bar zu. Ich musste herausfinden, was vor sich ging. Dabei zu sein fühlte sich irgendwie besser an als tatenlos herumzusitzen.

Die Küche war bereits mit Flatterband abgesperrt. Die Flügel der Pendeltüren standen offen, und ich konnte einige Mitglieder des forensischen Teams sehen, die Oberflächen untersuchten und Proben nahmen, während Jo Ling an der Stelle kauerte, an der ich Azalea gefunden hatte. Glücklicherweise versperrte die Kücheninsel den Blick auf die Leiche.

„Miss Rose? Haben Sie den Inspektor irgendwo gesehen?"

Ein junger Mann in einer schicken Jacke und mit sorgsam gegeltem Haar stand hinter mir. Es war Devlins Sergeant.

„Ich bin grade erst angekommen", erklärte er. „Beim CID herrscht Personalmangel, daher hat man mich von einem Fall in Cowley abgezogen. Aber ich kann den Boss nirgendwo finden."

„Ich weiß nicht, wo Devlin ist", sagte ich entschuldigend. „Er scheint nicht in der Küche zu sein und -"

Ich verstummte, als Devlin plötzlich im Korridor erschien. Er trug immer noch sein Kostüm, hatte allerdings die hochhackigen Schuhe ausgezogen und ging auf Socken – oder besser gesagt: auf Netzstrümpfen. Der Detective Sergeant riss beim Anblick seines Vorgesetzten ungläubig die Augen auf.

„Ich will kein Wort hören, Sergeant", zischte Devlin.

„S-sir … sind das Frauenkleider?", fragte der junge Mann dennoch. Seine Lippen verzogen sich zu einem breiten Grinsen.

Devlin nickte knapp. „Ja, und ich ziehe Ihnen das Fell über die Ohren, wenn Sie auf der Wache auch nur ein Sterbenswörtchen darüber verlauten lassen."

„J-jawohl, Sir!" Die Stimme des Sergeanten bebte verdächtig. „Ähm … Ihre Wimpern fallen gleich runter, Boss."

Devlin riss sich ungeduldig die falschen Wimpern von den Augenlidern. So würdevoll wie möglich erläuterte er: „Die Oxford Immigrant Support Society hat mich gebeten, einen kurzen Vortrag zu halten, und man war der Ansicht, dass es unterhaltsamer wäre und außerdem die englische Polizei nahbarer erscheinen ließe, wenn ich kostümiert auftreten würde."

„In Frauenkleidern?", prustete der Sergeant, bemühte sich jedoch um eine ernste Miene, als Devlin ihn wütend ansah. „Aha, verstehe ... Sir."

„Wie ich aussehe, ist unwichtig. Wir müssen mit den Befragungen anfangen", wandte Devlin ein. Er wies mit dem Kopf in Richtung des Personalraums. „Wir können sie dort durchführen."

„Ich fange an, während Sie im Gastraum alle ausfindig machen, die am heutigen Abend mit Azalea Chu zu tun hatten. Die Mutter des Opfers lassen wir allerdings vorerst in Ruhe." Seine Stimme wurde weicher, als er sich mir zuwandte. „Meinst du, du kannst mir erzählen, wie du auf die Leiche gestoßen bist?"

Ich nickte und folgte ihm in den leeren Personalraum. Er schloss die Tür und wies auf die Bank an der Wand, auf der er und Lincoln gesessen hatten. Wehmütig dachte ich an den heiteren Moment, als sich die beiden gegenseitig aufgezogen hatten. So viel hatte sich seitdem geändert.

„Ich möchte, dass du mir genau schilderst, was heute Abend -" Devlin brach ab, als die Tür zum

Personalraum plötzlich aufging und ein Mann mittleren Alters in einem glänzenden Anzug hereinkam. Ich erstarrte innerlich, als ich ihn erkannte: Inspector Roberts, ein CID Detective, der in derselben Abteilung arbeitete wie Devlin.

Er war mir von Anfang an unsympathisch gewesen, nicht nur, weil er meinen Freund dafür verantwortlich machte, dass er in seinem Beruf nicht vorankam. Dass seine eigene Faulheit und mangelnde Kompetenz daran schuld waren, kam ihm nicht in den Sinn. Außerdem machte er keinen Hehl daraus, was er von meiner Beteiligung an vergangenen Ermittlungen hielt, und ließ keine Gelegenheit aus, mich herunterzuputzen, wann immer ich ihm auf der Polizeiwache begegnet war.

„Sie sind nicht im Dienst, O'Connor. Dies ist mein Fall", sagte er ohne Umschweife.

„Ich war hier, als der Mord passiert ist, wodurch ich unmittelbare und einzigartige Einblicke in die Situation habe", erwiderte Devlin ruhig. „Als Hauptermittler in diesem Fall verschafft mir das einen enormen Vorteil."

Roberts' verächtlicher Blick schweifte über die Pailletten, die schwarze Spitze, die Netzstrümpfe und das grelle Make-up. „Einzigartig? Ja, so kann man es auch ausdrücken." Er grinste anzüglich. „Aber nicht jeder hat einen Abschluss von der Uni Oxford wie Sie und raffinierte Ermittlungsmethoden brauchen wir auch nicht. Wir verlassen uns auf gute, alte Polizeiarbeit. Außerdem", fügte er mit einem Blick zu mir hinzu, „habe ich gehört, dass Ihre Freundin die Leiche gefunden hat. Das riecht nach einem Interessenkonflikt, meinen Sie nicht auch? Sie können nicht in einem Fall ermitteln, wenn Sie eine persönliche Beziehung zu einer Verdächtigen haben.“

„Gemma ist nicht verdächtig!“, antwortete Devlin ungeduldig. „Sie war zufällig als Erste am Tatort und -“

„Das beurteile ich, mein Lieber“, unterbrach Roberts ihn. „Solange ich sie nicht befragt und ihr Alibi geprüft habe, ist sie für mich die Hauptverdächtige.“

„Das ist lächerlich!“, rief Devlin empört. „Sie haben kein Recht -“

„Und ob ich ein Recht habe! Sie sind derjenige, der sich aufs Glatteis begibt, O'Connor.“ Er tippte Devlin mit dem Zeigefinger an die Brust. „Nur weil ich nicht auf der Uni war, weiß ich trotzdem, was ‚Nepotismus‘ bedeutet.“

„Was?“ Devlin starrte ihn wütend an. „Was zum Teufel reden Sie da?“

„Ich rede davon, dass Sie Ihrer Freundin immer wieder Einblick in CID-Informationen gewähren“, antwortete Roberts. „Meinen Sie, ich wüsste nicht, dass Sie ihr und ihren neugierigen alten Freundinnen immer wieder erlaubt haben, sich in unsere Ermittlungen einzumischen?“

„Der Detective Superintendent war darüber informiert und war dankbar für ihre Hinweise. Ohne ihre Hilfe hätten wir nicht einmal die Hälfte dieser Fälle gelöst", sagte Devlin. „Gemma gilt nicht als ‚gewöhnliche' Bürgerin und hat Sonderrechte – mit seiner ausdrücklichen Zustimmung."

„Er kennt nur die halbe Wahrheit!", knurrte Roberts. „Sie haben ihm die abgespeckte Version aufgetischt. Aber ich behalte Sie im Auge, O'Connor. Ich weiß, wie oft Sie entgegen den Vorschriften vertrauliche Informationen an Ihre Freundin weitergegeben haben oder ihr schwerwiegende Verstöße haben durchgehen lassen. Erinnern Sie sich, wie sie sich als Polizeibeamtin ausgegeben und Verdächtige befragt hat, ohne jede Befugnis? Haben Sie dem Chef auch das erzählt?"

Mir war überhaupt nicht wohl in meiner Haut. Roberts hatte recht, ich wusste, dass Devlin meine Missetaten oft genug gedeckt hatte. Plötzlich hatte ich ein furchtbar schlechtes Gewissen. Ich war immer so sehr darauf bedacht, den wahren Mörder zu fangen und denen zu helfen, die unschuldig in Verdacht geraten waren, dass ich Devlins Sicht der Dinge gar nicht in Betracht gezogen hatte. Mir war klar, dass er sich oft über meine Aktivitäten als Hobbydetektivin und über die Einmischung der Silberlocken geärgert hatte, doch ich hatte mir nie überlegt, dass sein Ansehen bei der Kripo darunter leiden könnte.

Roberts kam mit seinem Gesicht ganz nah an Devlins. „Sie denken, Sie sind besser als wir anderen, nicht wahr? Sie denken, Sie müssen sich nicht an die Regeln halten, weil Sie der Liebling des Chefs sind. Eins sag ich Ihnen: Ich lasse das nicht mit mir machen. Seit dreißig Jahren reiße ich mir den Arsch auf, nur um bei Beförderungen übergangen zu werden, weil ein aufgeblasener Bengel –"

„An Ihrer Inkompetenz ist nur ein Einziger schuld, Roberts", gab Devlin scharf zurück. „Wenn Sie wissen wollen, warum Sie nicht befördert werden, brauchen Sie nur in den Spiegel zu sehen."

Roberts wurde puterrot im Gesicht. „Sie ... Sie ...", stotterte er. „Mir ist es egal, was Sie reden. Diesmal werden Sie nicht gewinnen. Sie halten sich für unangreifbar, aber ich werde notfalls bis nach ganz oben gehen. Den Chef können Sie vielleicht um den Finger wickeln, aber der Detective Chief Constable ist sicher nicht so nachsichtig. Das wollen wir doch mal sehen, ob man Sie zum Chief Inspector macht, nachdem Sie dem Disziplinarausschuss Rede und Antwort gestanden haben."

Ich sprang auf und legte Devlin rasch die Hand auf den Arm, bevor er etwas sagen konnte. Er war starr vor Zorn. „Es ist okay, Devlin, Inspector Roberts kann mich ruhig befragen, ich habe nichts dagegen", sagte ich, in der Hoffnung, die angespannte Atmosphäre ein wenig zu entschärfen.

Devlin schwieg einen Moment, dann nickte er knapp. „Okay. Ich sehe mich nach Sergeant -"

„Oh nein, O'Connor, Sie fahren jetzt nach Hause", unterbrach Roberts. „Dies ist mein Fall."

Devlin und ich sahen uns an, ich schüttelte kaum

merklich mit dem Kopf, und nach kurzem Zögern sagte er: „Ich rede gleich morgen Früh mit dem Chef." Er drückte meine Hand, dann drehte er sich um und verließ widerstrebend den Raum.

Ich musterte Roberts, der mich seinerseits mit selbstgefälligem Grinsen betrachtete. Er bedeutete mir, ich solle mich setzen, und begann schroff: „Nun, Miss Rose, erzählen Sie mir genau, wo Sie heute Abend waren. Fangen Sie mit dem Moment an, als Sie hier angekommen sind."

Kapitel 13

Es war nicht das erste Mal, dass ich von der Polizei befragt wurde, doch ich war noch nie so unbarmherzig in die Mangel genommen worden wie von Inspector Roberts. Er war gnadenlos und stellte mit der Beharrlichkeit eines Terriers immer wieder die gleichen Fragen, ließ mich immer wieder die gleichen Details wiederholen, in der Hoffnung, mich bei Ungereimtheiten und Lügen zu ertappen. Nach einer knappen Dreiviertelstunde hatte ich bohrende Kopfschmerzen und verspürte den unwiderstehlichen Drang, ihm einen gezielten Schlag auf den Schädel zu versetzen, doch ich hielt mich zurück und gab mir alle Mühe, meine Stimme kühl und gelassen klingen zu lassen.

„… Sie behaupten also, nach dem Gespräch mit

diesem Reporter seien Sie zum Parkplatz gegangen und hätten beschlossen, Azalea Chu und ihrer Schwester nachzuspionieren -"

„Ich habe nicht beschlossen, den beiden nachzuspionieren!", sagte ich gereizt, obwohl ich mir vorgenommen hatte, mich nicht aus der Ruhe bringen zu lassen. „Als ich ins Restaurant zurückgehen wollte, sah ich sie zufällig auf der Terrasse. Dass ich ihre Unterhaltung zum Teil mitgehört habe, war keine Absicht."

„Sie wollen sagen, dass Sie sie belauscht haben", meinte Roberts. „Kommen Sie, Miss Rose, geben Sie es zu. Sie haben mal wieder herumgeschnüffelt, wie es so Ihre Art ist."

„Ich habe nicht herumgeschnüffelt!", protestierte ich. Dass ich absichtlich näher herangegangen war und mich im Schatten einer Säule gehalten hatte, um unbemerkt hören zu können, was die Schwestern sagten, ließ ich mit einem Anflug von schlechtem Gewissen aus. „Ich habe nicht -"

„Haben die beiden Sie gesehen?", unterbrach er mich.

„Nein."

„Haben Sie mit jemandem gesprochen, als Sie in die Tea Bar zurückgingen?"

„Nein, eigentlich nicht."

„Was haben Sie in der Tea Bar gemacht?"

„Ich war auf der Suche nach Freesia Chu."

„Warum?"

Ich zögerte mit meiner Antwort, denn ich wusste

genau, dass ich den Verdacht auf Freesia lenken würde, wenn ich Roberts den hitzigen Schlagabtausch zwischen den Schwestern schilderte. Es widerstrebte mir, die junge Frau an den bärbeißigen Polizisten auszuliefern.

„Oh, ich hatte keinen besonderen Grund. Ich … ich hatte nur noch keine Gelegenheit gehabt, mich mit ihr zu unterhalten."

„Und? Haben Sie sie gefunden? Haben Sie mit ihr gesprochen?"

„N-nein, im Gastraum habe ich sie nicht gesehen, daher habe ich die Suche aufgegeben."

„Und dann?"

„Das habe ich Ihnen schon zwei Mal gesagt", antwortete ich ungeduldig. „Ich ging zum Buffet, um das Geschirr einzusammeln, das ich mitgebracht hatte -"

„Kann das jemand bestätigen? Haben Sie mit jemandem gesprochen?"

„Nein, es hat sich nicht ergeben. Ich stellte fest, dass mir ein paar kleine Schälchen fehlten, und vermutete, dass man sie versehentlich in die Küche gebracht hatte, zusammen mit dem Geschirr der Tea Bar. Also ging ich in die Küche, um sie zu holen, und da stieß ich auf die Leiche."

Inspector Roberts lehnte sich zurück und musterte mich kalt. „Zwischen Ihrem Gespräch mit dem Reporter und Ihrer Meldung des Leichenfundes ist viel Zeit verstrichen, und wir haben keinen Aufschluss darüber, wo Sie in dieser Zeit waren und was Sie wirklich getan haben."

Ich sah ihn misstrauisch an. „Was meinen Sie damit?"

„Ob Sie tatsächlich auf dem Parkplatz waren, bei Ihrer Rückkehr zum Buffet gegangen sind und so weiter und so fort, lässt sich nicht bestätigen. Niemand hat Sie gesehen, Sie haben mit niemandem gesprochen – bis zu dem Moment, als Sie behauptet haben, die Leiche gefunden zu haben." Roberts sah mich herausfordernd an. „Statt auf den Parkplatz zu gehen, hätten Sie problemlos in die Küche schleichen und Azalea Chu auflauern können. Als sie hereinkam, haben Sie sie umgebracht und sind dann durch die Gasse hinter dem Gebäude zum Vordereingang gegangen."

„Wie bitte?" Ich starrte ihn ungläubig an. „Etwas so Verrücktes habe ich noch nie gehört."

„Ich sage nur, wie es ist", antwortete er hochmütig. „Im Gegensatz zu Ihrem Freund, Miss Rose, versuche ich nicht, die Wahrheit zurechtzubiegen, um jemanden zu decken."

„Nein, Sie biegen die Wahrheit zurecht, bis sie zu Ihrer irrwitzigen Theorie passt, damit Sie mir dieses Verbrechen anhängen können", brach es aus mir hervor. Mein Plan, cool zu bleiben, war dahin. „Sie wollen es Devlin heimzahlen, nicht wahr? Wenn Sie Ihren Job vernünftig machen und sich die Zeit nehmen würden, ein paar andere Leute hier zu befragen, würden Sie sicher jede Menge Zeugen finden, die mich nach meiner Rückkehr in die Tea

Bar gesehen haben. Selbst wenn ich nicht mit ihnen gesprochen habe, war ich keineswegs unsichtbar."

Meine Unterstellung, dass er seine Arbeit nicht ordentlich machte, trieb ihm die Zornesröte ins Gesicht. Er öffnete den Mund, doch bevor er etwas sagen konnte, fuhr ich fort: „Außerdem ist es lächerlich, zu behaupten, ich hätte Azalea Chu umgebracht. Warum sollte ich das tun? Ich kannte sie kaum! Wenn Sie sich umhören, werden Sie feststellen, dass sie viele Feinde hatte – und einige davon waren heute Abend möglicherweise hier."

„Oh ja? Und wer?", schnaubte Roberts verächtlich. „Gleich erzählen Sie mir sicher, dass Sie eine Gestalt vom Tatort haben weglaufen sehen."

„Ich -" Ich verstummte, als mir einfiel, dass ich tatsächlich eine Bewegung draußen vor den Fenstern wahrgenommen hatte, bevor ich Azaleas Leiche in der Blutlache entdeckt hatte.

„Nun?", sagte Roberts fordernd. „War da jemand?"

Ich überlegte angestrengt, was genau ich gesehen hatte: glänzendes schwarzes Haar im Schein der Straßenlaterne – daran erinnerte ich mich mit Gewissheit. War es ein Mann gewesen? Eine Frau? Die Gestalt war schlank, also war es vermutlich eine Frau, obwohl es auch ein schmächtiger Mann hätte sein können. Hatte ich auch blaues Strickgewebe gesehen? Plötzlich fiel mir ein, wer einen blauen Pullover getragen hatte: die jüngste Chu-Tochter, Freesia.

„Miss Rose?"

Roberts' Stimme riss mich aus meinen Gedanken. Während mich der Inspektor nicht aus den Augen ließ, dachte ich hektisch nach, was ich tun sollte. Wenn ich verschwieg, was ich gesehen hatte, hielt ich Hinweise zurück, die möglicherweise zur Lösung des Falls beitragen konnten. Auch das Weglassen von Informationen konnte als Lüge gewertet werden, und Roberts würde sich mit Begeisterung darauf stürzen, wenn er jeweils davon erfuhr. Wenn ich jedoch erwähnte, dass die Gestalt Ähnlichkeit mit Freesia hatte, würde ich die Aufmerksamkeit der Polizei auf sie lenken.

Ich dachte an die Verzweiflung im Gesicht der jungen Frau und an die Tränen in ihren Augen, als sie an mir vorbeigelaufen war. Dann dachte ich an Mrs Chus fröhliches Lächeln zu Beginn des Abends und dann an ihre Erschütterung, als Devlin ihr die traurige Nachricht überbrachte. Mein Herz blutete für diese arg gebeutelte Familie. Sie mussten den gewaltsamen Tod der Tochter und Schwester verkraften – wollte ich ihnen wirklich Inspector Roberts auf den Hals hetzen? Außerdem, so redete ich mir ein, konnte Freesia unmöglich die Mörderin sein. Wenn ich sie nicht erwähnte, half ich der Polizei sogar in gewisser Weise bei ihren Ermittlungen, weil ich verhinderte, dass sie auf eine falsche Spur kam.

Ich holte tief Luft, sah auf und begegnete Roberts' Blick. „Nein, ich habe nichts Verdächtiges gesehen", sagte ich langsam. Meine Formulierung war so unverfänglich, dass man mich im Zweifelsfall nicht der Lüge bezichtigen konnte. Es stimmte – etwas Verdächtiges hatte ich tatsächlich nicht gesehen. Jedenfalls nichts, was ich für verdächtig hielt.

Roberts starrte mich unverwandt an, als müsse er überlegen, ob er mir glauben sollte. Schließlich sagte er: „Wo also waren all die ‚Feinde‘, die Sie erwähnten?"

Ich war heilfroh, dass er das Thema wechselte. „Bei meiner Ankunft habe ich einen Mann vor der Tea Bar gesehen, der eines der Plakate heruntergerissen hat, auf dem die Eröffnung angekündigt wurde. Er hat die Fetzen zu Boden geworfen und darauf herumgetrampelt. Er sah so wütend aus, ziemlich gewaltbereit –"

„Und Sie meinen, dass ihn das zu einem Todfeind macht?" Roberts grinste höhnisch. „Es könnte jemand gewesen sein, der gerade vorbeikam. Vielleicht handelt es sich um einen verärgerten Anwohner, dem es nicht passt, dass die Gegend zugebaut wird, und der seinem Ärger Luft machen wollte. Oder es war ein Verrückter, der Spaß daran hat, Plakate abzureißen."

„Nein, so war es nicht", beharrte ich. „Ich habe sein Gesicht gesehen. Es war etwas Persönliches, ich bin sicher, dass er und Azalea Chu sich kennen. Außerdem war er weder ein Anwohner noch jemand, der zufällig vorbeikam. Er hatte eine Kochmontur an. Wahrscheinlich arbeitet er im Hotel, dorthin habe ich ihn gehen sehen. Kommen Sie, Sie werden doch bestimmt die Aufnahmen der

Überwachungskameras prüfen, nicht wahr? Es dürfte nicht schwierig sein, den Mann ausfindig zu machen und herauszufinden, was er am Abend gemacht hat."

„Sie brauchen mir nicht zu erzählen, wie ich meinen Job erledigen soll", fauchte Roberts.

„Außerdem ist da noch Azaleas Mann – oder besser gesagt, ihr zukünftiger Ex-Mann."

„Was ist mit ihm?"

Ich berichtete, was Jo Ling mir über die unerfreuliche Scheidung erzählt hatte. „Es ist allgemein bekannt, dass Mörder und Mordopfer oft miteinander bekannt sind. Hier haben Sie einen Ex-Partner, der Grund genug hat, Azalea zu hassen und auf Rache zu sinnen, nachdem sie ihn so schändlich behandelt hat."

„Ich werde meine Zeit nicht mit Gerüchten verschwenden." Roberts wedelte abschätzig mit der Hand. „Wenn Sie Erfahrungen mit echter Detektivarbeit hätten, wüssten Sie, dass wir uns bei unseren Ermittlungen auf ernstzunehmende Hinweise und verlässliche Informationen stützen, an die wir bei Befragungen gelangen. Klatsch und Tratsch haben bei uns keinen Platz."

„Wo ist der Unterschied zwischen Befragungen und Klatsch und Tratsch?", fragte ich frustriert. „Wenn Sie Leute befragen, verlassen Sie sich auf das, was sie Ihnen erzählen. Dabei können sie natürlich auch Gerede weitergeben."

„Zwischen beidem besteht ein himmelweiter

Unterschied, aber von einer Amateurin wie Ihnen würde ich nicht erwarten, dass sie das versteht", erwiderte Roberts hochtrabend.

Er verschränkte die Arme vor der Brust und sah mich finster an. „Ich weiß, was Sie mit Ihren Tratschgeschichten bezwecken, Miss Rose. Sie sind ein Ablenkungsmanöver, weil Sie nicht wollen, dass die Polizei Sie genauer unter die Lupe nimmt. Nun, bei Ihrem Freund hätten Sie damit sicher Erfolg, aber bei mir funktionieren Ihre Tricks nicht." Er verengte die Augen zu Schlitzen. „Ich werde dafür sorgen, dass Ihre Motive und Aktivitäten bis ins Kleinste untersucht werden, wie bei allen anderen Verdächtigen. Von mir bekommen Sie keine Vorzugsbehandlung. Und wenn ich nur den Hauch eines Verdachts habe, dass Sie mit diesem Mordfall zu tun haben, werde ich nicht zögern, Sie festzunehmen und einzusperren."

Kapitel 14

Es fühlte sich seltsam an, am nächsten Morgen mit meinem Fahrrad zur Arbeit aufzubrechen, als sei nichts passiert. Nachdem ich das geschäftige Treiben in Oxford hinter mir gelassen hatte und die schmalen Landstraßen Richtung Meadowford-on-Smythe entlangradelte, kamen mir die albtraumhaften Ereignisse des gestrigen Abends unwirklich vor. Doch dann fuhr ich um eine Kurve und die Wirklichkeit holte mich ein. Über die Schulter erhaschte ich einen Blick auf ein Auto, das mir gemächlich in gleichbleibender Entfernung folgte. Es handelte sich um einen ganz normalen Wagen, doch mir war sofort klar, dass ein Polizist darin saß. *Inspector Roberts hat jemanden abgestellt, der mich beschatten soll*, dachte ich empört und verärgert zugleich.

Diese Überwachungsmaßnahme war nicht nur unnötig, sondern stellte auch eine Verschwendung von Zeit und Arbeitskraft dar. Die Polizei sollte sich eher auf andere Aspekte der Ermittlungen konzentrieren, doch das lag nicht in meiner Hand, also holte ich tief Luft und tat so, als hätte ich nichts bemerkt.

Kaum hatte die Teestube geöffnet, war ich so beschäftigt, dass ich keinen Gedanken mehr an das Thema verschwendete. Da Azaleas Tea Bar während der Untersuchungen der Kriminalpolizei geschlossen war, fanden einige Leute den Weg stattdessen in unseren Tearoom. Wir hatten zwar nicht so viel zu tun wie früher zu unseren Spitzenzeiten, doch es sah wesentlich besser aus als in den vergangenen Wochen. Während ich geschäftig hin- und herlief und unsere Gäste bediente, fiel mir der junge Mann auf, der hereinkam und sich an einen Tisch in der Ecke setzte. Obwohl er sich bemühte, sich unauffällig zu verhalten, war auf den ersten Blick erkennbar, dass er wenig Erfahrung mit Überwachungen hatte. Ich konnte mich nicht erinnern, ihn schon einmal gesehen zu haben, wenn ich Devlin auf der Wache besuchte, daher nahm ich an, dass er neu bei der Kripo von Oxfordshire war, vermutlich als Detective Constable. Er tat mir beinahe leid, als er sich irritiert umsah. In einem malerischen Tearoom in den Cotswolds zu sitzen und eine Tasse English Breakfast Tea nach der anderen zu trinken, entsprach sicher nicht dem aufregenden Bild, das er sich von seiner Arbeit bei der Polizei gemacht hatte.

Dann entdeckten die Silberlocken ihn, und nun tat er mir wirklich leid. Die vier hatten vor einer Stunde den üblichen Platz am Fenster eingenommen, und nachdem sie die aktuellen Themen wie den Leistenbruch des Postboten, die frisch angetraute Ehefrau des Metzgers und den seltsamen Schnurrbart des Oberbürgermeisters von Oxford von allen Seiten beleuchtet hatten, sahen sie sich nach neuem Unterhaltungsstoff um.

„Hallo, junger Mann", dröhnte Mabel Cookes Stimme. „Sie sehen ein bisschen verloren aus, so ganz allein vor Ihrer Tasse Tee."

„Sie warten sicher auf Ihr Mädchen, nicht wahr?", meinte Ethel.

„Nein ... ähm, ich bin im Dienst ... ich meine, äh, ich habe kein Mädchen", korrigierte sich der junge Mann hastig.

„Sie haben kein Mädchen?" Glenda war entsetzt. „Aber warum denn nicht? Ein gutaussehender Bursche wie Sie ..."

„Ich muss schon sagen, junger Mann, das wundert mich nicht", sagte Florence mit einem strengen Blick auf die Teetasse. „Nur Tee zu bestellen, das macht keinen guten Eindruck. Auf diese Weise werden Sie so schnell kein Mädchen für sich gewinnen, junge Frauen wollen schließlich ein bisschen verwöhnt werden. Geiz wirkt sehr unattraktiv.“

„Jawohl, wenn eine Dame Sie vor einer jämmerlichen Tasse Tee sitzen sieht, kommt ihr das gleich spanisch vor“, bestätigte Mabel streng.

„Ich war einmal mit einem spanischen Mann zusammen“, seufzte Glenda verträumt. „Er hatte einen herrlichen Schnurrbart. Und so wundervoll empfindsame Hände. Aber geizig war er auch.“

„Sie sind doch nicht etwa Spanier, oder?“, fragte Florence den verdutzten Polizisten.

Der junge Mann schüttelte nervös den Kopf.

„Was ist mit Ihren Händen? Sind die empfindsam?“, bohrte Ethel nach.

„Seine Hände sind egal“, sagte Mabel ungeduldig. „Wie steht es um Ihren Darm?“, fragte sie den Constable.

Er schluckte. „Mein Darm?“

„Jawohl, Ihr Darm. Ich hoffe, Sie haben regelmäßigen Stuhlgang. Eine gesunde Verdauung ist eine Grundvoraussetzung für Ihre Männlichkeit. Sie bekommen nie ein Mädchen, wenn Sie nicht genug Ballaststoffe zu sich nehmen. Wussten Sie, dass Männer mit einem trägen Darm mit hoher Wahrscheinlichkeit Erektionsstörungen haben?“

„Mabel! Mach dem armen Jungen keine Angst“, mischte sich Glenda vorwurfsvoll ein. „In seinem Alter macht sein kleiner Freund sicher gut mit.“

Der Constable sprang so hastig auf, dass er fast den Tisch umstieß. „Ich … äh … muss leider los.“

Er warf ein paar Münzen auf den Tisch und

stürzte zur Tür. Ich sah ihm mit einer Mischung aus Mitleid und Belustigung nach. Nun, das war *eine* Methode, einen Verfolger abzuschütteln. Ich ging zum Tisch der Silberlocken, runzelte mit gespielter Strenge die Stirn und sagte lachend: „So geht man nicht mit einem Gesetzeshüter um!"

Vier glänzende Augenpaare sahen mich überrascht an. „Was meinst du damit, Liebes?"

„Das war wohl ein Detective Constable vom Oxfordshire CID", sagte ich.

„Ein Detective Constable!", rief Mabel verärgert. „Wir hätten ihn nach Informationen über den Mord an Azalea Chu ausfragen können!"

„Aber woher wusstest du, wer er ist", fragte Florence mich.

„Ich glaube, er ist mir von Oxford hierher gefolgt, zumindest habe ich einen Wagen bemerkt, der den ganzen Weg hinter mir hergefahren ist." Ich verzog das Gesicht. „Inspector Roberts betrachtet mich als seine Hauptverdächtige, und offenbar lässt er mich beschatten."

„Das ist lächerlich, Liebes", meinte Ethel empört. „Jeder weiß schließlich, dass es ihr Mann war."

Ich sah sie überrascht an. „Wie können Sie da so sicher sein?"

„In Büchern ist es immer so", erklärte Ethel fröhlich. „Als ich in der Bibliothek gearbeitet habe, habe ich praktisch alle Krimis gelesen, die wir in den Regalen hatten, und da war es immer die Ehefrau oder der Ehemann."

„Ja, aber dies ist kein Roman -", setzte ich an, doch Florence unterbrach mich.

„Im wahren Leben ist es nicht anders", meinte sie ernst. „In der Zeitung liest man immer wieder, dass Frauen von ihren Lebenspartnern ermordet werden."

„Und Azaleas Mann hat ein Motiv", fügte Glenda hinzu. „Wir haben gehört, wie übel sie ihm mitgespielt hat, weil er die Scheidung eingereicht hat. Erst hat sie ihn aus dem gemeinsamen Haus gejagt und dann hat sie es so gedreht, dass er nicht einmal in seiner neuen Wohnung wohnen kann."

„Ja, davon habe ich auch gehört." Ich erinnerte mich an das, was Jo Ling berichtet hatte. „Sie hat bei der Polizei behauptet, ihr Mann sei handgreiflich geworden, und hat eine Kontaktsperre gegen ihn erwirkt. Das Ende vom Lied war, dass er seine eigene Wohnung nicht betreten kann, obwohl er die Miete weiterhin bezahlt. Er musste ins Hotel ziehen, was natürlich auch eine schöne Stange Geld kostet."

„Das ist noch längst nicht alles", sagte Mabel. „Sie hat sich Zutritt zu seiner neuen Wohnung verschafft und dort absichtlich alle Lampen eingeschaltet, die Heizung auf höchste Stufe gestellt und alle Fenster aufgerissen. Seine Strom- und Gasrechnungen werden also astronomisch sein. Außerdem hat sie den Wasserhahn in der Küche bis zum Anschlag aufgedreht."

„Wow ..." Ich konnte gar nicht glauben, dass ein Mensch derart rachsüchtig sein konnte.

„Welcher Mann, der so behandelt wird, wäre nicht

bitter und wütend", erklärte Mabel. „Da wundert es nicht, dass er auf Rache sinnt. Manche Mitglieder der OISS, die Azalea schon länger kannten, haben sogar gesagt, sie haben vorhergesehen, dass sie so enden würde."

Hm, Jo und ich waren gestern Abend offenbar nicht die Einzigen, die getratscht haben, dachte ich. *Und niemand scheint viel für Azalea übrig zu haben.*

„Ich habe das alles Inspector Roberts erzählt", sagte ich, „aber er hat es als boshaften Tratsch und üble Nachrede abgetan. Und außerdem war Azaleas Ehemann gestern Abend nicht vor Ort."

„Woher weißt du das?"

„Nun ja, ich habe ihn nicht gesehen. Bestimmt hätte ihn mir jemand gezeigt, wenn er da gewesen wäre. Außerdem habe ich gehört, wie Azalea mit ihm telefoniert hat, als sie an der Tea Bar ankam", fügte ich hinzu.

„Das muss nicht heißen, dass er weit weg war, er hätte in der Nähe in einem Auto sitzen können, etwa auf dem Parkplatz. Oder in der Lobby des Hotels."

„Ja, und dann ist er von dem Durchgang hinter dem Gebäude in die Küche gegangen und hat Azalea den Schädel eingeschlagen", ergänzte Ethel genüsslich.

Ich sah sie entgeistert an. Erstaunlich, dass nette alte Damen eine derart blutrünstige Fantasie hatten!

„Sicher kann die Polizei sein Alibi überprüfen – vorausgesetzt, sie nimmt den Verdacht gegen ihn ernst." Ich seufzte genervt. „Ich habe ihn immer wieder erwähnt, als Inspector Roberts mich befragt hat, aber der war nicht interessiert."

„Es hat keinen Zweck, abzuwarten, bis die Polizei in die Puschen kommt, meine Liebe", sagte Mabel. „Wenn du willst, dass etwas gründlich gemacht wird, musst du es selbst in die Hand nehmen. Wir müssen eben Azaleas Mann aufspüren und ihn befragen."

„Die Nachbarn sollten wir uns auch vornehmen", warf Ethel ein. „Nachbarn bekommen alles mit."

„Ja, das stimmt. Margery hat mir erzählt, dass ihre Nachbarn von der Schwangerschaft ihrer Enkelin wussten, bevor es die Familie erfahren hat", berichtete Glenda. „Sie wussten sogar, ob es ein Junge oder ein Mädchen ist."

„Was ist mit seinem Friseur?", überlegte Florence. „Beim Friseur sind alle Menschen gesprächig."

„Oder mit seinem Zahnarzt!", rief Ethel aufgeregt. „Unter Folter und der Androhung von Schmerzen geben die meisten Menschen Erstaunliches preis."

„Halt, halt!" Ich hob abwehrend die Hände. „Sie können nicht einfach die Leute aus dem Dunstkreis von Azaleas Ehemann befragen! Außerdem haben Sie Devlin versprochen, sich von allen Ermittlungen fernzuhalten. Das war einer Ihrer guten Vorsätze fürs neue Jahr, wissen Sie noch?"

„Das war im Januar." Mabel tat meinen Einwand mit einer lässigen Handbewegung ab. „Wir haben versprochen, uns nicht in seine Ermittlungen einzumischen. Da Inspector Roberts die Ermittlungen leitet, sind wir nicht an unser

Versprechen gebunden.“

„Aber Sie können nicht -“ Ich brach ab, als mein Handy klingelte. Es war Devlin, der nach seinem Gespräch mit dem Detective Superintendent verärgert und frustriert klang.

„Er konnte meine Argumentation nachvollziehen, aber er gibt mir den Fall nicht. Seiner Meinung nach hat Roberts recht mit seinem Einwand vom Interessenkonflikt, weil du in den Fall verwickelt bist.“

„Aber es ist nicht das erste Mal“, wandte ich ein, „und bisher hatte dein Chef kein Problem damit.“

„Ich weiß“, seufzte Devlin. „Ehrlich gesagt, Gemma, glaube ich, dass er Druck von ganz oben kriegt. Er würde es nie zugeben, aber vermutlich hat sich der Deputy Chief Constable bei ihm gemeldet. Auf der Wache munkelt man, dass Roberts‘ Bruder mit dem DCC Golf spielt, sie kennen sich wohl von der Uni, und so kommt Roberts über seinen Bruder an unseren obersten Chef heran.“

„Wie bitte?! Roberts wirft dir Vetternwirtschaft vor, hat aber kein Problem damit, seinerseits seine verwandtschaftlichen Beziehungen auszunutzen!“

„Ja, so ist Roberts nun mal gestrickt“, meinte Devlin zynisch. „Mach dir keine Sorgen. Auch wenn der Chef ihm den Fall überlässt, wird er Roberts‘ irrwitzige Theorie nicht schlucken, dass du die Hauptverdächtige bist. Es besteht also keine Gefahr, dass du -“

„Oh, um mich mache ich mir keine Sorgen“,

schnitt ich ihm ungeduldig das Wort ab. „Mich beunruhigt eher, dass Roberts seine Zeit mit Spuren vergeudet, die im Nichts enden. Er sollte Azaleas Feinde unter die Lupe nehmen, statt mich überführen zu wollen."

„Gemma, lass es gut sein. Mich regt es auch auf, aber leider können wir nicht viel tun -"

„Doch, wir können etwas tun!" Ich dachte an das, was die Silberlocken eben gesagt hatten. „Du bist zwar nicht offiziell mit dem Fall befasst, aber ich könnte ein paar Nachforschungen anstellen. Mabel und ihre Freundinnen haben gerade überlegt, wie man -"

„Nein, Gemma!", unterbrach Devlin mich. „Was immer diese neugierigen alten Schachteln aushecken – du darfst nicht zulassen, dass sie sich in die Ermittlungen einmischen, und musst dich selbst ebenfalls aus allem heraushalten."

„Du wirst dich doch nicht verschrecken lassen, nur weil Roberts einen Komplex hat -"

„Es hat nichts mit Verschrecken zu tun, sondern mit Strategie", seufzte Devlin. „Roberts hat seit Langem einen Groll auf mich und jetzt bietet sich ihm die perfekte Gelegenheit, mir am Zeug zu flicken. Er lauert nur darauf, mich in Misskredit zu bringen. Du hast selbst mitbekommen, dass er mir Nepotismus und mangelnde Professionalität vorwirft; er behauptet sogar, dass meine Beziehung zu dir ein Sicherheitsrisiko darstellt -"

„Was? Das ist lächerlich!", rief ich zornig.

„Mag sein, aber das ist ein brisantes Thema bei den leitenden Köpfen der Kripo. Du weißt, dass mein Chef deine Beteiligung an früheren Fällen mit viel Wohlwollen und Nachsicht hat durchgehen lassen – das ist mehr als einem ‚Normalbürger' zugestanden wird. Der DCC geht mit solchen Dingen allerdings nicht so unbekümmert um, und im Moment kann ich es mir nicht leisten, ihn gegen mich aufzubringen. Immerhin könnte er das Zünglein an der Waage sein, wenn es um die Besetzung der nächsten DCI-Stelle geht", sagte Devlin finster. „Bitte, hör mir gut zu, Gemma: Lass die Finger von diesem Fall. Das gilt auch für die Silberlocken mit ihren Miss-Marple-Allüren. Hast du das verstanden? Meine Beförderung zum Chief Inspector könnte auf dem Spiel stehen."

Kapitel 15

Nach dem Gespräch mit Devlin fühlte ich mich hin- und hergerissen. Einerseits ärgerte ich mich über Roberts' unfaires Verhalten und seine Kritik an mir, doch andererseits wollte ich Devlins Aussichten auf eine Beförderung auf keinen Fall gefährden. Eine Bewegung, die ich aus den Augenwinkeln wahrnahm, riss mich aus meinen Gedanken. Es waren die Silberlocken, die eifrig ihre Siebensachen zusammensuchten und ihren angestammten Tisch verließen.

„Wo -?", setzte ich an.

„Jetzt nicht, Gemma", kam es munter von Mabel, als sie zur Tür hastete. „Wir wollen zu Azalea Chus Haus, um die Nachbarn zu befragen."

„Warten Sie ... nein, das geht nicht! Devlin sagt –

WARTEN SIE!", rief ich den entschwindenden Damen nach.

Aber es war zu spät. Die Glocken am Eingang klingelten fröhlich, als die Tür hinter ihnen zuschwang. Ich stand mitten im Tearoom, während mich die Gäste an ihren Tischen neugierig anstarrten.

Ich blickte mich verlegen um. „Äh, ich dachte, sie hätten eine Handtasche vergessen", log ich.

Für den Rest des Tages schwankte meine Stimmung zwischen Sorge und Wut – Sorge, was die Silberlocken ausheckten, und Wut über Roberts' Handhabung der Ermittlungen. Ich hatte jedoch nicht viel Zeit zum Nachdenken, denn der Gästestrom im Tearoom nahm stetig zu. Nach den ruhigen Tagen der vergangenen Woche war es für Cassie und mich ungewohnt, so viele Bestellungen gleichzeitig aufzunehmen und zu servieren, sodass wir bald an den Rand der Erschöpfung kamen. Auch Dora hatte alle Hände voll zu tun, da sie mehr backen musste als in der letzten Zeit, denn der unerwartete Besucherstrom erforderte nun zusätzliche Bleche voller Scones, Brötchen, Teilchen und Kuchen.

Es hatte den Anschein, als würde sich unser Geschäft wiederbeleben, nachdem Azalea Chu uns so viele Gäste abspenstig gemacht hatte – von denen manch einer beschämt gestand, dass ihn die großzügigen Rabatte in die neue Tea Bar gelockt hatten, dass er aber die heimelige Atmosphäre und die köstlichen Backwaren unserer Teestube vermisst hatte. Für uns war es ein bittersüßer Sieg – tatsächlich fand ich es bedrückend, dass wir vom Mord an unserer Konkurrentin profitierten.

„An deiner Stelle hätte ich kein schlechtes Gewissen", meinte Cassie entschieden, als ich ihr davon erzählte. „Wenn es andersherum gewesen wäre, hätte Azalea keinen Funken Mitleid mit dir gehabt, glaub mir!"

Als meine Mutter am Abend anrief und darauf bestand, dass ich sie zu einem Kondolenzbesuch bei Mrs Chu begleitete, leistete ich kaum Widerstand – was auch mit meinem schlechten Gewissen zu tun hatte. Vielleicht fühlte ich mich besser, wenn ich der armen Frau mein Beileid aussprach.

„*Miau?*", machte Müsli und sah mich hoffnungsvoll an, als ich mich im Spiegel betrachtete. Sie wusste, dass ich mich zum Ausgehen fertig machte, und wollte den Abend nicht allein in meinem Cottage verbringen.

„Tut mir leid, Müsli, du kannst nicht mit", sagte ich zerstreut, während ich überlegte, ob ich mich umziehen sollte.

Ich war erst vor einer halben Stunde nach Hause gekommen und trug noch meine Arbeitskleidung. Abgesehen davon, dass meine Mutter wahrscheinlich entsetzt wäre, wenn ich zu einem so ernsten Anlass in Jeans und T-Shirt erschien, wollte ich nicht respektlos wirken. Daher beschloss ich, auf Nummer sicher zu gehen, zog eine Hose aus dunklem Wollstoff und eine schwarze Seidenbluse an und fuhr mir rasch mit dem Kamm durch die Haare.

Meine voluminöse Umhängetasche, die ich normalerweise zur Arbeit mitnahm und die jetzt auf dem Bett lag, war abgenutzt, aber im Alltag ungemein praktisch, weil ich darin alles mit mir herumtragen konnte, was ich in der Teestube brauchte. Für ein elegantes Outfit war sie jedoch nicht das Richtige. Ich wusste, dass meine Mutter mich tadelnd ansehen würde – für sie gehörte die passende Handtasche einfach dazu -, doch ich hatte keine Lust, umzupacken.

Stattdessen beschloss ich, mich zu schminken, gewissermaßen als Kompromissangebot, nahm einen korallenroten Lippenstift zur Hand und beugte mich näher zum Spiegel, um ihn aufzutragen. Dann zog ich den Laptop aus der Tasche, damit sie nicht gar so schwer war, hängte sie mir über die Schulter und wandte mich zum Gehen. Ich verzog das Gesicht, als ich das Licht ausschaltete und die Treppe hinunterstieg. Meine Tasche wog immer noch gefühlt eine Tonne! Ich musste mir wirklich die Zeit nehmen und aussortieren. *Wahrscheinlich schleppte ich jede Menge unnützen Kram mit mir herum*, dachte ich.

Unten angekommen ging ich in die Küche und schüttete eine Extraportion Katzenfutter in Müslis Futternapf, als Friedensangebot, weil ich sie für den Abend allein ließ. Ich hörte ihr Glöckchen läuten, doch sie kam nicht in die Küche, als ich sie rief.

Kleines Biest! Wahrscheinlich schmollt sie und zeigt mir absichtlich die kalte Schulter. Ich mache es heute Abend mit einer zusätzlichen Krauleinheit wieder gut, dachte ich, als ich das Cottage verließ.

Ich hatte damit gerechnet, dass wir mit dem Auto zu den Chus fahren würden, doch als ich bei meinen Eltern ankam, eröffnete mir meine Mutter, dass wir zu Fuß gehen würden.

„Oh nein, Liebes, wir brauchen das Auto nicht, Azalea Chus Haus ist gleich um die Ecke", sagte meine Mutter. „Als Mrs Chu aus Taiwan kam, ist sie zu ihrer ältesten Tochter gezogen, und das OISS-Komitee fand, dass ich die ideale ‚Patin' für sie sei, weil ich in der Nähe wohne."

„Hast du sie seit gestern Abend gesehen?", fragte ich und schob meine Umhängetasche höher auf die Schulter. Sie schien mit jedem Schritt schwerer zu werden.

„Nein, ich habe sie aber heute Vormittag angerufen, weil ich hören wollte, wie es ihr geht. Die Arme scheint unter Schock zu stehen – kein Wunder, nach solch einem schrecklichen Ereignis." Meine Mutter schüttelte den Kopf.

„Weißt du, ob die Polizei sie befragt hat?"

„Ich bin mir nicht sicher, Schatz. Gestern Abend hat der Inspektor natürlich mit ihr geredet, aber als ich anrief, hatte sich die Kripo nicht wieder bei ihr gemeldet."

Was denkt sich Roberts dabei?, dachte ich gereizt. *Die Befragung der Familie des Opfers ist mit*

Sicherheit ein wichtiger Schritt zu Beginn einer Ermittlung.

Wenige Minuten später standen wir vor Azaleas Haus, einem großen, sorgsam renovierten viktorianischen Stadthaus, wie es viele in diesem Teil von Nord-Oxford gab. Auf der glänzend polierten schwarzen Haustür klebte ein quadratisches weißes Stück Papier mit einem chinesischen Schriftzeichen in schwarzer Tusche. Mir fiel auf, dass die Tür nur angelehnt war und alle Fenster zur Straße offen standen.

Wir läuteten und wurden kurz darauf von einer jungen, schwarz gekleideten Frau begrüßt. Sie trug ihr langes schwarzes Haar offen und war ungeschminkt. Zuerst dachte ich, es sei Freesia, doch dann merkte ich, dass sie älter war. Die Ähnlichkeit mit Azalea und Freesia war allerdings unverkennbar, daher vermutete ich, dass dies Magnolia war. Sie wirkte wie eine weichere, blassere Version ihrer älteren Schwester, mit dunklen Augenringen vor Erschöpfung. Ihre Porzellanhaut war von schwachen Linien durchzogen, die ihre Miene unzufrieden erscheinen ließen. Sie sah uns einen Moment verständnislos an, dann huschte ein schwaches Lächeln über ihre Lippen, als wir erklärten, wer wir waren.

„Natürlich, bitte, treten Sie ein. Meine Mutter ist in der Küche", sagte sie und öffnete die Tür weit.

„Oh, wir müssen die Schuhe ausziehen." Meine Mutter blieb auf der Schwelle stehen.

Die junge Frau winkte ab. „Lassen Sie ruhig, es ist okay."

„Nein, nein, ich weiß, dass es ein wichtiger Brauch bei taiwanesischen Familien ist", beharrte meine Mutter und schlüpfte aus ihren Pumps.

Diesmal fiel Magnolias Lächeln etwas herzlicher aus, ihr Blick wurde wärmer und sie neigte anerkennend den Kopf, bevor sie aus einem Schuhschrank bei der Tür zwei Paar flauschige, pinkfarbene Hausschuhe hervorzog. Und so folgten wir ihr in unseren Hello-Kitty-Pantoffeln durch die geräumige Diele, vorbei an einer Treppe, die zu den Schlafräumen im Obergeschoss führte, und den Türen zu dem Arbeitszimmer, dem Fernsehraum und dem Wohn-Esszimmer bis zu einer weitläufigen Küche. Sobald wir eintraten, umgab uns ein verführerischer Duft, der ein wenig an Tee erinnerte.

„Ma? Deine Freundin Mrs Rose und ihre Tochter sind hier", sagte Magnolia.

Mrs Chu stand am Herd und rührte in einem Topf. Wie Magnolia war sie schwarz gekleidet und ihr graues Haar, das sie am Abend zuvor zu einem ordentlichen Dutt frisiert hatte, fiel ihr nun offen auf die Schultern. Auch sie war ungeschminkt, und ich überlegte, ob man in Taiwan traditionell das Haar offen trug und auf Make-up verzichtete, wenn es einen Todesfall in der Familie gab. Der pinkfarbene Lippenstift, den ich aus Rücksicht auf meine Mutter aufgetragen hatte, kam mir plötzlich unpassend vor, doch zum Glück schien Mrs Chu ihn gar nicht zu bemerken, als sie sich umdrehte und uns begrüßte. Sie war sehr blass, ihre Augen waren rot gerändert, doch ihre Miene wirkte stoisch und ihre Stimme klang fest. Trotzdem konnte ich nicht umhin, an die glückliche, lächelnde Frau zu denken, die ich gestern Abend bei der Party kennengelernt hatte, und empfand tiefes Mitleid mit ihr. Azalea war mir nicht sympathisch gewesen, aber ich mochte ihre Mutter und hätte ihr gewünscht, dass ihr diese Tragödie erspart geblieben wäre.

Meine Mutter reichte ihr den Strauß weißer Lilien, den sie mitgebracht hatte, und einen Topf mit selbstgemachter Hühnersuppe. Mrs Chus Lächeln drückte stille Dankbarkeit aus.

„Azalea mag immer Hühnersuppe", sagte sie. „Ich stelle sie zu anderem Essen für sie."

„Anderes Essen?" Meine Mutter war verwirrt.

Mrs Chu wies auf einen kleinen Tisch neben der Frühstücksnische auf der anderen Seite des Raumes. Es war eine Art improvisierter Altar, auf dem ein gerahmtes Foto von Azalea zwischen zwei Chrysanthemen und brennenden Räucherstäbchen stand. Vor dem Bild waren kleine Schälchen mit Kuchen, Snacks und anderen Leckerbissen aufgebaut.

„Das ist ein taiwanesischer Brauch", erklärte Magnolia, als sie unsere fragenden Blicke sah. „Wir glauben, dass der Geist der Verstorbenen nach Hause zurückkehrt, um sich von der Familie zu verabschieden, bevor sie ins Leben nach dem Tod eintreten. Daher öffnen wir alle Fenster und Türen, um ihnen die Rückkehr zu erleichtern, und bereiten ihre Lieblingsspeisen zu, die sie ein letztes Mal mit uns genießen können."

„Ja, ich mache Tee-Ei. Azalea mag schon als kleines Mädchen", meinte Mrs Chu leise. Sie winkte uns zum Herd.

Wir spähten neugierig in den Topf, aus dem der betörende Duft aufstieg, den ich beim Betreten der Küche wahrgenommen hatte. In einer tiefbraunen Marinade köchelten mehrere Eier. Ungewöhnlich war allerdings, dass die Eierschalen angeschlagen waren, sodass sie mit feinen Rissen überzogen waren.

„Wow, das riecht fantastisch!" Ich schnupperte begeistert. „Was ist da alles drin?"

„Es ist ein Familienrezept", antwortete Magnolia. „Im Grunde sind es Eier, die von dem Geschmack von Tee und Gewürzen durchdrungen sind. Wir nehmen Ingwer, Zimt, Sojasoße und Sternanis, außerdem geben wir ein bisschen Zucker und Reiswein ins Kochwasser. Und natürlich die Teeblätter von chinesischem Tee. Am besten eignet sich ein würziger Schwarztee, wie ein geräucherter Oolong. Grüner Tee hat nicht genug Geschmack."

„Sie kochen die Eier also in der Marinade?" Ich war fasziniert.

Magnolia nickte. „Erst werden sie hartgekocht, dann schlägt man sie vorsichtig an, sodass die Marinade in die Risse eindringen kann. Dann werden sie für mehrere Stunden eingelegt."

„Ich nehme auch trockene Chilischoten, weil Azalea mag scharf!", sagte Mrs Chu und rührte vorsichtig in dem Topf mit den Eiern. „Probieren Sie?"

„Oh ... ich würde nie ... ich meine, sie sind für Azalea gedacht", stammelte ich.

„Nein, nein, ist gut. Wir essen Azaleas Lieblingsessen – ist schön, sich so an sie erinnern", beharrte Mrs Chu.

Sie fischte ein paar Eier aus dem Topf und pellte sie vorsichtig, bevor sie sie uns in einer Schale reichte. Durch die eingedrungene Marinade war das Eiweiß von feinen Linien durchzogen, die einen schönen Marmoreffekt erzeugten.

„Wow, die sehen wundervoll aus", murmelte ich, nahm behutsam ein Ei aus der Schüssel und biss hinein.

Ich kann nicht sagen, was ich erwartet hatte – wahrscheinlich ein typisches hartgekochtes Ei -, und ich war angenehm überrascht. Das Ei war feucht und zart, nicht so gummiartig, wie ich gedacht hatte. Die würzige Süße der Sojasoße, die sanfte Schärfe der gekochten Gewürze und die aufregende Note der getrockneten Chilischoten wurde durch das herrliche Aroma des gerösteten Tees ergänzt. Die Mischung war köstlich und ich leckte mir die Finger, als ich den letzten Bissen verspeist hatte.

Meine Mutter, für die es eigentlich undenkbar war, etwas mit den Fingern zu essen, hatte sich nach einem inneren Kampf in die Gegebenheiten gefügt und ihr Ei so würdevoll wie möglich gegessen. Nun tupfte sie sich geziert die Lippen mit einer Serviette ab. „Köstlich, Mrs Chu! Vielleicht könnten Sie uns das Rezept geben? Wir würden es gerne selbst ausprobieren."

Mrs Chu nickte. „Magnolia hilft mir, auf Englisch zu schreiben."

„Oh ja, ich habe das Rezept in meiner Handtasche", sagte Magnolia und nahm eine Ledertasche, die auf der Arbeitsfläche stand. Nach einigem Suchen holte sie einen Zettel hervor.

Mrs Chu sah sie überrascht an. „Hast du nicht Azalea letzte Woche gegeben?"

„Nein, Ma, ich hatte keine Gelegenheit dazu", sagte Magnolia.

„Wollte sie die Eier auf die Speisekarte der Tea Bar setzen?", fragte ich höflich.

Magnolia zuckte die Schultern. „Meine Mutter hielt das für eine gute Idee, aber Azalea war nicht überzeugt. Ich hatte ihr angeboten, ihr das Rezept vorbeizubringen, aber sie meinte, ich könne mir die Mühe sparen. Vermutlich ging es bei der offiziellen Eröffnung und in den Tagen danach so hektisch zu, dass sie die Speisekarte so lassen wollte, wie sie war, zumindest bis zum nächsten Monat."

Mrs Chu sah sie verwirrt an. Sie hatte offensichtlich Probleme, Magnolias Worten zu folgen. „Du sagst, Azalea macht schon in ihrem Restaurant?"

„Nein, Ma, sie hat in der Tea Bar keine Tee-Eier gemacht. Sie hatte zu viel zu tun. Sie sagte, vielleicht nächsten Monat."

Ein Schatten huschte über Mrs Chus Gesicht. „Jetzt nicht mehr. Azalea ist nicht mehr da." Sie senkte den Blick.

„Es tut mir so leid." Voller Mitgefühl ergriff meine Mutter ihre Hand. „Ich hoffe, die Polizei findet den Schuldigen bald."

Mrs Chu sah auf, ihre schwarzen Augen blitzten. „Polizei muss nicht suchen. Ich weiß, wer Azalea ermordet hat."

Kapitel 16

„Ma!", rief Magnolia entgeistert. „So darfst du nicht reden."

„Aber ich weiß", beharrte Mrs Chu. „Er war es."

„Wen meinen Sie?", platzte ich heraus. „Wer hat Azalea umgebracht?"

Mrs Chu sah mich an. „Es ist dieser Mann, Name Harry Mah-Kenzee. Azalea sagt mir, er macht ihr viel Ärger. Sehr böser Mann."

„Er ist kein ‚böser' Mann." Magnolia schaffte es, nicht die Augen zu verdrehen. „Du weißt nicht, was wirklich passiert ist, Ma. Und du kannst nicht alles glauben, was Azalea dir erzählt hat."

„Azalea sagt, er folgt ihr aus London", fuhr Mrs Chu fort, ohne auf die Bemerkung ihrer Tochter einzugehen. „Bevor Tea Bar öffnet, kommt er und streitet mit ihr. Ein schlimmer Streit.“

Magnolia seufzte. „Er war eben sehr wütend – und das wahrscheinlich mit gutem Grund. Du weißt nicht, was Azalea ihm in London angetan hat. Außerdem ist er ihr nicht hierher gefolgt, er hat nur eine Stelle als Chefkoch im Cotswolds Manor Hotel bekommen. Ein unglücklicher Zufall, mehr nicht.“

„Er ist gefährlicher Mann“, warnte Mrs Chu.

„Haben Sie der Polizei von ihm erzählt?“, fragte meine Mutter. „Sie sollte auf jeden Fall von Azaleas Feinden erfahren.“

Mrs Chu nickte. „Ich erzähle Inspektor gestern. Und auch heute, als hier war.“

„Inspector Roberts war hier, um Sie zu befragen?“, wollte ich wissen.

„Ja, war hier, vor einer Stunde.“ Mrs Chu schürzte die Lippen. „Aber er hört mir nicht zu. Dabei sage ich ihm ganz ernst.“ Plötzlich sah sie mich an. „Jem-Ma – Ihre Mutter sagt, Ihr Freund ist Polizist, ja? Sie sagt, er ist wichtiger Mann auf Polizeiwache.“

„Äh, ja, Devlin ist bei der Kripo“, antwortete ich.

„Sie können ihn fragen, ob er hilft?“, fragte Mrs Chu aufgeregt. „Er kann mit Harry Mah-Kenzee sprechen.“

„Ähm, die Sache ist die: Devlin ermittelt nicht in diesem Fall“, erklärte ich bedauernd.

„Aber er ist in Polizeiwache. Er kann helfen, nein?“, flehte Mrs Chu.

„Es ist nur so, dass Devlin sich nicht einmischen darf, wenn er die Ermittlungen nicht leitet …“ Ich fühlte mich elend, als ich den Schmerz und die Enttäuschung in Mrs Chus Augen sah.

„Ma, Gemma würde sicher helfen, wenn sie könnte -", sagte Magnolia sanft.

„Hören Sie, ich werde sehen, was ich tun kann", versprach ich, ohne nachzudenken.

Mrs Chus Miene erhellte sich. „Sie helfen?"

„Ich versuche es. Auf Devlins Unterstützung kann ich vielleicht nicht zählen …, aber sicher gibt es andere Möglichkeiten, etwas über Harry McKenzie herauszufinden."

Damit schien sich Mrs Chu zufriedenzugeben. Als sich unsere Mütter dem kleinen Altar mit seinem Speisenangebot zuwandten, sagte Magnolia entschuldigend zu mir: „Nehmen Sie es meiner Mutter bitte nicht übel. Sie ist immer noch sehr altmodisch und hält an den taiwanesischen Traditionen fest. ‚Gesicht geben' und Guanxi – darum dreht sich alles in der chinesischen Kultur."

„Von ‚Gesichtsverlust' und ‚jemandem Gesicht geben' habe ich schon gehört, aber was ist Guanxi?", fragte ich.

„Das ist schwierig zu erklären, eine passende englische Übersetzung gibt es kaum. Wahrscheinlich entspricht es am ehesten den westlichen ‚Beziehungen'", antwortete Magnolia nachdenklich. „Dabei geht es vor allem darum, wen man kennt. Alle Menschen sind in einem großen Netzwerk miteinander verbunden und man geht davon aus, dass Freunde und Bekannte einem zur Seite stehen, etwa, wenn Sie ins Krankenhaus müssen. Dann wenden Sie sich zum Beispiel an eine Freundin, deren Sohn dort als Arzt arbeitet. Der Sohn wäre verpflichtet, Ihnen die beste Pflege zuteilwerden zu lassen, selbst wenn er keine persönliche Beziehung zu Ihnen hat und Sie gar nicht auf seiner Station liegen oder gar an einer Krankheit leiden, die nicht in sein Fachgebiet fällt. Man würde von ihm erwarten, dass er sich um Sie kümmert, wegen ‚Guanxi‘ zwischen Ihnen und seiner Mutter, der es ‚Gesicht gibt‘, dass sie einen Sohn hat, der ihren Freunden hilft.“

„Ich glaube, ich verstehe, was Sie meinen“, sagte ich langsam. „Wissen Sie, hier in England oder in anderen westlichen Ländern ist es mitunter nicht viel anders. Man redet nicht darüber, schon gar nicht in aller Öffentlichkeit, aber das ‚Old Boys network‘ funktioniert noch immer, das können Sie mir glauben. Man erlebt immer wieder, dass Männer mit vergleichbarem Hintergrund sich gegenseitig unter die Arme greifen.“

Magnolia verzog das Gesicht. „Ja, ich nehme an, im Westen nennt man das Nepotismus und der ist verpönt. In der chinesischen Kultur ist das ganz anders, es gehört einfach zum Alltag dazu. Jeder ist bemüht, gutes Guanxi – gute Beziehungen – zu pflegen, falls er einmal Hilfe benötigt. Das beruht auf Gegenseitigkeit, was bedeutet, dass man anderen mit der Gewissheit hilft, selbst Hilfe zu bekommen, wenn man sie braucht. Es ist eine Art von unausgesprochener sozialer Übereinkunft. Deshalb dachte meine Mutter sofort daran, Sie um Hilfe zu bitten: weil Sie ‚Beziehungen‘ zur Polizei haben.“

„Das ist okay, es macht mir nichts aus“, sagte ich. „Und ich meinte es ernst: Ich würde wirklich gern helfen, wenn ich kann.“

„Danke“, sagte Magnolia. „Für meine Mutter wäre es ein Trost und würde ihr helfen, mit der Situation zurechtzukommen.“

Ich sah zu Mrs Chu hinüber. „Sie scheint recht gefasst zu sein. Ich meine –“

„Sie wundern sich, dass sie nicht in Tränen aufgelöst ist und laut klagt, weil ihre Tochter gestorben ist?“ Magnolia warf mir einen zynischen Blick zu. „Das macht man in China nicht. Man bringt uns von klein auf bei, unsere Gefühle zurückzuhalten, vor allem in der Öffentlichkeit. Das heißt nicht, dass wir nicht trauern oder dass unsere Gefühle nicht ebenso tiefgreifend sind wie die von Menschen im Westen. Wir trauern, wo uns niemand sieht. Gefühle zu unterdrücken ist ein Zeichen mentaler Stärke, zu viele Gefühle zu zeigen gilt als vulgär und bringt andere Menschen in Verlegenheit.“

Wow, allmählich begreife ich, warum sich Mutter so gut mit Mrs Chu versteht, dachte ich ironisch.

„Seit ich ein kleines Mädchen war, hat man mir eingetrichtert, dass ich eine ausdruckslose Miene aufsetzen soll, egal wie ich mich fühle“, fuhr Magnolia fort. „Selbst wenn ich etwas witzig fand, durfte ich nicht laut lachen. Und wenn ich tieftraurig war, durfte man mir das nicht ansehen. Wahrscheinlich halten Sie das für komplett verrückt."

„Oh nein, ich verstehe Sie besser, als Sie vermuten", sagte ich mit einem schiefen Lächeln. „Wir Briten sind bekannt für unsere Zurückhaltung, selbst im Angesicht einer Katastrophe bleiben wir stoisch. Das Motto ‚Ruhe bewahren und weitermachen' kommt nicht von ungefähr. Man erzählt sich, dass die Musikkapelle auf der Titanic weitergespielt hat, während das Schiff unterging! Meine Mutter ist auf jeden Fall der Ansicht, dass man seine Gefühle nicht zur Schau stellen sollte, daher bin ich in dieser Hinsicht ähnlich aufgewachsen wie Sie."

„Oh." Zum ersten Mal lag echte Wärme in Magnolias Blick. „Die berühmte ‚stiff upper lip', die ‚steife Oberlippe' der Briten – die hatte ich vergessen. Freut mich, dass Sie sich in unsere Denkweise einfühlen können."

Ich beschloss, ihre momentane Zugänglichkeit auszunutzen. „Ähm ... Sie erwähnten, dass Harry McKenzie guten Grund gehabt haben könnte, auf Azalea wütend zu sein – Sie klangen beinahe verständnisvoll. Können Sie mir sagen, warum?"

Magnolia schwieg einen Moment, sie schien zu überlegen, wie sie meine Frage beantworten sollte. Schließlich drehte sie sich so, dass sie unseren Müttern den Rücken zuwandte, und erklärte mit leiser Stimme: „Hören Sie, ich weiß, dass man nicht schlecht von Toten reden sollte, aber meine Schwester Azalea war … nun ja, ehrlich gesagt war sie kein sehr netter Mensch. Gewiss, sie war wunderschön und schlau und unglaublich geschäftstüchtig. Sie konnte auch nett und charmant sein, wenn sie wollte – aber sie war auch kalt und gewissenlos. Sie musste immer gewinnen, um jeden Preis, und das Schicksal anderer Menschen war ihr gleichgültig, solange sie bekam, was sie wollte. Um es klar zu sagen: Azalea war ein echtes Miststück."

Magnolia stieß ein freudloses Lachen aus, als sie mein entsetztes Gesicht sah. „Ich habe Sie schockiert, nicht wahr? So viel zum Thema ‚keine Gefühle zeigen'! Von Familienmitgliedern erwartet man immer rührselige Lobeshymnen auf den Verstorbenen. Nun, ich bin keine Heuchlerin. Azalea und ich standen uns nie nahe und jetzt, wo sie tot ist, werde ich nicht so tun, als sei sie die beste Schwester der Welt gewesen." Sie schwieg einen Moment, bevor sie mit einem bitteren Unterton hinzusetzte: „Eher die schlimmste Schwester der Welt."

„Ähm …" Ich zögerte, weil ich nicht wusste, wie ich auf diese sehr privaten Enthüllungen reagieren sollte. Schließlich wählte ich den einfachen Ausweg: Ich ging nicht darauf ein, sondern fragte Magnolia weiter nach dem vermeintlichen Mörder ihrer Schwester aus. „Azalea hat sich Harry McKenzie also irgendwie zum Feind gemacht?"

„Ja, man kann wohl sagen, dass sie ihn in den Ruin getrieben hat, nur weil er ein beliebtes Restaurant in der Straße führte, in der sie ihre erste Tea Bar eröffnet hat. Statt sich auf einen Wettbewerb mit fairen Mitteln einzulassen, also bessere Speisen oder besseren Service als er anzubieten, hat sie beschlossen, ihn zu sabotieren. Sie hat Gerüchte verbreitet, dass Gäste sich in seinem Restaurant eine Lebensmittelvergiftung geholt hätten, und hat mit gefälschten Kommentaren seinen Ruf zunichtegemacht."

Das passte zu dem, was Jo Ling mir erzählt hatte.

„… dass er sie in ihrer Tea Bar aufgesucht hat, um sie zur Rede zu stellen, war keine gute Idee. Sie stritten sich heftig – und das vor Zeugen! Zu allem Unglück war auch Azaleas Freund, dieser schmierige Fotograf Scott, zur Stelle. Er schoss Fotos, und am nächsten Tag kam die Geschichte groß aufgemacht im lokalen Käseblatt heraus. Das war natürlich eine Steilvorlage für Azalea. In den sozialen Medien drückte sie auf die Tränendrüse: Sie sei eine ehrliche, hart arbeitende Frau, die sich einen Namen machen wolle und von diesem aggressiven Kerl terrorisiert werde. Die Böser-Mann-gegen-arme-Frau-Nummer hat sie nach allen Regeln der Kunst ausgeschlachtet, mit einer Prise Rassismus und Diskriminierung ethnischer Minderheiten als Sahnehäubchen."

Magnolia lachte zynisch. „Die Öffentlichkeit war hingerissen. Sie wissen sicher, wie schnell sich die

Mob-Mentalität in den sozialen Medien ausbreitet, wo sich Leute gegen jemanden zusammenrotten, ohne zu prüfen, ob es stimmt, was man über ihn erzählt. Sie sind regelrecht auf McKenzie losgegangen, er verlor seine Kundschaft, seine Lieferanten wandten sich ab, und am Ende musste er den Laden schließen." Sie schüttelte den Kopf. „Sie hätten Azaleas Gesicht an jenem Tag sehen sollen. Dass sie gerade einem Mann seinen Lebenstraum zerstört und ihm die Existenzgrundlage geraubt hatte, zählte nicht. Hauptsache, sie war den Konkurrenten losgeworden. Sie hatte gewonnen."

„Wow ..." Ich war erleichtert, dass diese Frau keine Bedrohung mehr für meine Teestube darstellen würde, hatte jedoch gleichzeitig ein schlechtes Gewissen. Ich schob den Gedanken zur Seite und sagte hastig: „Aber alles, was Sie mir jetzt erzählt haben, bestätigt den Verdacht Ihrer Mutter, dass Harry McKenzie der Mörder sein könnte. Wenn jemand ein Motiv hatte, dann er."

Magnolia zuckte die Schultern. „Ja, kann sein. Es ist nur ... er tut mir leid. Er hat nur versucht, sich seinen Lebensunterhalt zu verdienen, er hat Azalea nichts getan, aber sie hat ihm das Leben zur Hölle gemacht. Eigentlich kann man ihm keinen Vorwurf machen."

„Dafür, dass er Ihre Schwester umgebracht hat?", fragte ich ungläubig. „Wollen Sie damit sagen, dass sie es verdient hat, so zu sterben?"

Magnolia errötete. „Nein, natürlich meine ich das

nicht. Aber ... Sie haben Azalea nicht gekannt", murmelte sie. „Sie können sich nicht vorstellen, wie es war, mit einer solchen Schwester aufzuwachsen. Sie war grausam – aus Spaß! Es überrascht mich nicht, dass es ihr jemand heimgezahlt hat."

Auf ihre Weise ist sie ebenso grausam und unbarmherzig wie ihre große Schwester, dachte ich. Auch wenn sie keine enge Beziehung hatten, fand ich die Art, wie sie über den Mord an Azalea sprach, sehr kaltherzig.

In diesem Moment stieß Mrs Chu einen entsetzten Schrei aus und zeigte zitternd auf meine Tasche, die ich auf dem Boden neben Azaleas Altar abgestellt hatte. In den Tiefen der Tasche bewegte sich etwas und gleich darauf zwängte sich eine kleine grau getigerte Katze aus der Öffnung.

Sie schüttelte sich, dann sah sie sich um und sagte munter: *„Miau?"*

„Müsli!", rief ich. „Was um alles in der Welt machst du hier?"

Kapitel 17

Nun wusste ich, warum meine Tasche so schwer gewesen war – ich hatte einen blinden Passagier! Müsli war in einem unbeobachteten Moment hineingekrochen, weil sie nicht allein zu Hause bleiben wollte.

„*Miau!*", sagte sie frech und ging zu Mrs Chu, ohne uns andere eines Blickes zu würdigen. Statt zurückzuweichen, wie ich befürchtet hatte, beugte sich die Taiwanesin zu ihr hinunter, nahm sie auf den Arm und drückte sie begeistert an sich.

„Mum liebt Katzen", erklärte Magnolia, die die Szene lächelnd beobachtete. „Sie musste ihre Katze in Taiwan bei einer Freundin unterbringen, als sie nach England gezogen ist, und es hat ihr fast das Herz gebrochen. Ich wollte ihr ein Kätzchen schenken, weil ich dachte, dass es ihr Gesellschaft leistet und ihr hilft, sich hier einzuleben, aber Azalea war strikt dagegen. Sie wollte keine Katzenhaare an ihrer Kleidung und auf den Polstermöbeln.“

Mrs Chu hatte sich auf einen Küchenstuhl gesetzt und streichelte Müsli hingebungsvoll, die sich auf ihrem Schoß zusammengerollt hatte und mit geschlossenen Augen selig schnurrte wie eine kleine Maschine. Die beiden so glücklich zu sehen, besänftigte meinen Ärger über Müsli ein wenig.

Als es an der Tür läutete, öffnete Magnolia und kam bald darauf mit einem schönen, teuer aussehenden Blumenstrauß aus weißen Rosen, Lilien, Nelken und verschwenderischem Grün in die Küche.

„Die sind für dich, Ma“, sagte sie und reichte ihrer Mutter die Blumen.

„Wah! Wer schickt?“ Mrs Chu betrachtete die Karte, die zwischen den Blumenstängeln steckte. „Sind von Mr Wang! Siehst du? Ich sage dir, er ist nicht schlechter Mann“, meinte sie zu ihrer Tochter gewandt. „Auch wenn er Azalea nicht mag, drückt er mir Respekt aus.“

Magnolia schnaubte verächtlich. „Wahrscheinlich hat er jemanden vom Personal damit beauftragt. Schließlich spielt Geld bei ihm keine Rolle. Vielleicht hat Kai ihm ein schlechtes Gewissen gemacht.“ Als ihre Mutter sie verwirrt ansah, fügte sie in versöhnlicherem Ton hinzu: „Ja, das war sehr nett von ihm, Ma.“

Ich blickte neugierig von einer zur anderen und wollte gerade fragen, wovon sie redeten, als meine Mutter mich strafend ansah. Da die beiden von sich aus keine Erklärung anboten, wäre es in ihren Augen der Gipfel der Unhöflichkeit, sich in ihre Angelegenheiten zu mischen. Trotzdem hätte ich für mein Leben gern gewusst, wer Mr Wang war und warum er Azalea nicht mochte.

Wir saßen noch ein paar Minuten zusammen, dann erhob sich meine Mutter und dankte Mrs Chu für ihre Gastfreundschaft. Als ich versuchte, Müsli auf den Arm zu nehmen, musste ich feststellen, dass meine Katze sich weigerte, Mrs Chus Schoß zu verlassen.

„Komm schon, Müsli, lass uns nach Hause fahren." Ich packte sie mit beiden Händen, doch das kleine Biest zappelte und wand sich aus meinem Griff, bis es wieder auf Mrs Chus Schoß landete. Ich überlegte verärgert, ob ich sie am Nackenfell hochheben sollte, doch als ich Mrs Chus angstvollen Blick sah, verwarf ich diese Idee, um sie nicht weiter aufzuregen.

„Müsli, sei lieb und komm mit!" Mit Mühe konnte ich die wachsende Ungeduld aus meiner Stimme heraushalten.

Die kleine Tigerkatze blinzelte mich unschuldig an, dann erhob sie sich, streckte sich zierlich, drehte sich um die eigene Achse – und ließ sich so auf Mrs Chus Schoß nieder, dass sie mir ihr Hinterteil zuwandte.

„Müsli!", zischte ich. „Komm schon, wir müssen los."

„Vielleicht … vielleicht kann sie hierbleiben?", fragte Mrs Chu hoffnungsvoll.

„Oh ja, Schatz, das ist eine hervorragende Idee", meinte meine Mutter. „Warum lässt du Müsli über Nacht nicht hier? Sie scheint sich sehr wohlzufühlen und Mrs Chu würde ihre Gesellschaft sicher guttun."

„Ja, für meine Mutter wäre es sehr schön, wenn die Katze bleiben könnte", sagte Magnolia schnell. „Ich muss bald nach Hause, die Babysitterin ablösen, und so wäre Mum ganz allein hier. Mit Müsli würde sie sich nicht so einsam fühlen."

„Ja, ja", sagte Mrs Chu eifrig. „Lassen Sie Müss-Lee, ich sorge für sie, Sie brauchen keine Angst haben. Ich koche taiwanesisches Essen für sie, wie früher für meine Katze. Ich mache gefüllte Suppenklöße und Schweinebauch und Fischklöße. Auch weiches Milchbrot."

Drei Augenpaare waren erwartungsvoll auf mich gerichtet. „Nun gut, wenn es Ihnen wirklich nichts ausmacht …"

„Ist kein Problem!" Mrs Chu strahlte. „Ich mache schönes Bett für Müss-Lee in meinem Zimmer. Heute Abend bekommt sie taiwanesische Fußmassage."

Verdammt, warum kann ich nicht bei Mrs Chu einziehen, dachte ich. „Prima, aber wenn sie Ärger macht, zögern Sie bitte nicht, mich anzurufen. Dann hole ich sie sofort ab." Ich kritzelte meine Telefonnummer auf einen Notizblock in der Küche.

„Wenn sie frech wird und Dummheiten macht, schimpfen Sie ruhig mit ihr. Und wenn sie ...“

Ich verstummte, denn als ich sah, wie nachsichtig Mrs Chu ihren Übernachtungsgast betrachtete, war mir klar, dass meine Katze nach Strich und Faden verwöhnt werden würde. Und nach Müslis selbstgefälligem Gesichtsausdruck zu schließen, wusste sie das auch.

Obwohl mich Müslis Treulosigkeit ein wenig ärgerte, erschien mir mein Cottage ungewohnt ruhig und leer, als ich schließlich nach Hause kam. Wie konnte ein kleiner Vierbeiner eine so große Lücke hinterlassen? Ich vermisste Müsli schmerzlich, als ich am nächsten Morgen ohne sie aufwachte, mich wusch, ohne dass sie mir zusah, und in der Küche frühstückte, ohne dass sie ihrerseits ihr Futter einforderte. Auch die Fahrt zur Teestube war anders als sonst, weil sie nicht in ihrem Transportkorb saß und neugierig durch die Gitterstäbe spähte. Viele unserer Gäste machten ein langes Gesicht, als sie erfuhren, dass ich Müsli nicht mitgebracht hatte. Wer hätte gedacht, dass sie eine so große Fangemeinde hatte?

Beim Gedanken an Müsli erinnerte ich mich an mein Versprechen an Mrs Chu, bei der Suche nach Azaleas Mörder zu helfen. Es war ein unbedachtes Versprechen gewesen, und auch wenn ich es nicht bedauerte, so fragte ich mich doch, wie ich es einhalten sollte, da ich keine eigenmächtigen Ermittlungen anstellen durfte.

Die Silberlocken würde das nicht abhalten, dachte ich plötzlich und warf einen Blick in die Ecke, in der sie normalerweise saßen. Heute waren sie noch nicht erschienen – im Moment war der Tisch von einer deutschen Familie besetzt –, und ich fragte mich, wo sich die vier neugierigen alten Damen herumtrieben und was sie aussheckten.

Ich war heilfroh, als ich um fünf Uhr nachmittags endlich das Schild an der Tür von „Geöffnet" auf „Geschlossen" umdrehen, mich hinsetzen und meine schmerzenden Füße ausruhen konnte.

„Puh!" Cassie ließ sich seufzend auf den Stuhl neben meinem sinken. „Ich freue mich, dass wir wieder gut zu tun haben, aber ich bin völlig erledigt. Mein Date für heute Abend sage ich lieber ab. Ich will nur noch in die Badewanne – und das für Stunden."

„Ein Date? Mit wem? Jemand, den ich kenne?", fragte ich beiläufig.

„Nee, glaub ich nicht. Ich habe ihn im Pub unten im Dorf kennengelernt."

„Oh." Ich sah meine Freundin von der Seite an. Insgeheim hoffte ich immer noch, dass sie eines Tages ein Date mit Seth haben würde.

Wie Cassie gehörte Seth Browning zu meinen engsten Freunden. An der Uni waren wir drei unzertrennlich und seit meiner Rückkehr nach England war es wie in alten Zeiten. Seth hatte sich für einen akademischen Werdegang entschieden und war inzwischen ein renommierter Wissenschaftler und geschätzter Tutor an einem Oxforder College. Er war hochintelligent, aber unglaublich schüchtern, und so war das Leben hinter den ehrwürdigen Mauern der Universität für ihn genau das Richtige. Ich wusste jedoch, dass er sich einen ganz bestimmten Menschen an seiner Seite wünschte.

Seth war fast seit dem ersten Tag in Cassie verliebt, als wir uns zu Anfang unseres Studiums kennenlernten, doch er war zu zurückhaltend und zu ängstlich, um ihr seine Liebe zu gestehen. An Weihnachten hatte ich gedacht, er hätte endlich den Mut aufgebracht, ihr seine Gefühle zu offenbaren. Ich hatte sogar gesehen, wie sie sich unter dem Mistelzweig küssten! Leider hatte sich ihr Verhältnis seit Beginn des neuen Jahres jedoch merklich abgekühlt. Seth schien Cassie und mir seit Monaten bewusst aus dem Weg zu gehen und erfand immer neue Ausreden, wenn wir fragten, ob er mit uns in den Pub oder in ein Restaurant gehen wollte. Und Cassie wich aus, wenn ich sie auf Seth ansprach. Mittlerweile kam mir der Verdacht, dass durch die Ereignisse an Weihnachten eine Befangenheit zwischen ihnen entstanden war, die sich auch auf unsere Dreierfreundschaft auswirkte. Ich seufzte. Hoffentlich schafften sie es, darüber hinwegzukommen, sodass wir zu unserem früheren lockeren Ton zurückfanden.

„Was ist mit dir? Hast du heute Abend etwas vor?" Cassies Stimme riss mich aus meinen Gedanken.

„Hm, das Gleiche wie du: ein Date mit meiner Badewanne", grinste ich. „Oh, und vielleicht muss ich Müsli abholen, sie hat in Azalea Chus Haus übernachtet.“

„Ich hatte mich schon gefragt, wo sie ist. Wie kommt es, dass sie dort ist?“

Ich erzählte Cassie von den Ereignissen des gestrigen Abends, auch von meinem widerwilligen Versprechen gegenüber Mrs Chu. „Ich fühle mich nicht gut dabei, weil ich eigentlich nicht weiß, was ich tun kann. Ich möchte sie nicht enttäuschen, aber ich habe Devlin geschworen, dass ich mich aus dem Fall heraushalte, und außerdem kann man mit Inspector Roberts nicht reden.“

„Zumindest hat er dich heute nicht beschatten lassen, also hat er dich wohl von der Liste der Verdächtigen gestrichen. Es war sowieso eine blöde Idee“, meinte Cassie empört. „Schließlich warst du diejenige, der Azalea übel mitgespielt hat. Das habe ich auch diesem Journalisten gesagt: Es war schlimm genug, dass Azalea versucht hat, deine Teestube zu sabotieren. Und jetzt sollst du sie sogar umgebracht haben!“

„Welcher Journalist?“, fragte ich überrascht.

Cassie wedelte abschätzig mit der Hand. „Ach, er drückte sich heute Früh in der Teestube herum, als ich ankam. Er hat behauptet, er sei Journalist, schreibe eine beliebte Kolumne in einer überregionalen Zeitung und sei zufällig in der Nähe gewesen, als der Mord passiert ist. Er war offenbar auf der Suche nach einer Story. Er hatte gehört, dass die Polizei dich für die Hauptverdächtige an dem

Mord an Azalea Chu hält, und wollte eine Stellungnahme von dir. Ich habe ihm geantwortet, dass du nicht da seist, dass ich ihm aber gerne etwas dazu sagen könne."

Ich sah Cassie besorgt an. „Hieß er Mark Scott?"

„Ja, so hieß er. Warum – kennst du ihn?"

„Nein, ich habe ihn bei der OISS-Party zum ersten Mal gesehen. Er war ein Freund von Azalea." Ich hatte kein gutes Gefühl bei der Sache. „Vielleicht hättest du ihm besser nichts von den Sabotageaktionen erzählt."

„Warum nicht? Es stimmt, dass Azalea versucht hat, dich in den Ruin zu treiben. Ich habe ihm gesagt, dass du natürlich nie einen Mord begehen würdest. Dass du Azalea nicht gerade wohlgesonnen warst, sei nur zu verständlich, nachdem sie dir so übel mitgespielt hat."

„Das hast du ihm hoffentlich nicht so gesagt?", rief ich entgeistert.

Cassie zuckte mit den Schultern. „So oder ähnlich. Ich kann mich nicht mehr an die genauen Worte erinnern."

„Oh, Cass! Du weißt doch, wie Journalisten Worte verdrehen. Das ist so, als würde ich zugeben, dass ich ein Motiv für den Mord an Azalea hatte!"

Cassie sah etwas verlegen aus. „Na ja ... wenn du es so sagst ... Er hat mich nur genervt, weil er so über dich geredet hat ..."

„Er hat dich wahrscheinlich mit Absicht provoziert. Ich wette, mit diesem Trick bringt er Leute dazu, Dinge zu sagen, aus denen er dann einen reißerischen Artikel zusammenschustert."

„Schmieriger Mistkerl", murmelte Cassie. „Nicht zu fassen, dass ich darauf reingefallen bin."

Ich schenkte meiner Freundin ein liebevolles Lächeln. Obwohl ihre spontane, temperamentvolle Art sie immer wieder in Schwierigkeiten brachte, war dies eine Seite an Cassie, die ich besonders mochte. „Schon gut. Hoffentlich hast du recht, und Inspector Roberts hat seine alberne Theorie inzwischen aufgegeben, dass ich die Hauptverdächtige bin."

Kapitel 18

Leider erwies sich diese Hoffnung als Wunschdenken, denn als ich am Ende des Tages die Teestube verließ und mich auf den Heimweg machte, folgte mir das inzwischen wohlbekannte Auto. Es war der junge DC, der vergeblich versuchte, lässig zu wirken, während er die kurvenreiche Straße hinunterfuhr. Zuerst war ich verärgert, doch dann beschloss ich, ihm einen Streich zu spielen.

Die Polizei will also Spielchen spielen? Prima! Ich beugte mich vor, trat kräftiger in die Pedale und bog unvermittelt von der Hauptstraße in eine ziemlich schmale Gasse ein. Der Polizist musste sein Lenkrad herumreißen, um meine Spur nicht zu verlieren. Ich grinste – langsam machte mir die Sache Spaß. In den nächsten zehn Minuten lieferte ich mir mit ihm eine lustige Verfolgungsjagd, raste durch die friedliche Landschaft mit ihren saftigen Weiden und sanften Hügeln, für die die Cotswolds so berühmt sind, während der arme junge DC verzweifelt versuchte, mich im Blick zu behalten.

Schließlich wurde ich des Spiels überdrüssig und fuhr in einem großen Bogen zurück zu der Straße, die mich an Meadowford-on-Smythe vorbei nach Oxford bringen würde. Als ich mich dem Dorf näherte, kam ich zu einer Weggabelung, und einer spontanen Eingebung folgend bog ich dort ab. Nach wenigen Minuten erreichte ich das Gelände des Cotswolds Manor Hotels. Mein Beschatter war mir auf den Fersen geblieben, fuhr jedoch auf der Suche nach einem Parkplatz eine Schleife, und so nutzte ich die Gelegenheit, von meinem Fahrrad zu springen und es schnell zwischen den Gebäuden der Hotelanlage hindurchzuschieben.

Innerhalb weniger Minuten hatte ich einen schmalen Durchgang gefunden, in dem ich mein Fahrrad an eine Wand lehnen konnte. Dann ging ich vorsichtig Richtung Parkplatz zurück, bis ich ihn von einer Hausecke aus überblicken konnte. Der junge Polizist stand an seinem Wagen und sah sich suchend um. Selbst aus dieser Entfernung war deutlich zu erkennen, wie bestürzt er war, dass er meine Spur verloren hatte. Ich empfand ein wenig Mitleid mit ihm. *Oh je, der arme Kerl wird sich von Inspector Roberts eine Standpauke anhören müssen, wenn er aufs Revier zurückkehrt!*

Nachdem ich den DC eine Weile beobachtet hatte, beschloss ich mit einem selbstzufriedenen Grinsen, ihn seinem Schicksal zu überlassen. Ich würde auf Umwegen zu der Stelle zurückkehren, an der ich mein Fahrrad abgestellt hatte. Bis ich dort war, hatte der Polizist die Suche nach mir hoffentlich aufgegeben und war verschwunden, sodass ich in aller Seelenruhe nach Hause fahren konnte. Eigentlich war es albern, schließlich hatte ich nicht vor, meinen Verfolger abzuschütteln, um mich aus dem Staub zu machen. Trotzdem war es ein gutes Gefühl, Roberts einen Strich durch die Rechnung zu machen. Auf diese Weise war ich einer frustrierenden Situation nicht gar so hilflos ausgeliefert.

Ich machte mich auf den Weg zu meinem Fahrrad, nahm aber eine Abkürzung durch das Hotel, statt mich wie geplant zwischen den Gebäuden der Anlage hindurchzuschlängeln. Durch einen Seiteneingang betrat ich die Lobby. Hier herrschte reges Treiben: Übernachtungsgäste checkten ein, aber es gab auch Besucher, die das Ambiente der Lobby-Bar genießen, in einem der Restaurants speisen, eine Runde auf dem angrenzenden Golfplatz spielen oder sich im Wellnessbereich verwöhnen lassen wollten. Ich war gerade an der Rezeption vorbeigegangen, als ich aus dem Augenwinkel einen Mann wahrnahm. Er hatte die Lobby durch den Haupteingang betreten und kam nun mit großen Schritten auf mich zu. Ich schnaubte verärgert. Es war der junge Detective Constable!

Verdammt! Ich dachte, ich hätte ihn abgeschüttelt!

Einen Moment lang überlegte ich, ob ich in den Durchgang rennen sollte, wo ich mein Fahrrad abgestellt hatte, um in Windeseile davonzusausen. Bis zu seinem Auto würde er ein paar Minuten brauchen, dann musste er den Wagen anlassen, rückwärts aus seiner Parklücke fahren und die Verfolgung aufnehmen - was bedeutete, dass ich einen guten Vorsprung hätte. Andererseits hätte er auf freier Strecke einen entscheidenden Vorteil und würde mich zwischen hier und Oxford mit Leichtigkeit einholen. Der Gedanke, erneut gejagt zu werden, gefiel mir gar nicht, und plötzlich hatte ich die Nase voll. Ich blieb abrupt stehen und hob den Blick.

Der DC stolperte und in seiner Miene spiegelte sich eine beinahe komische Bestürzung, als er auf mich zuschlidderte und unmittelbar vor mir zum Stehen kam. Offensichtlich hatte man bei seiner Ausbildung den Punkt „Was ist zu tun, wenn man als Beschatter mit dem zu Beschattenden zusammenstößt?" sträflich vernachlässigt!

„Hallo, Constable." Ich schenkte ihm ein strahlendes Lächeln. „Sie waren neulich in meiner Teestube, nicht wahr?"

„Äh ... h-hallo ... ja ... ich meine, nein ... ich meine ... äh, ja ..."

„Haben Sie zufällig meine Bekannten gesehen? Die vier alten Damen, mit denen Sie sich damals unterhalten haben?"

Er schluckte heftig. „D-die sind hier?", flüsterte er mit einem ängstlichen Blick über die Schulter.

„Nun, eigentlich sollten sie längst hier sein. Wir sind zum Tee in der Lobby verabredet." Ich sah mich betont langsam um. „Ah! Ich glaube, da kommen sie …", sagte ich schließlich und fixierte einen Punkt hinter ihm.

Er stieß ein angstvolles Wimmern aus. „Ich … ich muss zurück aufs Revier! Die Pflicht ruft!", stotterte er.

Ich folgte ihm schmunzelnd zum Haupteingang und sah, wie er über den Parkplatz rannte. Kurze Zeit später brauste sein Auto in einer Staubwolke davon. *Okay, das war ein bisschen gemein*, musste ich mir grinsend eingestehen. *Aber es hat wirklich gut funktioniert!*

Ich kehrte um und durchquerte die Lobby auf dem Weg zu dem Durchgang, in dem mein Fahrrad stand. Als ich an den plüschigen, bequemen Sitzen der Lobby-Lounge vorbeischlenderte, sah ich in der Ecke eine Ankündigung, die für das neue Degustationsmenü im Hauptrestaurant des Hotels warb. Darauf war das Foto eines Mannes in weißer Kochuniform und Mütze zu sehen. Er stand mit verschränkten Armen neben der Liste der Speisen. Ich starrte ihn an. Es war der Mann, den ich am Abend der OISS-Party vor der Yin-Yang Tea Bar gesehen hatte - der Mann, der eines der Werbeplakate heruntergerissen und wütend darauf herumgetrampelt hatte. Auf diesem Bild sah er ganz anders aus, sein Gesicht mit den Hängebacken strahlte stolz und fröhlich, doch es war zweifellos derselbe Mann. Ich trat näher an das Plakat heran und las: „Dieses frische und aufregende Degustationsmenü wurde von unserem preisgekrönten Küchenchef Harry McKenzie persönlich zusammengestellt und wird Ihren Gaumen verzaubern!"

Harry McKenzie. Der Mann, dessen Restaurantbetrieb von Azalea Chu ruiniert worden war. Der Mann, den Mrs Chu für den Mörder ihrer Tochter hielt. Der Mann, den ich wütend vor der Tea Bar gesehen hatte, kurz bevor Azalea ermordet wurde. War das Zufall?

Ich schreckte auf, als neben mir eine Stimme erklang. „Hallo - interessieren Sie sich für unser neues Degustationsmenü?", fragte sie. Eine Frau mittleren Alters in der lilafarbenen Hoteluniform strahlte mich an.

„Oh ... ähm ... ja, das sieht sehr interessant aus."

„Haben Sie schon einmal ein Degustationsmenü probiert?"

„Nein, eigentlich nicht."

„Oooh, dann dürfen Sie sich dieses nicht entgehen lassen!", rief die Frau. Sie schaute sich um, kam dann näher und sagte in verschwörerischem Ton: „Wissen Sie, ich dachte auch immer, dass das nur eine prätentiöse Spielerei ist, aber dann habe ich letztes Jahr ein Degustationsmenü probiert - das ist ein Bonus für die Mitarbeiter hier, wir dürfen die neuen Menüs probieren, die die Köche sich ausdenken - und, oh mein Gott, was für ein Erlebnis! All diese verschiedenen Geschmacksrichtungen ... und dann die Weine, die perfekt zu den Gerichten passten ... Ich war ziemlich beschwipst, kann ich Ihnen sagen!" Sie kicherte.

Ich lächelte, ihre Gesprächigkeit amüsierte mich. „Das hört sich nach einem schönen Erlebnis an", pflichtete ich ihr bei.

„Und natürlich ist es viel besser für die Verdauung, wenn man sich Zeit für das Essen nimmt, anstatt alles hinunterzuschlingen, nicht wahr? Patrick - das ist mein Mann, na ja, er ist nicht wirklich mein Mann. Also ... nicht offiziell. Heute sagt man wahrscheinlich ‚Partner', oder? Dabei sind wir schon so lange zusammen, wir sind praktisch wie ein altes Ehepaar!" Sie kicherte erneut. „Also, Patrick ist normalerweise ein Fleisch-Kartoffeln-Gemüse-Mann. Außer Ketchup kommt ihm nichts ans Essen! Aber selbst er hat gemeint, dass das Degustationsmenü verdammt gut war. Sie könnten Ihren Freund mitbringen und sich einen schönen Abend mit ihm machen, so wie wir."

„Das ist eine gute Idee", murmelte ich, während ich sie nachdenklich musterte. Sie war offenbar eine Plaudertasche, und es wäre dumm von mir gewesen, diese Gelegenheit ungenutzt verstreichen zu lassen. *Außerdem ist ein bisschen Klatsch und Tratsch nicht dasselbe wie Schnüffeln, sagte ich mir. Niemand kann mir vorwerfen, dass ich mich in die Ermittlungen einmische. Ich kann schließlich nichts dafür, wenn die Leute um mich herum gerne reden und ich zufällig zuhöre ...*

„Also ... ähm ... und das Menü ist speziell von Ihrem Chefkoch zusammengestellt worden?", fragte ich.

„Ja, Harry - ich meine, Mr McKenzie ist ein Genie!", schwärmte sie. „Er hat ein erstaunliches Talent, aus Aromen und Texturen die köstlichsten Kreationen zu zaubern. Er kombiniert Dinge, von denen man sich nicht vorstellen kann, dass sie zusammen schmecken, und dann probiert man sie und denkt: Verdammt, ist das lecker! Wir können uns wirklich glücklich schätzen, Harry als Küchenchef hier zu haben. Er ist für alle Restaurants und Bistros und dergleichen zuständig."

„Arbeitet er schon lange hier?", fragte ich.

„Noch nicht sehr lange. Aber er hat viele Jahre Erfahrung im Gastgewerbe", fügte die Frau schnell hinzu. „Er hatte früher sogar ein eigenes Restaurant in London."

„Oh?" Ich zögerte kurz und sagte dann unschuldig: „Wissen Sie, sein Name kam mir irgendwie bekannt vor. Gab es nicht irgendeinen Skandal im Zusammenhang mit seinem Restaurant?"

„Oh, ja, das war schrecklich! Aber es war nicht seine Schuld." Die Augen der Frau funkelten bei der Aussicht auf noch mehr pikante Klatschgeschichten. „Er redet nicht viel darüber, doch ich habe es von

Rachel an der Rezeption und die hat es von einem der Souschefs. Sie war damals mit ihm zusammen – mit dem Souschef, nicht mit Harry - und er hat ihr viel erzählt, was in den Küchen so vor sich geht. Sie haben sich mittlerweile getrennt - leider. Jetzt hat sie einen Freund aus Oxford. Er war zu einer Konferenz hier im Hotel, und anscheinend kamen sie ins Gespräch, als er eincheckte, und da war es um sie geschehen. Es war wie Liebe auf den ersten Blick. Nicht, dass man an so etwas glauben sollte, aber ...“

„Äh, Rachel hat Ihnen also von Mr McKenzie erzählt?“, fragte ich, um sie vom Liebesleben der Empfangsdame weg auf die richtige Spur zu bringen.

„Oh ja, das stimmt. Offenbar hat Dave – das war ihr Souschef – die ganze Sache damals mitverfolgt, in den sozialen Medien und was an Tratsch in der Branche rumging, Sie wissen schon. Und er sagte, dass Harry von einer Frau total aufs Kreuz gelegt worden ist, der eine schicke Tea Bar in der Nähe seines Restaurants in London gehörte. Sie hat sein Restaurant ruiniert und -“ Sie brach entsetzt ab. „Oh mein Gott, sie ist es, nicht wahr? Die Frau, die vorgestern Abend ermordet wurde? Bei der Pressekonferenz hat die Polizei kaum Informationen preisgegeben, und wir alle hier im Hotel haben spekuliert, wer das Mordopfer war. Einige dachten, es sei ein weiblicher Gast, andere meinten, es sei die Besitzerin ... und jetzt fällt mir gerade ein, dass ich gehört habe, die Besitzerin der Tea Bar hier auf dem Gelände habe in London angefangen. Ist sie es?“ Sie sah mich neugierig an.

„Hm …" Ich wusste nicht, was ich sagen sollte. Wenn die Polizei die Identität des Opfers bisher geheim gehalten hatte, sollte ich mich mit Informationen zurückhalten. „Ich habe die gleichen Gerüchte gehört wie Sie", sagte ich schließlich und fügte in einem geschwätzigen Tonfall hinzu: „Wenn es sich bei dem Opfer um dieselbe Frau handelt, die Mr McKenzie in London so zugesetzt hat, meinen Sie, die Polizei würde ihn dann verdächtigen? Es hört sich doch an, als hätte er ein Motiv, nicht wahr?"

Die Frau riss begeistert die Augen auf. „Verdammt, daran habe ich gar nicht gedacht! Ja, Sie haben recht - Harry könnte verdächtig sein!", sagte sie genüsslich. „Ja, wenn man bedenkt, wie sie mit ihm umgesprungen ist und wie viel er verloren hat … Er hat alle seine Ersparnisse in dieses Restaurant gesteckt – dass man da auf Rache sinnt, kann man verstehen, meinen Sie nicht auch?"

„Meinen Sie, dass Mr McKenzie zu einem Mord fähig wäre?", fragte ich in verschwörerischem Flüsterton. „Ich meine, wie ist er denn so?"

„Nun, er ist furchtbar aufbrausend. Rachel hat mir erzählt, wenn in der Küche etwas schiefgeht, kann Harry richtig ausrasten. Das weiß sie von ihrem Souschef. Aber das ist doch ganz normal, oder? Ich meine, im Fernsehen sieht man ständig Köche, die ihr Personal anschreien."

„Aber Mr McKenzie wird nicht handgreiflich?", bohrte ich weiter.

„Ich glaube, er hat ein- oder zweimal einen Teller quer durch den Raum geworfen, aber er hat noch nie jemanden geschlagen." Die Frau klang enttäuscht.

„Was ist mit den anderen Mitarbeitern in der Küche? Hat jemand Angst vor ihm? Meint einer von ihnen, dass Mr McKenzie zu einem Mord fähig ist?"

Die Frau setzte zu einer Antwort an, doch dann erstarrte sie plötzlich und riss entsetzt die Augen auf. Verwundert drehte ich mich um - und sah mich einem großen, rothaarigen Mann in einer Kochuniform gegenüber.

Es war Harry McKenzie, und er war sehr wütend.

Kapitel 19

„H-Harry!", stammelte die Frau. „Wir haben nur über … äh … ich meine, wir haben nur geplaudert. Nur … äh … ein bisschen geschwatzt, sonst nichts." Sie zauberte ein strahlendes Lächeln auf ihr Gesicht. „Okay, ich muss los. Ich lasse Sie beide allein, dann können Sie sich kennenlernen. Äh … Harry kann Ihnen mehr über das Degustationsmenü erzählen, Miss." Sie warf mir einen raschen Blick zu und eilte davon.

Harry McKenzie schien ihr gar nicht zuzuhören. Stattdessen baute er sich drohend vor mir auf. „Wer zum Teufel sind Sie, dass Sie hierherkommen und mich des Mordes beschuldigen?"

„Ich habe Sie nicht beschuldigt …"

„Sie haben gerade über mich geredet. Ich habe es

genau gehört." Er kam mit seinem ausgetreckten Zeigefinger ganz nah an mein Gesicht. „Sie unterstellen mir Aggressivität gegenüber meinen Leuten."

„Nein, ich habe nur gefragt ..."

„Sind Sie Reporterin? Eine von diesen Paparazzi? Euch Ratten ist jeder Dreck recht, Hauptsache, ihr bekommt eure Schlagzeile. ... Moment mal, versuchen Sie etwa, mir den Mord anzuhängen?", sagte er plötzlich, und seine Augen verengten sich. „Ihr Schreiberlinge verdreht die Tatsachen, wie es euch gefällt, damit alle glauben, ich hätte diese Chu umgebracht ..."

„Nein!", rief ich. „So war es nicht! Wir haben uns wirklich nur über den Mord unterhalten, weil in den Nachrichten die Rede davon war und ... und ja, okay, dass Sie in der Vergangenheit mit Azalea Chu zu tun hatten, wurde ebenfalls erwähnt, aber ich wollte nicht ..."

„Das ist gelogen! Ich habe Sie gehört", sagte er heftig. „Sie wollten wissen, ob ich jemals handgreiflich geworden bin, ob meine Mitarbeiter Angst vor mir haben und ob irgendjemand denkt, ich könnte ein Mörder sein. Verdammtes Miststück! Ich verständige sofort den Sicherheitsdienst des Hotels - und die Polizei. Die Presse hat kein Recht, mir nachzustellen!"

„Nein!" Auf keinen Fall durfte Inspector Roberts von dem Vorfall erfahren. „Nein, nein, ich bin keine Reporterin! Ich habe nichts mit den Medien zu tun, ich bin eher so etwas wie eine Mitarbeiterin der Kripo …“ Ich zuckte zusammen, kaum dass mir die Worte herausgerutscht waren. „Äh … Ich meine, nicht offiziell, nur …“

„Was soll der Unfug! Sind Sie nun bei der Polizei oder nicht?“, schnaubte McKenzie.

Ich schluckte. Würde es ihn besänftigen, wenn ich behauptete, ich sei so etwas wie eine Polizistin? Ich musste um jeden Preis verhindern, dass er den Sicherheitsdienst und die Polizei rief!

„J-ja“, sagte ich. „Ich … ich bin eine Art … äh … freiberufliche Beraterin für die Kripo. Ich habe in der Vergangenheit schon bei einigen Ermittlungen geholfen.“ *Das stimmt immerhin*, sagte ich mir. Ich hatte dem CID tatsächlich bei mehreren Mordfällen geholfen.

Harry McKenzie beäugte mich misstrauisch, aber er schien ruhiger zu werden. Zumindest nahm sein Gesicht allmählich eine weniger bedenkliche Farbe an. „Dann werde ich also verdächtigt?“

„Nun … ähm …“ Ich holte tief Luft und plapperte dann den Standardspruch der Polizei nach: „Wir gehen routinemäßig allen Spuren nach. In solchen Fällen ist es normal, dass man … äh … sämtliche Kontakte aus dem Umfeld des Opfers überprüft. Und Sie können nicht leugnen, dass Sie in der Vergangenheit mit Azalea Chu aneinandergeraten sind“, fuhr ich etwas mutiger fort. „Es ist aktenkundig.“

„Steht in den Akten auch, wie sie mit mir

umgesprungen ist?", knurrte er. „Dieses Biest hat mich in den Ruin getrieben. Sie hat mein Restaurant zugrunde gerichtet und es dann so hingebogen, als sei ich an allem schuld." Nach kurzem Zögern fuhr er fort: „Aber bevor Sie auf dumme Gedanken kommen, sollten Sie wissen, dass Azalea mir in gewisser Hinsicht einen Gefallen getan hat."

„Einen Gefallen?", wiederholte ich überrascht.

„Ja, indem sie mir einen Vorwand verschafft hat, den Laden zu schließen. Ich hatte immer davon geträumt, mein eigenes Restaurant zu eröffnen, aber als es endlich so weit war, wurde mir bald klar, dass ich nicht dafür geschaffen bin, ein Unternehmen zu führen", gab er widerstrebend zu. „Die meiste Zeit musste ich mich mit unzuverlässigen Lieferanten herumschlagen, mit Personalproblemen, mit Bestellungen und nicht zuletzt mit der verdammten Buchhaltung. Außerdem braucht ein Restaurant ein Marketingkonzept – dabei wollte ich in der Küche stehen und kochen! Ich konnte mir noch so viel Mühe geben – der Laden warf kaum etwas ab. Ich wünschte, mir hätte vorher jemand gesagt, dass Unternehmen in der Gastronomie dreimal so oft scheitern wie Firmen in anderen Bereichen", fügte er bitter hinzu, bevor er den Kopf hob und mir direkt in die Augen sah. „Um ehrlich zu sein, war die ganze Sache dem Untergang geweiht, schon bevor Azalea auf der Bildfläche erschienen ist. Aber ich hatte so viel investiert, mein ganzes Leben steckte in diesem Restaurant, dass ich mir nicht vorstellen konnte, es aufzugeben. Als sie mich gezwungen hat, zu schließen, war ich beinahe erleichtert. Sie hat mir eine Hintertür geöffnet – genau das, was ich brauchte." Er wies auf die Lobby, in der wir standen. „Und dann bekam ich hier den Job als Chefkoch, und das war das Beste, was mir passieren konnte. Jetzt kann ich all das tun, was ich liebe, ich kann kochen und mir neue Gerichte ausdenken, aufregende Menüs planen, während sich jemand anderes Gedanken um den geschäftlichen Kram macht." Sein Gesichtsausdruck wurde hart. „Sie sehen also, dass ich keinen Grund hatte, Azalea umzubringen. Man könnte beinahe sagen, dass ich ihr dankbar war."

„Vorgestern Abend sahen Sie aber gar nicht dankbar aus", bemerkte ich trocken. „Ich habe Sie vor der Tea Bar gesehen. Sie haben eines der Werbeplakate heruntergerissen und sahen sehr, sehr wütend aus."

„Oh, das ..." McKenzie sah verschämt und ärgerlich zugleich aus. „Tja ... hm ... Hören Sie, ich bin auch nur ein Mensch. Dass sich alles zum Guten gewendet hat, ändert nichts an der Tatsache, dass Azalea mir übel mitgespielt hat. Sie hat mir die Hölle auf Erden bereitet. Und, ja, das macht mir immer noch zu schaffen, wenn ich daran denke. Und als ich das ganze Trara wegen der ‚gigantischen Eröffnungsfeier' sah und mir klar wurde, dass sie eine weitere Tea Bar eröffnet hat ... nun, da ist mein Temperament mit mir durchgegangen. Aber das heißt nicht, dass ich einen Mord begehen würde!"

Seine Geschichte klang überzeugend, und als ich mich kurze Zeit später auf mein Rad schwang, war ich geneigt, ihm zu glauben. Zumindest schien Harry McKenzie jetzt das Leben zu leben, das zu ihm passte. Er hatte noch einmal ganz neu angefangen und liebte seinen Beruf - würde er das wegwerfen, um sich an Azalea zu rächen?

Natürlich handelten Menschen im Eifer des Gefechts unüberlegt, und meine geschwätzige „Informantin" hatte Harry als jähzornig bezeichnet. Jemand, der vor lauter Wut Teller quer durch den Raum schleuderte, hatte seine Emotionen sicher nicht im Griff! Könnte der Chefkoch Azalea in einem spontanen Wutanfall getötet haben? Er hätte sicherlich die Gelegenheit zu der Tat gehabt. Als Angestellter war er mit den Gebäuden und den Ein- und Ausgängen der Hotelanlage vertraut und kannte gewiss viele Schleichwege und Hintertüren, die einem Gast verborgen blieben.

Trotzdem ... das passte einfach nicht zu ihm. Azalea Chu war in der Küche angegriffen worden, also musste sich ihr Mörder durch den Hintereingang in die Tea Bar schleichen, sich in der Küche verstecken und dort auf sie warten. Das hörte sich nicht nach einer spontanen Tat an. Überhaupt - wenn McKenzie wirklich vorgehabt hätte, Azalea zu töten, wäre er kaum so dumm gewesen, kurze Zeit vorher vor der Tea Bar aufzutauchen und ihre Werbeplakate herunterzureißen, wo ihn jeder sehen konnte.

Nein, es war recht unwahrscheinlich, dass Harry McKenzie der Mörder war, auch wenn Mrs Chu von seiner Schuld überzeugt war. Aber wer hatte Azalea dann umgebracht? Da Devlin nicht an dem Fall arbeitete, hatte ich diesmal leider keinen Zugang zu Informationen der Polizei und wusste nicht, wen sie außer McKenzie verdächtigte. *Abgesehen von mir selbst*, dachte ich säuerlich. Sicherlich stand der Ehemann ganz oben auf der Liste. Selbst Roberts konnte die Statistik nicht ignorieren, nach der Ehe- und Lebenspartner in den meisten Fällen in einen Mord verwickelt waren.

Plötzlich fiel mir auf, dass ich, ohne es zu merken, am Stadtrand von Oxford gelandet war. Nun überlegte ich, ob ich zuerst nach Hause oder direkt zu Mrs Chu fahren sollte, um Müsli zu holen. Ich entschied mich für Mrs Chu und Müsli, steuerte auf die baumbestandenen Straßen von Nord-Oxford zu und hielt wenige Augenblicke später vor dem viktorianischen Stadthaus der Chus. Diesmal stand die Haustür weit offen und aus dem Innern des Hauses drangen Stimmen und das Klappern von Geschirr. Im Wohnzimmer und im angrenzenden Esszimmer traf ich auf eine muntere Versammlung von Gästen, die meisten von ihnen Frauen, die alle zu essen und zu trinken schienen, während sich auf dem Esstisch die unterschiedlichsten Speisen türmten.

Einige Gesichter kamen mir bekannt vor –

wahrscheinlich waren es Mitglieder der OISS, die ich an jenem Abend in der Tea Bar gesehen hatte. Außerdem waren da mehrere ostasiatische Damen, etwa in dem Alter von Mrs Chu. Endlich entdeckte ich jemanden, den ich kannte: Jo Ling. Sie stand neben einer zierlichen älteren Frau, die ihr verblüffend ähnlich sah. Die beiden drängten sich mit anderen Gästen um das Sofa und beobachteten gebannt, was dort vor sich ging. Neugierig stellte ich mich auf die Zehenspitzen, um über die Köpfe hinweg zu spähen.

Bei dem Anblick, der sich mir bot, verschlug es mir die Sprache.

Mrs Chu saß auf dem Sofa, sie hatte Müsli auf dem Schoß, und ringsum standen mehrere Damen im mittleren Alter, jede mit einer Schüssel und Essstäbchen in der Hand. Eine nach der anderen fischte ein appetitliches Häppchen aus ihrer Schüssel und bot es meiner Katze an, die gemütlich auf dem Rücken lag, die Beine in die Luft reckte und äußerst zufrieden aussah. Jedes Mal, wenn sie ein liebevoll dargebotenes Stück Thunfisch-Sushi, Rinderhack oder gedämpften Fisch fraß, nickten die Zuschauerinnen anerkennend, und wenn Müsli eine Pfote ausstreckte, um die Essstäbchen mit dem Leckerbissen näher an ihr Mäulchen zu führen, lachten die Damen und klatschten begeistert in die Hände.

Unglaublich, dachte ich und verdrehte die Augen. Müsli war kaum vierundzwanzig Stunden hier und hatte schon eine beachtliche Fangemeinde um sich geschart, die sie mit Delikatessen und Streicheleinheiten verwöhnte. Wie schafften Katzen das nur?

Als ich jedoch sah, wie ein Lächeln Mrs Chus Miene erhellte und der Schatten der Trauer für kurze Zeit verschwand, sobald ihr Blick auf Müsli fiel, zog ich insgeheim den Hut vor meiner Katze. Auf ihre Weise half sie ihrer Gastgeberin, mit dem Tod der Tochter zurechtzukommen.

„Hallo, Gemma!", hörte ich Jo Ling, die sich durch den Kreis der Zuschauerinnen zu mir durchdrängte. „Ich glaube, deine Katze hat alle um den Finger gewickelt", sagte sie kichernd. „Sogar meine Mutter überlegt, sich ein Kätzchen anzuschaffen – dabei kann sie Tiere nicht leiden." Dann wurde sie ernst und sagte mit leiser Stimme: „Du hast wahrscheinlich gehört, dass Dev den Fall Azalea Chu abgeben musste?" Sie verzog das Gesicht. „Dieses Ekelpaket von Roberts hat die Ermittlungen übernommen. Ehrlich, Gemma, wenn ich für jedes Mal, wenn er mich wegen einer Obduktion gescheucht hat, ein Pfund bekäme, könnte ich mir wahrscheinlich inzwischen eine Luxusjacht kaufen!"

„Hast du die Autopsie von Azalea schon vorgenommen?", fragte ich.

„Ja. Heute Morgen. Das Ergebnis war vorhersehbar: Tod durch stumpfe Gewalteinwirkung auf den Kopf. Ihr Schädel wurde teilweise zertrümmert, und zwar durch einen schweren

Gegenstand, der ihn mit großer Kraft getroffen hat. Da es keine Anzeichen für einen Kampf gibt, würde ich sagen, dass sie von dem Angriff überrascht wurde und wahrscheinlich zu Boden ging, ohne ihren Angreifer überhaupt zu sehen. Ihr Mörder hat sich angeschlichen und sie von hinten niedergeschlagen."

Ich zuckte zusammen. Ich hatte Azalea Chu nicht gemocht, aber ein so schreckliches Ende hatte niemand verdient. „Hast du eine Idee, was die Mordwaffe gewesen sein könnte?"

Jos Augen leuchteten. „Ich habe zumindest eine Theorie."

Kapitel 20

Ich sah Jo gespannt an.

„In der Haut um die Kopfwunde habe ich einen Abdruck gefunden", erläuterte sie. „Ich habe die Vertiefungen mit der Art von Mustern verglichen, wie man sie auf der Oberfläche von gusseisernen Teekannen sieht."

„Gusseiserne Teekannen?"

„Ja, so wie diese da."

Jo ging zu einer Vitrine an der Wohnzimmerwand und hob eine der altertümlich wirkenden Teekannen heraus, die dort zur Schau gestellt waren. Die Kanne war aus mattem grauschwarzem Gusseisen mit einer kunstvoll geprägten Oberfläche, die von einer dünnen Schicht aus türkisfarbenem Lack überzogen war.

„Dies ist ein Tetsubin - eine Art japanischer Teekessel, der im siebzehnten Jahrhundert erfunden wurde", erklärte Jo. „Ursprünglich wurde darin das Teewasser aufgekocht, diese Gefäße werden aber auch als Kannen benutzt, in denen der Tee aufgebrüht wird. Sie speichern die Wärme besonders gut, sodass er länger heiß bleibt. Manche Leute behaupten, dass der Tee durch das Gusseisen milder und süßer schmeckt. Ich gestehe, dass ich selbst keinen großen Unterschied feststellen kann - vielleicht habe ich keinen so feinen Gaumen." Sie grinste, dann deutete sie auf die geprägte Oberfläche der Teekanne. „Siehst du diese Punktmuster? Das ist die traditionelle Verzierung, die man oft auf diesen Kannen findet. Sie werden von Hand gegossen, und die Reliefmuster werden von Meisterhandwerkern in Japan in die Gussformen gestanzt."

„Ich habe solche Kannen in Azaleas Tea Bar gesehen, als ich mit Cassie dort war", sagte ich.

„Ja, aber das waren wahrscheinlich preiswertere Imitationen", sagte Jo. „Die meisten der gusseisernen Teekannen, die man im Westen sieht, vor allem in chinesischen und anderen asiatischen Restaurants, sind keine echten Tetsubin-Kannen. Sie sehen den traditionellen Kannen zwar ähnlich und sind auch aus Gusseisen, die Innenseite ist jedoch emailliert, sodass man sie nicht über dem Holzfeuer erhitzen kann, wie es eigentlich üblich ist. In der Regel werden sie in Massenproduktion hergestellt, nicht von Hand gefertigt. Sie sind heutzutage sehr beliebt, sogar in trendigen westlichen Etablissements und generell bei Teetrinkern, also kann man sie überall kaufen. Aber selbst die billigeren Modelle haben außen das herkömmliche Prägemuster - und das ist genau das Muster, das ich auf der Haut um die Wunde an Azaleas Kopf gefunden habe. Ich vermute, der Mörder könnte eine ihrer eigenen Teekannen als Waffe benutzt haben." Jo wog den Tetsubin in der Hand. „Diese gusseisernen Teekannen bringen bis zu vier Pfund auf die Waage, und da sie aus hartem Metall bestehen, können sie großen Schaden anrichten, wenn sie mit Wucht auf den Kopf eines Menschen niedersausen."

Sie reichte mir die Teekanne, und ich musste ihr recht geben: Die Kanne hatte ein beachtliches Gewicht.

„Sind alle Teekannen in der Tea Bar überprüft worden?", fragte ich.

Jo nickte. „Ich habe das SOKO-Team gefragt und auch selbst nachgesehen: Eine ihrer Teekannen ist verschwunden", sagte sie triumphierend.

„Dann hat der Mörder die Waffe mitgenommen?"

„So sieht es aus. Ich habe Roberts empfohlen, sich auf das Auffinden der fehlenden Teekanne zu konzentrieren. Sie könnte uns direkt zum Mörder führen."

„Woher weiß man, dass man die richtige gefunden hat, wenn diese Teekannen heutzutage so weit verbreitet sind?", fragte ich. „Selbst wenn der Mörder sie behalten wollte, würde er sie doch sicher reinigen, oder?"

„DNA-Spuren lassen sich nicht leicht entfernen", meinte Jo ernst. „Selbst wenn er wie verrückt schrubbt, wird er Haut, Haare und anderes organisches Material nicht gänzlich entfernen können, schon gar nicht von einer reliefartigen Oberfläche wie dieser." Sie deutete auf das kunstvolle Muster mit seinen Rillen, Erhebungen und Vertiefungen auf dem Metallgefäß. „Eine sachgemäße kriminaltechnische Untersuchung sollte eine vorhandene Übereinstimmung aufdecken können."

Unser Gespräch wurde durch aufgeregtes Rufen unterbrochen: Mrs Chu und ihre Freundinnen hatten offenbar gerade bemerkt, dass ich da war, und winkten mich zu sich, um mich mit Fragen zu Müsli zu überschütten, während meine Katze mit selbstgefälligen Gesichtsausdruck dasaß.

„Wie alt? Wie alt ist Müss-Lee?"

„Ähm, der Vorbesitzer hatte sie wahrscheinlich aus dem Tierheim, daher bin ich mir nicht ganz sicher. Ich glaube, sie ist ungefähr drei Jahre alt."

„Sie hatten sie schon als Baby?"

„Nein, ich habe sie vor etwa anderthalb Jahren adoptiert."

„Geht sie für Sie auf Rattenjagd?"

Ich sah meinen verwöhnten Vierbeiner an und zwang mich, nicht laut loszulachen. Müsli wäre kaum in der Lage, eine Spielzeugmaus zu jagen, und wenn sie ihr auf den Kopf fiel! „Nein, eher nicht. Wo ich wohne, gibt es zum Glück keine Ratten, jedenfalls habe ich noch keine gesehen."

„Wo schläft sie nachts?"

„Sie schläft auf meinem Bett."

„Wenn sie Baby bekommt, können Sie es mir geben?", fragte eine Frau eifrig.

„Müsli ist kastriert worden - sie hatte eine Operation", erklärte ich. „Sie kann also keine Babys bekommen. Aber Sie können zum Tierheim gehen und eine Katze adoptieren", fügte ich schnell hinzu. „Es gibt viele Katzen, die ein gutes Zuhause brauchen, und viele von ihnen sind genau wie Müsli."

Unter den versammelten Damen entstand aufgeregtes Gemurmel, einige machten sich sogleich an die Planung eines gemeinsamen Ausflugs ins örtliche Tierheim.

Mrs Chu erschien an meiner Seite. „Müss-Lee kann heute Nacht wieder hierbleiben? Nicht nach Hause gehen?", fragte sie hoffnungsvoll.

„Oh ... äh ..." Ich starrte in ihre flehenden Augen. „Nun ... ähm ... fällt sie Ihnen nicht zur Last?"

„Zur Last? Ich muss sie nicht tragen." Mrs Chu war verblüfft. „Sie kann laufen."

„Nein, entschuldigen Sie, ich meinte, dass sie vielleicht ein Problem für Sie ist", erläuterte ich.

Sie schüttelte strahlend den Kopf. „Nein, nein - keine Probleme! Müss-Lee sehr gut!"

„Oh. Also dann ... klar, sie kann noch eine Nacht

bleiben", antwortete ich zögernd. Dann holte ich tief Luft und sagte: „Mrs Chu, ich habe Harry McKenzie heute gesehen."

Die taiwanesische Dame erstarrte. „Ja? Haben Sie mit ihm gesprochen?", fragte sie ängstlich.

Ich nickte. „Ich habe ihm eine Menge Fragen gestellt. Ich glaube nicht, dass er Azalea getötet hat", sagte ich sanft. „Es stimmt, dass er sehr wütend war, weil sie ihm und seinem Restaurant übel mitgespielt hat, aber er hat keinen Grund, sich jetzt an ihr zu rächen." Ich berichtete ihr, dass McKenzie mit seinem neuen Leben zufrieden und Azalea sogar fast ein wenig dankbar sei, dass sie die Weichen dafür gestellt hatte.

Mrs Chu sah mich enttäuscht an. „Aber wenn Harry Mah-Kenzee nicht der Böse ist, wer dann?", fragte sie verzweifelt.

Ich dachte an die Silberlocken, die überzeugt waren, dass Azaleas Ehemann in das Verbrechen verwickelt war. „Mrs Chu ... können Sie mir etwas über Azaleas Mann erzählen? Wie ist er so?"

„Kai? Er ist netter Junge. Seine Mutter ist Engländerin, sein Vater aus China. Eine sehr gute Familie. Sehr reich. Sehr mächtig in China." Sie lächelte. „Kai ist guter Ehemann für Azalea."

„Aber ... ich dachte, die beiden wollten sich scheiden lassen?"

Sie seufzte betrübt. „Ja, sie haben einen großen Streit. Ich weiß nicht, warum. Ich habe Azalea gefragt, aber sie hat mir nicht gesagt. Sie hat Kai aus dem Haus geschickt, bevor ich aus Taiwan kam.“

„Ist Kai noch in Oxford?“

Mrs Chu nickte. „Ja, ja. Er ist Zahnarzt. Er hat Klinik.“

„Eine Zahnarztpraxis in Oxford?“

Sie nickte erneut. „Er ist sehr guter Zahnarzt. Ich weiß nicht, warum Azalea sich mit ihm streitet. Vielleicht ist es wegen Vater. Mr Wang ist nicht glücklich, dass Kai sich für Azalea entscheidet.“

Ich spitzte interessiert die Ohren. „Mr Wang? Ist das der Mann, der Ihnen gestern die schönen weißen Blumen geschickt hat?“

Mrs Chu strahlte. „Ja, ja, das ist Mr Wang.“

„Magnolia schien überrascht, dass er Ihnen den Strauß geschickt hat.“

„Magnolia mag ihn nicht. Sie sagt, er beleidigt unsere Familie immer. Aber ich glaube, er ist kein schlechter Mann. Er will nur nicht, dass Kai Azalea heiratet.“

„Warum nicht?“

Mrs Chu zuckte mit den Schultern. „Mr Wang ist wichtiger Mann in China. Großer Name. Viel Guanxi. Er will, dass Kai ein Mädchen aus China heiratet. Er sagt, mit Schwiegertochter aus Taiwan verliert er sein Gesicht. Vater und Sohn haben oft Streit, aber Kai hat entschieden. Er sagt, er liebt Azalea und will sie heiraten. Kai ist sehr guter Junge“, betonte sie noch einmal.

Es war offensichtlich, dass sie ihren Schwiegersohn anbetete, daher wählte ich meine nächsten Worte besonders sorgfältig. „Mrs Chu, wie ist Kai, wenn er wütend wird?"

„Kai ist nie wütend. Er ist netter Junge."

„Ja, aber auch nette Menschen werden manchmal wütend, nicht wahr? Ich meine, er muss sehr wütend auf Azalea gewesen sein, schließlich haben sie sich gestritten."

„Sie denken, Kai meine Tochter umgebracht?" Sie starrte mich fassungslos an.

„Ja – nein ... ich meine ... es ist eine Möglichkeit", stammelte ich.

„Nein, nein! Kai ist netter Junge! Er liebt Azalea."

Vielleicht liebt er sie inzwischen nicht mehr so sehr, nachdem sie so gemein zu ihm war, dachte ich finster. Dann fragte ich: „Können Sie mir sagen, wo seine Praxis ist?"

Sie nannte mir eine Adresse einer Seitenstraße im Zentrum Oxfords, dann sah sie mich besorgt an. „Glauben Sie, dass es wahr ist? Glauben Sie, Kai ist böse?"

Ich wusste nicht, was ich dazu sagen sollte. Schließlich meinte ich lahm: „Ich weiß es nicht, Mrs Chu. Manchmal ... nun ja, manchmal können Menschen böse Dinge tun, auch wenn sie eigentlich keine bösen Menschen sind." Als ich den Blick in ihren Augen sah, legte ich ihr impulsiv die Hand auf den Arm. „Aber ich werde mein Bestes tun, um die Wahrheit über den Mord an Azalea herausfinden. Das verspreche ich Ihnen."

Kapitel 21

Als ich am nächsten Morgen in meiner Teestube ankam, ging Cassie in der Küche aufgeregt auf und ab. Sie gestikulierte und schimpfte, während Dora verständnisvoll zuhörte. Erst dachte ich, sie würde sich wieder einmal über die Inkompetenz der Verkehrspolizisten von Oxford beschweren, doch dann bemerkte ich, dass sie etwas in der Hand hielt, auf das sie immer wieder voller Abscheu zeigte.

„… ein Vollidiot! Er dreht mir die Worte im Mund um und hat die Bedeutung komplett verändert. Ich schwöre, wenn der mir nochmal über den Weg läuft, wird es ihm leidtun! Ich überlege, ob ich das melden – oh, Gemma!“ Sie brach ab, als sie mich sah. „Äh … hallo. Guten Morgen.“

„Das hört sich nicht an, als sei es ein guter

Morgen für dich", bemerkte ich. „Was ist los, Cass? Warum bist du so wütend?"

„Deswegen!" Sie knallte die Zeitung, die sie in der Hand gehalten hatte, vor mir auf den Tisch.

Ich riss erstaunt die Augen auf, als ich die Titelseite sah. Darauf war Azalea Chu vor ihrer neu eröffneten Tea Bar abgebildet, eine Hand lässig auf die Hüfte gestützt, in einer Pose, die Models und Prominente einnehmen, wenn sie vor die Kameras treten. In einer Ecke befand sich ein kleineres, unscharfes Bild, auf dem ich mit einem genervten Gesichtsausdruck zwischen zwei Tischen im Little Stables stand, ein Tablett in den Händen. Es war keineswegs eine schmeichelhafte Aufnahme und war offensichtlich von außen durch die Fenster der Teestube aufgenommen worden, wahrscheinlich von einem Fotografen, der nicht gesehen werden wollte.

Angesichts der Schlagzeile stockte mir der Atem:

SIE WOLLTE MICH RUINIEREN … ICH BIN FROH,
DASS SIE TOT IST!
~ Einheimische Hobby-Spürnase ist
Hauptverdächtige in grausigem Mordfall.

Darunter folgte ein kurzer Artikel von Mark Scott, und beim Lesen wuchsen mein Entsetzen und meine Empörung mit jeder Zeile:

Vor einigen Tagen wurden die Bewohner der Cotswolds durch den Tod von Azalea Chu erschüttert, einer Top-Unternehmerin, die vor einigen Jahren in London mit einer „Tea Bar" ein erfolgreiches neues Konzept ins Leben gerufen und gerade ein zweites Lokal am Rande von Meadowford-on-Smythe eröffnet hatte. Sie wurde in der Küche dieses neuen Lokals aufgefunden, brutal ermordet durch einen heftigen Schlag auf den Kopf. Die Kripo Oxfordshire hat die Ermittlungen übernommen, und ganz oben auf der Liste der Verdächtigen steht Gemma Rose, die eifersüchtige Besitzerin eines konkurrierenden Tearooms am anderen Ende des Dorfes.

Aus gut unterrichteter Quelle verlautet, dass die beiden Frauen einen erbitterten Kampf um Kunden ausfochten, wobei Rose behauptet, Chu habe versucht, ihr Unternehmen durch absichtliche Sabotage in den Ruin zu treiben. Rose kennt sich mit Morden bestens aus. Die „Tearoom-Detektivin" brüstet sich damit, Fälle schneller zu lösen als die Polizei, sie hat der Kripo von Oxfordshire sogar ihre Dienste als freiberufliche Beraterin angeboten. Diesmal könnte sie jedoch selbst den scharfen Blick der Ermittler auf sich ziehen ...

Ich schob die Zeitung weg, außerstande weiterzulesen. Als ich aufsah, blickte ich in Cassies zerknirschtes Gesicht.

„Das ist ja furchtbar!", rief ich. „Dass er mich als die ‚eifersüchtige Besitzerin eines konkurrierenden Tearooms' darstellt! Ich war nicht eifersüchtig auf Azalea!"

„Das ist nichts als sensationslüsterner Quatsch", sagte Cassie. „Damit will er andeuten, dass Neid dein Motiv gewesen sein könnte."

„Und dass ich damit prahle, Fälle schneller lösen zu können als die Polizei – das würde ich nie tun!" Ich war entrüstet. „Er lässt mich furchtbar arrogant erscheinen."

„Um diese Art von schäbigem Drama reißen sich die Leute", meldete sich Dora zu Wort und fügte hinzu: „Aber es ist kein unverdientes Lob, Gemma. Sie haben tatsächlich mehrere Fälle schneller gelöst als die Polizei."

„Oh nein, ich möchte nicht wissen, wie Inspector Roberts reagiert, wenn er das sieht."

„Es tut mir so leid", sagte Cassie zerknirscht. „Ich hatte wirklich keine Ahnung, dass dieser Schmierfink Scott meine Worte so verdrehen würde! Ich habe nie behauptet, dass du ‚froh' bist über Azaleas Tod. Und auch das andere Zeug, das er sich zusammenschreibt, habe ich nicht gesagt."

Ich drückte ihre Hand. „Ist schon okay, Cass. Ich weiß, dass du es nicht so gemeint hast." Ich seufzte. „Wie heißt es doch? ‚*In die Zeitung von heute wird morgen Fisch eingewickelt*', oder so ähnlich. Hoffen wir, dass die Sache schnell in Vergessenheit gerät."

In einem Dorf wie Meadowford verbreiteten sich Nachrichten jedoch in Windeseile, und bald schien es, als hätte jeder Gast im Tearoom eine Ausgabe der Zeitung vor der Nase und würde mich heimlich beäugen und mit seinen Begleitern am Tisch über mich tratschen. Ich gab mir Mühe, das Getuschel und die Blicke zu ignorieren, doch das war leichter gesagt als getan. Irgendwann war der übliche Ansturm um die Mittagszeit vorbei, und ich war erleichtert, als ich mich in die Küche zurückziehen und Cassie die restlichen Tische überlassen konnte.

Ich half Dora gerade, eine Ladung frisch gebackener Teekuchen zum Abkühlen auf ein Gitter zu legen, als Cassie in der Küchentür erschien.

„Gemma, würdest du nach Oxford fahren?", fragte sie mich. „Wir haben einen Catering-Auftrag, der im Stadtzentrum abgeliefert werden muss. Ich würde selbst fahren, aber ich habe Probleme mit meiner Fahrradkette. Ich muss das Rad morgen zur Reparatur bringen."

„Klar, mach ich." Ich freute mich, die Teestube und all die neugierigen Blicke für eine Weile hinter mir zu lassen. „Aber kommst du allein zurecht?"

„Bis zum Nachmittagstee wird nicht viel los sein. Wenn du gleich fährst, bist du rechtzeitig zurück."

Ich verpackte schnell die bestellten Scones und anderen Köstlichkeiten in meinem Fahrradkorb und machte mich auf den Weg nach Oxford. Nachdem ich die Bestellung abgeliefert hatte, beschloss ich, mich nicht durch den Verkehr in den belebten Hauptstraßen zu kämpfen, sondern mein Fahrrad zu schieben, bis ich das Stadtzentrum hinter mir gelassen und die ruhigeren Vororte erreicht hatte. Abgesehen davon, dass ich mich nicht zwischen doppelstöckigen Omnibussen, Reisebussen, Autos und Taxis schlängeln musste, war ich froh über die Gelegenheit, durch den historischen Stadtkern zu schlendern.

Wie schon so oft empfand ich einen Hauch von Nostalgie, als ich durch die kopfsteingepflasterten Straßen an den berühmten Colleges mit ihren „träumenden Türmen" und den anderen Sehenswürdigkeiten vorbeiging, die für jeden knipswütigen Touristen ein absolutes Muss darstellten. Es war fast zehn Jahre her, dass ich als Studentin ein ähnlich klappriges Fahrrad durch diese Straßen geschoben hatte, vielleicht auf dem Weg zu einer Vorlesung oder zurück zum College, um einen Essay für ein Tutorium fertigzustellen. Seit meiner Studienzeit hatte sich Oxford sehr verändert, und dennoch war es einer dieser Orte, die sich immer gleich anfühlten. Für diejenigen, die einmal hier gelebt und studiert hatten, haftete der Universitätsstadt eine gewisse Zeitlosigkeit an. Wann immer sie zurückkehrten, eröffnete sich ihnen ein kurzer Blick in die eigene Vergangenheit.

Da war diese Straßenecke ... wie oft hatte ich hier gewartet, bis ich die Straße überqueren konnte? Ich blieb stehen und betrachtete nachdenklich die honigfarbene Steinmauer neben mir. Ich wusste, dass sie zu einem der Colleges der Universität gehörte, aber ich wusste nicht mehr, zu welchem. Die Universität Oxford ist insofern ungewöhnlich, als sie aus Colleges besteht, die über die ganze Stadt verteilt sind. Viele Touristen suchen nach einem

Universitätsgebäude, das auf seinem eigenen Gelände steht und eine mehr oder weniger überschaubare Einrichtung darstellt. Es ist zunächst verwirrend, dass die ganze Stadt ein einziger Campus ist. Die Gebäude der Universität sind mit den Grundfesten der Stadt verwoben, und das städtische und das akademische Leben gehen oft Hand in Hand. Das bedeutet, dass die Stadt aus einer bunten Mischung aus Colleges, Geschäften und Behörden, Märkten und Kneipen besteht. Der Stadtplan ist im Grunde ein Wegweiser zu den verschiedenen Abteilungen, Fakultäten, Forschungslaboren und Wohnheimen der Universität.

Jetzt versuchte ich, mir diesen Stadtplan und die Lage der verschiedenen Colleges ins Gedächtnis zu rufen. War das Trinity hier an der Ecke? Oder vielleicht Balliol? Dann sah ich ein Stück weiter die Straße hinunter das Haupttor, flankiert von zwei großen Holztüren. Eine der Türen war offen, doch der Eingang war durch ein Schild versperrt:

Pendlebury College
Für Besucher geschlossen

Pendlebury ... Spontan ging ich hinunter und blieb vor dem Tor stehen. Fragmente des Gesprächs, das ich mit Professorin Gillian Bennett geführt hatte, hallten in meinem Kopf wider: „... die jüngste Tochter, Freesia, die mittlerweile in ihrem zweiten

Jahr am Pendlebury College studiert und wahrscheinlich meine vielversprechendste Studentin ist …"

Dies ist also Freesia Chus College, dachte ich und starrte auf das Schild. Die Erinnerung an die mysteriöse Gestalt, die am Küchenfenster vorbeigehuscht war, als ich Azaleas Leiche entdeckt hatte, schoss mir durch den Kopf. Ich hatte versucht, nicht daran zu denken, aber jetzt tauchte die Frage wieder auf, lebhaft und eindringlich, und ließ sich nicht wegschieben: Könnte es Freesia gewesen sein? War sie vom Tatort weggelaufen?

Plötzlich tippte mir jemand auf die Schulter und riss mich aus meinen Gedanken. Ein Mann mit einer großen Spiegelreflexkamera, eine Frau und zwei Teenager standen neben mir. „Entschuldigen Sie, Miss, aber sind Sie hier Studentin?", fragte der Mann eifrig.

Ich fühlte mich geschmeichelt, dass ich immer noch als Studentin durchgehen konnte, lachte verlegen und sagte: „Nun, ich bin College-Absolventin, aber -"

„Cool! Dürfen wir ein Foto von Ihnen machen?" Er wies auf seine beeindruckende Kamera. Ohne meine Antwort abzuwarten, machte er sich daran, mein Fahrrad in Position zu schieben. Wir hätten gerne ein Foto mit einer ‚echten' Oxford-Studentin … wenn Sie sich hier hinstellen könnten … vor das Tor, mit Ihrem Fahrrad, als wollten Sie zu einer Vorlesung … ja, perfekt! Emma, du stellst dich neben sie und Ben

... nein, nein, nicht da ... hier ... und Claire, Schatz, du gehst auf die andere Seite."

Wie eine Schaufensterpuppe wurde ich nun mit der Mutter und den beiden Kindern der Familie hin- und hergeschoben, während er mal hierhin, mal dorthin hüpfte und uns schubste und stupste wie ein hyperaktiver Schäferhund, der eine Schafherde hütet. Schließlich schien er mit seinem Arrangement zufrieden zu sein, er trat einen Schritt zurück und drückte kurz hintereinander mehrmals auf den Auslöser. „Fantastisch!", rief er. „Und jetzt eine Aufnahme neben -"

Weiter kam er nicht, weil plötzlich ein bärtiger Mann in einem schwarzen Anzug aus der Pförtnerloge hervortrat. Ich erkannte den Neuankömmling sofort als „College Porter", einen der Pförtner, die im Alltag eines Studenten eine wichtige Rolle einnehmen. Offiziell stellen sie eine Kombination aus Sicherheitsdienst und Concierge dar, doch darüber hinaus fungieren sie für die Studenten auch als freundliche, hilfsbereite Ansprechpartner in allen Lebenslagen.

Nun legte er mir mit beschützerischer Geste eine Hand auf die Schulter. „Gibt es ein Problem?"

„Oh nein, alles bestens", antwortete der Tourist, bevor ich den Mund aufmachen konnte. „Wir schießen nur ein paar Fotos mit einer Ihrer Studentinnen. Hey – ob wir wohl eins da drinnen machen können? Auf diesem Innenhof, dem Quadrangle, oder wie man das nennt?" Er trat entschlossen einen Schritt vor und spähte durch das halb geöffnete Tor.

Der Pförtner blickte ihn finster an. „Das College ist für Besucher geschlossen. Wenn Sie uns jetzt entschuldigen würden ..." Er drehte sich um und zog mich mit sich hinter die hohen Mauern des Colleges.

Als wir außer Sichtweite waren, sagte er: „Ich kann diese anmaßenden Typen nicht ausstehen. Ständig belästigen sie die Studenten. Sie hätten mich gleich rufen sollen."

Einen Moment lang fühlte ich mich geschmeichelt, weil er mich ebenfalls für eine Studentin hielt. Dann fiel mir ein, dass es in Oxford viele ältere Studenten, etwa in den Graduiertenprogrammen, und andere Angehörige der Universität gab, sodass seine Annahme nicht unbedingt ein Hinweis auf mein jugendliches Aussehen war!

Dennoch beschloss ich, die Situation auszunutzen und sagte grinsend: „Danke, dass Sie mich gerettet haben. Ich fand es nicht so schlimm, aber der Mann war ein bisschen aufdringlich!" Ich hielt kurz inne, dann fragte ich: „Kennen Sie eigentlich Freesia Chu?"

„Ah, Freesia! Ja, natürlich. Hübsches Mädchen." Ein Lächeln breitete sich auf seinem Gesicht aus. „Sie kam neulich mit ein paar Klößen, die ihre Mutter gemacht hatte." Bei der Erinnerung daran leckte er sich die Lippen, dann betrachtete er mich nachdenklich. „Sind Sie eine Freundin von ihr? Ich kann mich nicht erinnern, Sie beide zusammen gesehen zu haben. Gehören Sie zum Pendlebury? Ich glaube nicht, dass wir uns schon mal begegnet sind."

„Äh nein, ich war nur auf der Suche nach Freesia. Sie ... wir waren an der Bod verabredet", sagte ich. Zum Glück war mir der alte Spitzname für die Bodleian Library gerade noch rechtzeitig eingefallen. „Aber sie ist nicht aufgetaucht und ich dachte, sie hätte den Termin vielleicht vergessen. Ich wollte ihr ein paar Notizen zurückgeben, die sie mir geliehen hatte. Sie wird sie für ihren Essay brauchen."

„Ah." Er entspannte sich sichtlich. „Nun, Sie können sie in ihrem Fach lassen, wenn Sie wollen."

Er wies auf die Pförtnerloge, in der an einer Wand Reihe um Reihe hölzerner Fächer zu sehen waren, für jeden Angehörigen des Colleges eins. Zu meiner Studienzeit war es üblich, dass man jeden Tag in der Pförtnerloge vorbeischaute, um nachzusehen, ob Briefe, Päckchen, Nachrichten von Freunden oder offizielle Benachrichtigungen der Universität eingetroffen waren.

Dank der allgegenwärtigen Mobiltelefone und der Nachrichten-Apps hat dieses Ritual sicher an Bedeutung verloren, dachte ich wehmütig. Zu dem Pförtner gewandt sagte ich: „Oh ... ähm ... ich würde sie Freesia lieber persönlich geben. Außerdem habe ich noch ein paar Fragen an sie, aber ich weiß nicht mehr, wo ihr Zimmer ist. Könnten Sie meinem Gedächtnis auf die Sprünge helfen?", fragte ich mit unschuldiger Miene.

Einen Moment lang dachte ich, er würde ablehnen oder mich weiter ausfragen, und fühlte mich gar nicht wohl in meiner Haut. Eigentlich wusste ich nicht, warum ich mit diesem Lügengespinst über meine Beziehung zu Freesia angefangen hatte. Es wäre einfach gewesen, meinen Ausweis vorzuzeigen, der meinen Status als Ehemalige bestätigte, um auf diese Weise Zutritt zum College zu erhalten. Allerdings hatte ich als angebliche Freundin von Freesia vielleicht bessere Aussichten, vom Pförtner die Zimmernummer zu bekommen.

Glücklicherweise stellte er keine weiteren Fragen, sondern verschwand wortlos in seiner Loge, um in der Liste nachzusehen, und kam kurz darauf mit der erhofften Auskunft wieder.

„Zweiter Innenhof, Trakt Nr. 5, Zimmer 12. Der Code ist 012022." Er wies auf einige Fahrräder, die an der Pförtnerloge lehnten. „Sie können Ihr Rad hierlassen und es auf dem Rückweg wieder einsammeln."

Kapitel 22

Pendlebury war weder das größte noch das prunkvollste der Oxforder Colleges, dennoch war es beeindruckend mit seinen Innenhöfen, den sorgsam gestutzten Rasenflächen und den Gebäuden, die zum Teil bereits im Mittelalter entstanden waren. Wie viele Colleges der Universität hatte Pendlebury im Laufe der Jahrhunderte mehr Land und weitere Gebäude hinzugekauft, sodass es nun eine bunte Mischung unterschiedlicher Baustile aufwies. Die meisten Gebäude stammten aus der Zeit des Neoklassizismus, während das älteste – und das markanteste – ein Turm aus dem elften Jahrhundert war. Er befand sich im größten Innenhof und war vermutlich ein Überrest der Klosteranlage, aus der später das College entstanden war.

Ich umrundete den Turm und entdeckte dahinter die Kapelle, die man an den wunderschönen bleiverglasten Fenstern über dem Eingang erkennen konnte. Daran schloss sich ein kleinerer Innenhof an, in dem ich mich neugierig umsah. An drei Seiten des Hofs waren in regelmäßigen Abständen nummerierte Türen zu sehen, hinter denen sich jeweils eine Treppe von Etage zu Etage nach oben wand und zu den Studentenzimmern führte. Der fünfte Treppenaufgang war der erste links. Ich öffnete die Tür mithilfe des Codes und machte mich an den Aufstieg über die knarzende Holztreppe. Sie war eng und steil, und als ich die dritte Etage erreichte, musste ich stehen bleiben, um zu verschnaufen.

Plötzlich drang leises Weinen an mein Ohr. Ich bemerkte, dass die Tür unmittelbar neben mir nur angelehnt war. Durch den offenen Spalt konnte ich einen Blick in das Zimmer werfen. Neben dem üblichen Einzelbett sah ich einen überfüllten Schreibtisch, einen schäbigen Sessel, ein Regal mit Büchern und allerlei Nippes und einem abgewetzten Teppich auf dem Boden.

Auf dem Bett saßen zwei Frauen nebeneinander. Eine war Freesia Chu, die heftig schluchzte und sich immer wieder mit einer wütenden Handbewegung die Tränen von der Wange wischte. Die andere war Professor Gillian Bennett. Sie hatte die Arme um Freesia geschlungen und klopfte ihr immer wieder begütigend auf den Rücken, wie eine Mutter, die ihr

Kind tröstet. In der Szene lag so viel Zärtlichkeit, dass sie fast wie eine Liebesszene wirkte. Ich trat in den Schatten neben der Tür.

„... nein, nein, es ist nicht ...“, hörte ich bruchstückhaft Freesias gequälte Stimme. „... hasse es, so zu tun, als ob ... die glückliche Familie spielen ... alles eine große Lüge!“

Professor Bennetts Ton klang beruhigend, auch wenn ich nicht verstehen konnte, was sie sagte. Freesia unterbrach sie heftig: „Es ist mir egal! Ich bereue es nicht -“

Wieder sagte die Tutorin etwas und diesmal schnappte ich ein paar Worte auf: „... hättest nicht dort sein sollen ... wenn es sonst niemand gesehen hat, wird die Polizei hoffentlich nicht den Verdacht –“

Freesias schrille Stimme übertönte sie: „Die Polizei weiß nichts. Sie macht sich keine Vorstellung – und sagen Sie mir nicht, ich solle von Toten nicht schlecht reden. Sie war eine Hexe, es war ihr egal, welche Schmerzen sie anderen zugefügt hat – Hauptsache, sie hat gewonnen. Es gibt so etwas wie Karma und vielleicht ... vielleicht hat Azalea das bekommen, was sie verdient hat.“

Plötzlich wurde die Tür aufgerissen und Freesia Chu stolperte aus dem Zimmer. Ihr langes schwarzes Haar war zerzaust, ihre geröteten Augen blickten wild und in ihren Gesichtszügen lagen Schmerz und Qual. Sie rannte an mir vorbei zur Treppe und lief in halsbrecherischem Tempo die Stufen hinunter. Wie durch ein Wunder erreichte sie unversehrt das Erdgeschoss und verschwand in den Innenhof.

Ich hatte kaum Zeit, mich zu sammeln, bevor Professor Gillian Bennett aus dem Zimmer stürmte.

„Miss Rose!" Sie blieb wie angewurzelt stehen, als sie mich sah. Sie war ebenso elegant gekleidet wie bei der OISS-Party, allerdings hatte sie ihr blondes Haar mit den grauen Strähnen diesmal zu einem eleganten französischen Dutt frisiert.

„Oh, hallo", murmelte ich verlegen. Ich schämte mich, obwohl ich nicht absichtlich gelauscht hatte. „Ich … ähm … war zufällig gerade in der Stadt und, nun ja … ich habe gestern Abend mit Mrs Chu gesprochen, und sie macht sich große Sorgen um Freesia, daher dachte ich … wenn ich schon mal in der Nähe bin …" Selbst für meine Ohren klangen meine Lügen nicht gerade überzeugend.

Professor Bennett schien jedoch kaum zuzuhören. Sie sah mich besorgt an. „Haben Sie mitbekommen, was Freesia gerade gesagt hat?"

„Ja", räumte ich widerstrebend ein.

„Es ist nicht so, wie Sie denken", sagte sie hastig. „Ich weiß, es bietet sich an, vorschnelle Schlüsse zu ziehen, aber Freesia hat nichts mit dem Mord an ihrer Schwester zu tun." Sie stieß ein gezwungenes Lachen aus. „Sie wissen ja, wie Aussagen aus dem Kontext gerissen und falsch interpretiert werden …"

Ich zögerte. Offenkundig hoffte, nein, erwartete sie, dass ich dem ungeschriebenen Verhaltenskodex folgen und eine peinliche Situation ignorieren oder gekonnt überspielen würde, und tatsächlich war ich einen Moment geneigt, eine höfliche Antwort zu stammeln und schnell das Thema zu wechseln – so wie meine Mutter es mir von klein auf beigebracht hatte. Dann straffte ich die Schultern und sagte: „Worte wie ,ich bereue es nicht‘ und ,vielleicht hat Azalea bekommen, was sie verdient hat‘ kann man kaum falsch interpretieren.“

„Nein, nein, Sie verstehen nicht!“, beharrte Professor Bennett. „Sie sprach nicht von dem Mord an ihrer Schwester – sie meinte, dass sie das, was sie geschrieben hat, nicht bereut.“

Ich starrte sie verständnislos an. „Wie bitte?“

Gillian Bennett nickte. „Wie Sie wissen, ist Freesia Schriftstellerin“, erklärte sie eifrig. „Durch das Schreiben verarbeitet sie ihre Gedanken und Gefühle, es hilft ihr, ihre Erfahrungen in der Welt einzuordnen. Auf ihrem Handy hat sie eine Tagebuch-App, und an jenem Abend, als sie eine … äh … unangenehme Unterhaltung mit Azalea hatte, war sie danach so wütend, dass sie eine … nun, sagen wir: eine recht drastische und explizite Fantasieszene in ihrem Tagebuch entworfen hat. Sie hat nur Dampf abgelassen, wie man bei Freunden oder in der Familie sein Herz ausschüttet und dabei kein Blatt vor den Mund nimmt. Man droht, jemandem dieses oder jenes anzutun – Sie wissen, was ich meine. Nur hat sie die Worte nicht gesprochen, sondern aufgeschrieben.“

Als Professor Bennett meinen Gesichtsausdruck

sah, fügte sie rasch hinzu: „Aber das hat sie nicht so gemeint, sie hatte nie die Absicht, danach zu handeln. Freesia kann keiner Fliege etwas zuleide tun, aber wie viele Schriftsteller kann sie auf dem Papier ein anderes Bild von sich entwerfen, ein mutigeres, ein heldenhafteres.“

Von allen Ausreden und Erklärungen, die ich gehört hatte, war dies sicher die fantasievollste. Ich sah die Professorin skeptisch an. „Wenn es sich dabei um reine Fiktion handelt, warum hatten Sie dann Sorge, die Polizei könnte davon erfahren?“

„Weil die Polizei diesen Tagebucheintrag ganz gewiss falsch verstehen würde. Polizisten haben kein Vorstellungsvermögen, sie kennen den wesentlichen Unterschied zwischen einer kreativen Katharsis und einem schriftlichen Geständnis nicht. Außerdem hat Freesia ein Alibi“, ergänzte sie rasch. „Nach ihrem Gespräch mit Azalea war sie sehr aufgewühlt, ich habe mich eine Weile um sie gekümmert, ein offenes Ohr, eine Schulter zum Ausweinen ... Wir waren zusammen, als der Mord passiert ist, das kann ich bestätigen.“

Ich runzelte die Stirn. Wenn Freesia tatsächlich die ganze Zeit mit Gillian Bennett zusammen gewesen war, wer war dann die Gestalt, die ich durch das Küchenfenster davonhuschen sah?

„Sind Sie sicher, dass Sie die ganze Zeit mit ihr zusammen waren?“, fragte ich. „Sie haben sie nicht kurz allein gelassen, vielleicht, um ihr etwas zu trinken zu holen? Freesia hätte in die Küche laufen können, als Sie weg waren, und –"

„Nein! Sie war bei mir und ich wäre Ihnen sehr verbunden, wenn Sie mit solchen Mutmaßungen nicht zur Polizei laufen würden", erwiderte Gillian Bennett scharf. „Hören Sie, ich weiß, dass Freesia nichts mit dem Mord zu tun hat, und ich werde nicht zulassen, dass das arme Mädchen unnötig belästigt wird. Das Letzte, was sie und ihre ganze Familie jetzt brauchen, ist, dass die Polizei sie verdächtigt. Wenn Ihnen wirklich an Mrs Chu gelegen wäre, würden Sie nichts unternehmen, was die Aufmerksamkeit der Ermittler auf Freesia lenkt."

Sie trat einen Schritt näher und sagte mit leidenschaftlicher Stimme: „Ist Ihnen klar, was passieren würde, wenn Freesia ins Visier der Polizei gerät? Selbst wenn ihre Unschuld bewiesen wird, bleibt immer etwas hängen, und das Gerede innerhalb der Universität kann äußerst boshaft sein, von den Medien einmal abgesehen. Ich will nicht, dass Freesia von ihren Altersgenossen gemieden wird oder dass ihre Zukunftsaussichten durch die Verbindung zu einem Mordfall geschmälert werden. Sie hat so viel Potenzial – Sie können gar nicht ermessen, wie talentiert sie ist – und sie braucht unsere Hilfe und unser Einfühlungsvermögen, um ihre Fähigkeiten auszuschöpfen und eine großartige Schriftstellerin zu werden."

Professor Bennett hielt schwer atmend inne, um sich zu sammeln. Sie holte tief Luft. „Wenn Sie mich jetzt entschuldigen wollen", sagte sie in versöhnlicherem Ton, „würde ich gerne nach Freesia sehen und mich vergewissern, dass alles in Ordnung ist." Sie ging zur Treppe. „Hoffentlich ist sie zum Friedhof gegangen -", murmelte sie.

„Zum Friedhof?", wiederholte ich erschrocken.

Sie lächelte schwach. „Oh, es ist nicht so gespenstisch, wie Sie vielleicht meinen. Wahrscheinlich hätte ich eher ‚Kirchgarten' sagen sollen. Er ist mitten in St. Giles, und Freesia liebt ihn. Sie sagt, es sei schön, dort zwischen den Grabsteinen zu sitzen."

„Oh … ja, ich weiß, welchen Kirchgarten Sie meinen." Es handelte sich um eine hübsche grüne Oase in einer innerstädtischen Wohngegend, an der ich als Studentin oft genug vorbeigekommen war. Friedlich war es dort, ohne Zweifel, doch es war nicht der Ort, an den ich mich flüchten würde.

Ich sah Professor Bennett nach, wie sie die Treppe hinunterging und in den Innenhof trat. Ich verspürte einen Anflug von schlechtem Gewissen. Sie hatte recht mit dem, was sie über die Familie Chu und die Auswirkungen der Ermittlungen gesagt hatte. Mrs Chus Vertrauen in mich lastete schwer auf mir. Seufzend stieg ich die steilen Stufen hinab. Unten angekommen wäre ich beinahe mit einem dunkelhäutigen jungen Mann zusammengestoßen, der gerade zur Tür hereinkam. Er trat einen Schritt beiseite, um mich vorbeizulassen.

„Moment mal", sagte er plötzlich, „Sie sind doch die Besitzerin der Teestube in Meadowford, nicht wahr?“

Ich blickte überrascht auf und sah ihn mir genauer an. Es war der junge Inder, der vor ein paar Tagen mit seiner Familie in meinem Tearoom gewesen war.

„Oh! Sie waren letztens mit Ihren Eltern, Ihrer Schwester und Ihrer Großmutter im Little Stables.“

Er grinste. „Ja, das stimmt. Ich heiße übrigens Sanjit. Nani – das ist meine Großmutter – schwärmt immer noch von Ihrem Victoria Sponge Cake. Und mein Vater sagt, dass er noch nie so leckere Scones gegessen hat.“

Ich errötete vor Freude. „Danke, wie schön, dass Ihrer Familie der Besuch in der Teestube gefallen hat. Ist sie noch in Oxford?“

„Nein, sie waren nur ein paar Tage hier. Ich bin der Erste in der Familie, der es nach Oxford geschafft hat, das ist also eine große Sache für sie – vor allem für meine Nani.“

„Ihre Familie muss sehr stolz auf Sie sein“, sagte ich lächelnd. „Und Sie sind einer der ersten Männer am Pendlebury College – zwei Premieren auf einen Schlag!“

„Wissen Sie, anfangs hat mir das ein wenig Angst gemacht“, schmunzelte er. „Ich dachte, ich gerate in ein Nest aus militanten Feministinnen und Männerhasserinnen, aber es ist wirklich toll hier. Alle haben uns Studenten herzlich aufgenommen und freuen sich, dass jetzt auch Männer am Pendlebury studieren.“

Ich fragte mich insgeheim, ob Professor Gillian Bennet auch zu denen gehörte, die die Neuankömmlinge mit offenen Armen empfangen hatten. Von der Dozentin war es gedanklich nicht weit bis zu Freesia. „Kennen Sie zufällig eine Studentin namens Freesia Chu?", fragte ich spontan.

Sein Blick wurde wachsam. „Ja, ein bisschen. Ihr Zimmer liegt meinem gegenüber. Wieso?"

„Oh … nur so … Haben Sie gehört, was mit ihrer Schwester passiert ist?"

Er nickte ernst. „Ja, schreckliche Sache."

„Also … manche Leute sind der Ansicht, dass Freesia etwas damit zu tun haben könnte", meinte ich vielsagend. Ich hatte fast damit gerechnet, dass er sich zu einer flammenden Verteidigungsrede aufschwingen würde, doch er wand sich voller Unbehagen und sagte schließlich: „Ja, hier am College habe ich auch so etwas gehört."

„Tatsächlich?" Ich hob die Augenbrauen. „Man hält also für möglich, dass sie einen Mord begehen könnte?"

Er zuckte die Schulter und sah noch unbehaglicher aus als zuvor. „Nein, nein, so direkt sagt das keiner … aber … Freesia ist bekannt dafür, dass sie ziemlich überspannt sein kann, wenn Sie wissen, was ich meine. Und sie kann … manchmal ausflippen."

„Ausflippen?" Ich sah ihn eindringlich an. „Heißt das, sie wird aggressiv?"

„Hören Sie, sie hat mir nichts getan, okay?" Er

hob abwehrend die Hände. „Aber ein Freund von mir hatte was mit ihr, in der Freshers' Week, also bevor das Semester losging. Da werden all diese Aktivitäten angeboten, um die Neuen willkommen zu heißen – Tanzabende und Ausflüge und so. Es wird viel getrunken, alle sind besoffen und schmusen rum und ... manchmal gehen sie auch ein bisschen weiter, Sie wissen schon ..." Er zuckte verlegen mit den Schultern. „Jedenfalls hat mir mein Freund hinterher erzählt, dass Freesia sich total komisch verhalten hat, als wären sie ein Paar oder so. Sie hat ihn nicht in Ruhe gelassen, und als er sagte: ‚Nein, ich bin noch nicht bereit für eine Beziehung', da ist sie ausgetickt. Er hat erzählt, dass sie in sein Zimmer gekommen ist und geschrien und geheult hat." Er schüttelte ungläubig den Kopf. „Sie haben eine Nacht zusammen verbracht, es war nur ein One-Night-Stand, nichts Ernstes. Er hat ihr nie irgendwas versprochen."

„Ist sie ihm gegenüber handgreiflich geworden?", fragte ich.

„Nein, nein, ich glaube nicht", sagte er. „Nigel erzählte zwar, dass sie ein paar Bücher nach ihm geworfen hat, aber sie wollte ihm nicht wirklich wehtun, verstehen Sie? Ich vermute, Freesia ist einfach ein bisschen impulsiv und nimmt irgendwie alles furchtbar ernst. Zu mir ist sie aber immer nett, wenn wir uns auf der Treppe oder auf dem College-Gelände begegnen", fügte er hastig hinzu. „Ich glaube, sie ist ganz okay. Vielleicht sollte sie ein wenig runterkommen, alles entspannter sehen. Sonst tut sie eines Tages etwas, was sie später bereut."

Kapitel 23

Ich war nicht allzu überrascht, als Mrs Chu mich anrief und mich anflehte, ihren vierbeinigen Gast noch einmal bei ihr übernachten zu lassen. Trotz meiner Bedenken willigte ich ein. Vermutlich war es ganz in Müslis Sinne, eine weitere Nacht in dem taiwanesischen Katzenparadies zu verbringen und sich nach Strich und Faden verwöhnen zu lassen. Und wenn ich ehrlich war, musste ich zugeben, dass ich froh über die Ausrede war, Mrs Chu aus dem Weg zu gehen – vor allem, weil ich selbst so hin- und hergerissen war, was den Mordfall betraf.

Ich war sehr erleichtert gewesen, dass Gillian Bennett recht glaubwürdig beteuert hatte, Freesia zur Tatzeit nicht aus den Augen gelassen zu haben. Bei der geheimnisvollen Gestalt konnte es sich also nicht um die jüngste Tochter der Chus handeln. Trotzdem hatte ich ein schlechtes Gewissen, weil ich Inspector Roberts verschwieg, was ich gesehen hatte. Natürlich wusste ich, dass es falsch war, der Polizei Informationen vorzuenthalten, vor allem bei einer Mordermittlung, doch mir war gleichzeitig klar, dass der Verdacht zwangsläufig auf Freesia fallen würde. Selbst wenn Gillian Bennett ihr ein Alibi verschaffte, würde die Polizei sie genau unter die Lupe nehmen, und ich mochte mir nicht ausmalen, wie Inspector Roberts mit der jungen Frau umgehen und wie sich die negative Aufmerksamkeit auf sie auswirken würde. Ich dachte mit Schaudern daran, was Professor Bennett über boshaftes Gerede und die Belästigung durch die Medien gesagt hatte. Ich hatte selbst erlebt, wie es war, unter Mordverdacht gestellt zu werden, und wünschte niemandem, eine solche Situation durchmachen zu müssen - schon gar nicht einer sensiblen und emotional aufgewühlten jungen Frau, die gerade einen Todesfall in der Familie verkraften musste.

Aber was ist mit Devlin? Sollte ich es nicht wenigstens ihm sagen?, überlegte ich schuldbewusst. Nein, das war sicher keine gute Idee, er würde sich nur über meine „Einmischung" in die Ermittlungen ärgern, vor allem nachdem er mich ausdrücklich davor gewarnt hatte. *Er könnte sogar darauf bestehen, dass ich es Roberts erzähle ...* eine schreckliche Vorstellung. *Nein, Devlin muss nichts davon wissen,* beschloss ich. *Es ist ja nicht so, als könnte meine Beobachtung zur Entdeckung des Mörders führen. Mit dem Hinweis auf Freesia würde ich die Polizei nur auf eine falsche Spur lenken.*

Mein Cottage lag an der Folly Bridge, am südlichen Rand der Stadt, und normalerweise radelte ich nach der Arbeit durch das Zentrum von Oxford geradewegs nach Hause. Heute wartete jedoch nur ein leeres Haus auf mich, und angesichts der Aussicht auf einen einsamen Abend hatte ich keine Lust, den direkten Weg zu nehmen. Stattdessen stieg ich vom Fahrrad, als ich das Stadtzentrum erreichte, und schob es durch die Straßen, in denen sich jetzt keine Touristenmassen mehr schoben. Aus einem nahe gelegenen Restaurant drang ein köstlicher Duft, und ich spürte, wie mein Magen knurrte.

Vielleicht nehme ich mir etwas zu essen mit nach Hause. Es war ein langer Tag gewesen, und es wäre schön, nicht mehr kochen zu müssen. An der Carfax-Kreuzung, wo sich Oxfords vier Hauptstraßen treffen und die offiziell als das „Herz" der Universitätsstadt gilt, blieb ich stehen und überlegte. Hmm ... Indisch? Thailändisch? Chinesisch?

Dann riss ich erstaunt die Augen auf, als ich auf der gegenüberliegenden Straßenseite vier Gestalten erblickte. Die Silberlocken! *Was machen die denn in der Stadt?* fragte ich mich. *Ist heute ihr Bingo-Abend? Oder gehen sie zu einem Treffen von Ehrenamtlichen? Aber warum sollte das in Oxford stattfinden und nicht in Meadowford?*

Die alten Damen blieben vor einem Bürogebäude in der High Street stehen und steckten die Köpfe zusammen, als müssten sie beratschlagen, was zu tun sei. Dann stießen sie die unauffällige Tür auf, die in das Gebäude führte, und verschwanden.

Spontan überquerte ich die Straße. Neben der Tür befand sich eine Messingtafel, auf der verschiedene Namen eingraviert waren. Einer von ihnen sprang mir ins Auge:

ZAHNARZT
Dr. Kai Wang

Ich starrte auf den Namen. Kai Wang? War das Azaleas Noch-Ehemann? Sicher, der chinesische Familienname Wang war weit verbreitet. Dass ausgerechnet ein Kai Wang eine Zahnarztpraxis im Zentrum von Oxford hatte, so wie Mrs Chu es gesagt hatte, war jedoch bestimmt kein Zufall. Er musste es sein! Warum sonst sollten die Silberlocken sich vor seiner Praxis herumdrücken? Aber was wollten sie hier? Schnüffelten sie mal wieder herum? Ich schob die düstere Vorahnung beiseite, die mich beschlich, kettete mein Rad an einen Pfosten und drückte die Tür auf.

Wenige Augenblicke später betrat ich ein kleines, schwach beleuchtetes Wartezimmer. Der Empfang war nicht besetzt, und wenn da nicht Männerstimmen in einem von einem schmalen Flur abgehenden Raum gewesen wären, hätte ich angenommen, dass die Praxis geschlossen war. An der Wand des Wartebereichs waren gepolsterte Stühle aufgereiht, auf denen die Silberlocken saßen wie Hühner auf der Stange. Als sie mich sahen, sprangen sie erstaunlich behände auf.

„Gemma! Das nenne ich perfektes Timing!“, begrüßte Mabel mich. „Du kannst uns helfen.“

„Oh ja, sie kann die Durchsuchung vornehmen“, rief Florence.

„Wir hatten abgesprochen, dass ich das mache“, erwiderte Ethel beleidigt. „Ich kann von uns vieren am besten sehen, ohne Brille, meine ich.“

„Ja, aber Gemma ist jünger und sie ist um einiges schneller als wir, meine Liebe“, wandte Florence ein.

„Äh … wovon reden Sie?“ Ich blickte verwirrt von einer zur anderen.

„Dies ist eine Undercover-Operation“, erklärte Glenda kichernd. „Wir beschatten Azaleas Ehemann und sind uns sicher, dass er die Mordwaffe irgendwo in dieser Praxis versteckt hat.“

„Sie dürfte leicht zu finden sein, schließlich ist es ein recht ungewöhnliches Teil“, fügte Mabel hinzu. „Es ist eine gusseiserne Teekanne, mit der er Azalea auf den Kopf –“

„Woher um alles in der Welt wissen Sie, dass es sich bei der Mordwaffe um eine gusseiserne Kanne handelt? Nein, sagen Sie lieber nichts“, seufzte ich. Das war eine dumme Frage – die Silberlocken kannten wahrscheinlich den Inhalt des Autopsieberichts, bevor Jo Ling ihn überhaupt fertiggeschrieben hatte!

„Wenn wir die Teekanne hier finden, beweist es, dass der Ehemann der Mörder ist", erklärte Glenda eifrig.

„Wir sind überzeugt, dass er sie im Büro versteckt hat, wo die Patienten nicht hinkommen", sagte Mabel. „Unser Plan ist ebenso einfach wie genial: Wir werden Dr. Wang ablenken und du schleichst dich ins Büro und siehst dich nach der Teekanne um."

„Oh nein, ich werde nichts dergleichen tun!", rief ich.

„Wenn sie es nicht macht, übernehme ich", meinte Ethel. „Ich bin ziemlich schnell, immerhin habe ich letztes Jahr auf dem Dorffest beim Geschicklichkeitswettbewerb der Ü80 den ersten Platz gemacht."

Die anderen drei Silberlocken ignorierten sie. Stattdessen sahen sie mich vorwurfsvoll an.

„Du musst uns helfen, Gemma. Wir beschatten Dr. Wang seit zwei Tagen, und dies ist unsere beste Chance", beharrte Mabel.

„Ausgeschlossen! Ich werde auf keinen Fall das private Büro von Dr. Wang durchsuchen – und Sie sollten es auch nicht. Wissen Sie eigentlich, was uns blüht, wenn wir erwischt werden?" Bei dem Gedanken, unsere Aktion vor Inspector Roberts rechtfertigen zu müssen, ergriff mich ein Schauder. Vor einer solchen Situation hatte mich Devlin ausdrücklich gewarnt. „Wir sollten jetzt gehen", sagte ich entschieden und nahm Glenda beim Arm.

„Kommen Sie – wenn wir rechtzeitig verschwinden, merkt er gar nicht, dass –“

Beim Klang wütender Stimmen aus dem Raum am Korridor verstummte ich. Die beiden Männer schienen sich zu streiten, doch ich konnte sie nicht verstehen, weil sie eine Sprache sprachen, die sich für mich wie Chinesisch anhörte.

„Worüber streiten sie sich?“, fragte Glenda. „Sie klingen beide sehr wütend.“

Florence blickte prüfend in die Runde. „Spricht eine von euch Chinesisch?“

„Ich habe einmal in einem chinesischen Sprachführer geblättert, als ich in der Bibliothek gearbeitet habe“, sagte Ethel. „Aber ich erinnere mich nur noch an ‚*Ni hao*‘ — das heißt ‚Hallo‘. Und ‚*wo mílu*‘ heißt ‚ich habe mich verlaufen‘. Oh, und dann war da noch ‚*Ni pífu hen yang*‘. Das bedeutet ‚deine Haut juckt‘“, verkündete sie stolz.

„Was?“ Ich sah sie erstaunt an. „Warum um alles in der Welt haben Sie das gelernt?“

„Psst!“, zischte Mabel. „Hört zu!“

Eine der Stimmen, die nur stockend Chinesisch gesprochen hatte, schwenkte plötzlich auf Englisch um.

„… *Ba, ni bu míngbai wo de xin* – hör zu, ich weiß, dass ich dich enttäuscht habe, als ich mich für Azalea entschied. Und vielleicht hattest du recht, vielleicht war es ein Fehler. Azalea war nicht … okay, ich habe sie falsch eingeschätzt … aber selbst wenn sie ein Engel gewesen wäre, hättest du sie gehasst.

Und aus einem so albernen Grund -"

Die Stimme seines Gegenübers unterbrach ihn mit einem Schwall chinesischer Worte.

„Na und?", rief der erste Mann zornig. „Wer schert sich schon um Politik –"

Wir hörten einen verärgerten Ausruf und dann hastige Schritte, die den Flur entlangkamen. Im nächsten Moment erschien ein Chinese mittleren Alters im Wartezimmer. Er sah sehr elegant aus mit seinem maßgeschneiderten Dreiteiler, dem strengen Gesicht und den grau melierten schwarzen Haaren, die nach hinten gekämmt waren. Er strahlte eine kalte Autorität aus und würdigte uns kaum eines Blickes, als er an uns vorbei zur Tür ging. Ein jüngerer Mann in einem weißen Arztkittel folgte ihm auf dem Fuße.

„Pa! Warte, ich -" Er blieb stehen, als er uns sah.

Für einen Augenblick herrschte betretenes Schweigen, dann setzte er ein höfliches Lächeln auf und begrüßte uns. Er war sehr schlank und gutaussehend mit seinen leicht mandelförmigen Augen und dem halblangen schwarzen Haar, das sein Gesicht umrahmte und ihm eine feminine Note verliehen. Tatsächlich sah er eher aus wie ein K-Pop-Star als wie ein Zahnarzt. *Das ist also Azaleas Ehemann*, dachte ich. Mir fiel ein, was Mrs Chu mir erzählt hatte: Seine Mutter war Engländerin, sein Vater Chinese – vermutlich der Herr der eben aus der Praxis gestürmt war, denn Kai hatte ihn mit „Pa" angesprochen.

Kai Wang bedachte uns mit einem herzlichen Lächeln. „Leider hat die Praxis bereits geschlossen. Vielleicht möchten Sie einen Termin -"

„Oh, Herr Doktor!", rief Glenda. Die Verzweiflung in ihrer Stimme klang recht überzeugend und ihr Augenaufschlag war mal wieder vom Feinsten. „Sie müssen mir helfen! Ich habe schreckliche Zahnschmerzen!"

„Mir müssen Sie auch helfen!" Florence drängte sich nach vorn. „Meine dritten Zähne kleben so fest, dass ich sie nicht mehr abbekomme."

„Ich habe fast gar kein Zahnfleisch mehr!", jammerte Ethel.

„Ich muss dringend ein Wörtchen mit Ihnen reden", sagte Mabel entschieden. „Was halten Sie von der Theorie, dass Ballaststoffe gut gegen Mundgeruch sind?"

Kai trat entgeistert einen Schritt zurück. „Ich würde Ihnen gerne helfen, meine Damen, aber -"

„Oh, wunderbar, Sie nehmen uns einfach eine nach der anderen dran. Geht es hier entlang zum Sprechzimmer?" Sie packte den Zahnarzt am Ellbogen und zerrte ihn in den Korridor.

Die anderen Silberlocken bemächtigten sich seines anderen Ellbogens und gemeinsam schoben sie ihn in Richtung des Behandlungsraums. Kurz bevor sich die Tür hinter ihnen schloss, winkte Glenda mich zu sich.

„Das Büro ist nebenan", flüsterte sie deutlich hörbar. „Sobald wir ihn abgelenkt haben, kannst du hineingehen und mit der Suche beginnen."

„Nein, warten Sie, das ist Wahnsinn! Ich kann nicht -"

„Wir verlassen uns auf dich, Gemma! Enttäusche uns nicht!", zischte sie und verschwand im Sprechzimmer, aus dem bald darauf schwacher Protest zu hören war, dann erklangen das Surren eines Motors und ein Quietschen, als die Stuhllehne aufgerichtet wurde. Kai sagte resigniert: „Also, mit wem fangen wir an?"

Ich verharrte voller Unbehagen im Flur und überlegte hektisch, was ich tun sollte. Mir war vollkommen klar, was das Klügste wäre: sich auf dem Fuße umdrehen und die Praxis auf schnellstem Wege verlassen. Ich musste verrückt sein, dass ich überhaupt in Erwägung zog, den Anweisungen der Silberlocken zu folgen. Andererseits ... was, wenn sie recht hatten und Kai tatsächlich etwas mit dem Mord zu tun hatte? Eine bessere Gelegenheit zum Schnüffeln würde sich kaum ergeben.

Außerdem würden die Silberlocken nicht von ihrem irrwitzigen Vorhaben ablassen, nur weil ich sie sich selbst überließ. Sie würden sich einfach überlegen, wie sie das Büro selbst durchsuchen könnten – womöglich mit verheerenden Folgen. Wer konnte schon ahnen, was sie ausheckten und in welche Gefahr sie sich brachten? Wenn ich mich auf die Suche nach der Teekanne machte, gelang es mir vielleicht, uns alle so schnell wie möglich aus dieser Praxis zu schleusen.

Also ging ich auf Zehenspitzen den Flur hinunter, huschte schnell an der offenen Tür des Behandlungsraumes vorbei und blieb an der nächsten Tür stehen, die nach Glendas Auskunft zum Büro führte. Es erwies sich als eine Art Vorratsraum, mit Metallregalen, in denen sich Kisten mit Dokumenten, Büromaterialien und Zubehör für Zahnbehandlungen stapelten, einem kleinen Schreibtisch und einem Sofa in der hinteren Ecke.

Die Unordnung ließ das Zimmer klein und überfüllt erscheinen. Auf dem Sofa lagen ein zerdrücktes Kissen und eine zerwühlte Decke, daneben waren leere Becher von Instantnudeln und Mikrowellengerichten, gebrauchte Handtücher und Kleidungsstücke zu sehen. Ich dachte an die Klatschgeschichten, die über Azaleas Ehemann im Umlauf waren: dass er nicht nur das gemeinsame Haus verlassen musste, sondern auch seine neu angemietete Wohnung nicht mehr betreten durfte. Offenbar hatte er beschlossen, in der Praxis zu übernachten statt in einem teuren Hotel.

Durch Azaleas Gemeinheiten ist er also gezwungen gewesen, in seiner Praxis zu hausen, dachte ich. Wenn man sich überlegte, welche Boshaftigkeiten sie sich darüber hinaus ausgedacht hatte, hätte Kai guten Grund, verbittert zu sein. Die Frage war allerdings, ob er so bitter war, dass er sie ermordet hatte.

Das leise Surren eines Zahnbohrers aus dem Nachbarzimmer erinnerte mich daran, dass ich nur wenig Zeit hatte, daher begann ich schnell mit meiner Suche. Die Regale sahen recht aufgeräumt aus, sodass man dort nichts verstecken konnte. Aus diesem Grund konzentrierte ich mich auf das Sofa und Kais persönliche Sachen an der hinteren Wand. Hier herrschte Chaos, was eine systematische Suche schwierig machte, gleichzeitig brauchte ich mir keine allzu großen Sorgen zu machen, dass ich auffällige Spuren hinterlassen würde. Ich hatte gerade das Sofa und den Schreibtisch untersucht und wollte mit dem Kleiderstapel anfangen, als die Tür mit leisem Knarren aufging.

Ich richtete mich erschrocken auf, das Herz klopfte mir bis zum Hals, doch ich atmete erleichtert auf, dass es nur die Silberlocken waren.

„Was tun Sie hier? Ich dachte, Sie würden Kai Wang – Moment mal, wo ist er?", fragte ich stirnrunzelnd.

Glenda strahlte. „Mach dir keine Sorgen, es geht ihm gut."

„Es geht ihm gut? Was haben Sie mit ihm angestellt?"

„Ein kleines Nickerchen kann ihm nicht schaden", meinte Mabel.

„Was? Wovon reden Sie?", fragte ich panisch.

Ohne eine Antwort abzuwarten, rannte ich ins Nebenzimmer, dicht gefolgt von den Silberlocken. Im Sprechzimmer lag der Zahnarzt leise schnarchend in seinem Behandlungsstuhl.

Neben ihm sah ich auf einem Rollwagen einen

kleinen Kanister, an dem ein Schlauch und eine Gesichtsmaske befestigt waren. „N2O" stand auf einem Schild auf dem Behälter.

„Sie haben ihm Lachgas verabreicht?", fragte ich entgeistert.

„Das ist kein Problem, Liebes", versicherte Florence. „Man entspannt sich und wird ganz ruhig. Mein Neffe in Amerika sagt, dass die Zahnärzte es bei ängstlichen Patienten oft anwenden. Hierzulande ist es nicht mehr so weit verbreitet, wir hatten Glück, dass Dr. Wang welches hat."

„Glück?" Meine Stimme klang schrill. „Das ist nicht zu fassen! Der arme Mann ist nicht nur ‚entspannt und ruhig' – Sie haben ihn komplett ausgeschaltet!"

„Ich hab es ihnen gesagt", meldete sich Ethel kleinlaut zu Wort. „Also ... dass Lachgas bei manchen Leuten so wirkt."

„Hm, ja, damit hatten wir nicht gerechnet, aber eigentlich ist es günstig, dass er uns nicht in die Quere kommt", meinte Mabel mit einem zufriedenen Blick auf den schlafenden Zahnarzt. „Los jetzt!"

Damit stapfte sie aus dem Behandlungszimmer, dicht gefolgt von den anderen Silberlocken.

„Warten Sie ... Sie können nicht einfach – STOPP! Wir können ihn nicht einfach hier liegen lassen!", stammelte ich, bevor ich mich ihnen anschloss.

Im Nebenraum wühlten sie schon eifrig durch Kai Wangs persönliche Sachen. Florence hatte sich seinen Kulturbeutel vorgenommen, Mabel inspizierte seine Unterwäsche und Glenda und Ethel hatten sich ein Kleiderbündel gegriffen, an dem sie beide herumzerrten wie beim Tauziehen.

Ich trat dazwischen und zischte sie an: „Lassen Sie das, das ist verrückt. Sie können nicht einfach -"

Das Kleiderbündel löste sich plötzlich auf, sodass beide Damen nach hinten stolperten, während die Kleidungsstücke zu Boden segelten. Aus dem Gewirr polterte uns etwas entgegen, das wir entgeistert anstarrten.

Es war eine gusseiserne Teekanne.

Kapitel 24

„Aha!" Mabel stürzte sich begeistert darauf. „Wir haben dir doch gesagt, dass wir die Mordwaffe hier finden."

Ich starrte ungläubig auf die Teekanne. Noch konnte ich nicht akzeptieren, dass die absurde Vermutung der Silberlocken wahr sein sollte. Hatten sie tatsächlich recht? Könnte Kai Wang der Mörder sein? Wir hatten zweifelsohne eine Teekanne im Stil der alten Tetsubins gefunden: Sie war aus Gusseisen und hatte ein Muster aus erhabenen Punkten auf der Oberfläche – was dem Abdruck entsprechen könnte, den Jo Ling auf dem Kopf der Toten gefunden hatte.

Dann dachte ich an die Gestalt, die ich am Küchenfenster hatte vorbeihuschen sehen. Ich war immer davon ausgegangen, dass es sich um eine

Frau handelte, aber könnte es nicht auch Kai Wang gewesen sein? Mit seiner schlanken Figur und den zarten, fast weiblichen Gesichtszügen, ganz zu schweigen von dem halblangen, glatten schwarzen Haar, konnte man ihn leicht mit einer Frau verwechseln, vor allem bei schwachem Licht und aus einiger Entfernung.

Ich musterte die Teekanne und stellte mit Schaudern fest, dass sich am Rand eine rote Spur befand, die genau wie getrocknetes Blut aussah.

Mir war klar, was das bedeutete, und als Mabel sich bückte, um die Teekanne aufzuheben, hielt ich sie hastig zurück. „Fassen Sie sie nicht an! Wenn es wirklich die Mordwaffe ist, dürfen Sie keine Fingerabdrücke darauf hinterlassen." Ich sah mich im Raum um. „Wir müssen versuchen, sie so einzupacken, dass wir sie zur Gerichtsmedizin bringen können ..."

Die Tür zum Vorratsraum knarrte erneut, und dieses Mal schreckten wir alle fünf auf. Mir stockte der Atem, als ich Kai Wang in der Tür stehen sah. Seine Kleidung war zerknittert, die Augen waren leicht blutunterlaufen, und er sah ziemlich angeschlagen und verwirrt aus.

„Was ... was ist los? Was tun Sie hier?" Er stolperte in den Raum, sah sich um und sagte empört: „Sie haben meine Sachen durchwühlt!"

„Ja, und wir hätten gerne eine Erklärung für das da", kam Mabel mir zuvor. Sie zeigte vorwurfsvoll auf die gusseiserne Teekanne auf dem Boden. „Damit haben Sie Ihre Frau umgebracht, nicht wahr, Dr. Wang?"

„Ich soll -? Nein!", rief der Zahnarzt entsetzt. „Wie können Sie so etwas denken?"

„Hat Ihnen Azalea nicht das Leben zur Hölle gemacht? Ist sie nicht der Grund, weshalb Sie hier leben wie ein Vagabund?"

Seine Gesichtsfarbe nahm einen stumpfen Rotton an. „Ich ... nun ja, Azalea hat es mir nicht gerade einfach gemacht, aber das heißt nicht, dass ich sie umbringen wollte."

„Wir hätten sogar Verständnis dafür, wenn Sie es getan hätten", meinte Ethel und tätschelte ihm freundlich den Arm. „Schrecklich, wie sie mit Ihnen umgesprungen ist."

„Ja, Sie hatten ein überzeugendes Motiv." Glenda klang wie eine Lehrerin, die einen Schüler wegen seiner guten Leistung lobt. „Wer würde in einer solchen Situation nicht auf Rache sinnen?"

„Ich bin sicher, dass man nicht allzu hart mit Ihnen ins Gericht geht, wenn Sie die Tat gestehen", ermunterte Florence ihn.

„Aber ... aber ich habe Azalea nicht ermordet!", rief Kai. „Ich habe nichts mit ihrem Tod zu tun!"

„Und wie erklären Sie das da?" Mabel wies erneut auf die Teekanne. „Azalea wurde mit einer Teekanne erschlagen, die genauso aussieht wie diese, und der Mörder hat sie nicht am Tatort liegen lassen, sondern mitgenommen. Sie hatten allen Grund, Azalea zu hassen, und Sie haben die Mordwaffe. Das kann doch kein Zufall sein."

„Hören Sie, ich weiß nicht, mit welcher Teekanne Azalea ermordet wurde, aber ich kann Ihnen versichern, dass es nicht diese war. Die Teekannen in ihrer Tea Bar sind billige Massenware, doch diese Kanne ist ein echter Tetsubin, ein handgefertigter Wasserkessel aus der Stadt Morioka in der Präfektur Iwate in Japan. Ich hatte sie schon, bevor ich Azalea geheiratet habe, und ich habe darauf bestanden, sie mitzunehmen, als meine Frau mich aus dem gemeinsamen Haus gejagt hat."

Die Silberlocken sahen einander unsicher an. Offenbar waren sie nicht mehr vollkommen von Kais Schuld überzeugt und auch ich begann zu zweifeln. Seine Empörung klang echt, man musste ihm einfach glauben.

„Was ist mit dem Fleck an der Seite?" Ich zeigte auf die dunkelrote Spur, die einen Teil der geprägten Oberfläche bedeckte. „Das sieht mir sehr nach getrocknetem Blut aus."

„Das ist kein Blut – das ist Lack!", antwortete Kai ungeduldig. Er nahm die Kanne in die Hand und hielt sie mir hin.

Zu fünft musterten wir den Tetsubin. Mir rutschte das Herz in die Hose. Aus der Nähe konnte ich sehen, dass die zinnoberrote Schicht glatt und glänzend aussah und von einer farblichen Intensität war, wie man sie nur durch einen gezielten Farbauftrag erzeugen konnte.

Der Zahn der Zeit hatte an der Lackschicht

genagt, sodass nur noch vereinzelte Flächen bedeckt waren und die restliche Oberfläche das typische stumpfe Schwarzgrau des Gusseisens aufwies. Dadurch entstand der Eindruck, es handle sich um einen Fleck oder eine Spur. Plötzlich dachte ich an die Teekanne, die ich in der Vitrine bei den Chus gesehen hatte. Die kunstvoll geprägte, matte grauschwarze Kanne war von einer dünnen Schicht aus türkisfarbenem Lack überzogen.

Wir sahen den Zahnarzt verlegen an, der die letzten Reste an Benommenheit abzuschütteln und die Situation endlich voll und ganz zu erfassen schien.

„Das ist unerhört!", tobte er. „Wie können Sie es wagen, hier herumzuschnüffeln und mich des Mordes zu bezichtigen? Die Polizei hat mich bereits befragt und mein Alibi bestätigt. Ich kann beweisen, dass ich hier in der Praxis war, als Azalea ermordet wurde. Ich hätte nicht übel Lust, die Polizei zu rufen und -"

„Oh nein, nein, das ist nicht nötig", rief ich. „Es ist doch nur ein kleines Missverständnis -"

„Ein kleines Missverständnis?" Kai Wang war empört. „Erst dringen Sie in meine Praxis ein und kommen mir mit vorgetäuschten Zahnproblemen, dann durchwühlen Sie mein Büro – und haben dann noch die Frechheit, mir den Mord an meiner Frau anzuhängen?"

„An der Frau, mit der Sie in Scheidung lebten", warf Mabel ein.

„Ja, aber ich habe sie immer noch geliebt!", rief Kai mit schmerzverzerrtem Gesicht. „Trotz allem, was sie mir angetan hat, obwohl sie es war, die eine Affäre hatte – und das mit ihrem eigenen Schwager. Ich habe immer noch etwas für sie empfunden und -
"

„Moment mal, was sagen Sie da?", unterbrach ich ihn. „Azalea hatte eine Affäre mit ihrem Schwager?"

Kai sah mich ungeduldig an. „Ja, mit dem Ehemann ihrer Schwester Magnolia. Wussten Sie das nicht? Und es hat ihr nicht einmal leidgetan. Als ich sie damit konfrontiert habe, hat sie mich ausgelacht. Deshalb wollte ich mich von ihr scheiden lassen. Ich konnte unsere Ehe nicht fortführen, als sei nichts geschehen, nachdem sie mir das Herz gebrochen hat."

Ich starrte ihn an, während eine neue Idee in meinem Kopf Form annahm. War die Gestalt, die sich an den Küchenfenstern vorbeigeschlichen hatte, nicht Freesia gewesen, wie ich ursprünglich angenommen hatte? Gillian Bennett hatte beteuert, dass sie zur Tatzeit mit der jungen Frau zusammen gewesen war, also war sie es nicht, die ich durch die Fenster gesehen hatte. Nun überlegte ich, ob es vielleicht Magnolia war? Die Schwestern sahen einander sehr ähnlich, sie waren beide schlank und zierlich und hatten langes, seidiges schwarzes Haar. Mir fiel ein, dass ich Magnolia bei meinem ersten Besuch bei Mrs Chu beinahe mit Freesia verwechselt hatte, als sie uns die Tür öffnete.

Oh je, hatten wir uns völlig vergaloppiert? Hatten wir einen unschuldigen Mann beschuldigt, waren in seine Praxis eingedrungen, hatten seine Sachen durchsucht, ohne jede Befugnis – und hatten ihn mit Lachgas außer Gefecht gesetzt?

Die Silberlocken schienen ähnlich zu denken, denn sie schoben sich fast unmerklich Richtung Tür.

„Tja, es war nett, Sie kennenzulernen, Doktor", sagte Mabel. „Aber es ist spät geworden und in unserem Alter sollte man zusehen, dass man zeitig ins Bett kommt."

Sie schob ihre Freundinnen in den Korridor. „Junge Leute wie Sie haben sich sicher allerlei zu erzählen ..."

Oh nein, nicht schon wieder!, dachte ich wütend. Sie brachten mich immer wieder in Schwierigkeiten und ließen mich dann die Suppe auslöffeln.

Ich wandte mich ebenfalls zur Tür, nicht ohne Kai über die Schulter hastig zuzurufen: „Entschuldigen Sie das ... äh ... Durcheinander. Ich bin sicher, Sie wollen auch nach Hause, war wahrscheinlich ein langer Tag -" Zu spät fiel mir ein, dass er in der Praxis schlief! „Äh ... Sie werden sich ausruhen wollen. Also, ich bin dann mal weg. Danke für ... für alles. Schönen Abend noch!"

Ich lief hastig den Flur entlang ins leere Wartezimmer – die Silberlocken hatten schon das Weite gesucht. Erstaunlich, wie flink sie sein konnten! Einen Augenblick später stand ich selbst wieder auf der Straße. Die Silberlocken waren nirgendwo zu sehen, daher beschloss ich, mich ebenfalls aus dem Staub zu machen. Für den Fall, dass Kai Wang im nächsten Moment wütend aus dem Haus getürmt kam, war es sicher keine gute Idee, noch länger hier herumzustehen. Ich schwang mich auf mein Fahrrad und sauste davon.

Als ich an der Folly Bridge vom Treidelpfad abbog und mich auf einen entspannten Abend zu Hause freute, fiel mein Blick auf ein Fahrzeug in der Sackgasse, die zu meinem Cottage führte. Es war ein schwarzer Sportwagen. Devlins Auto. Mein Herz setzte einen Schlag aus. Normalerweise hätte ich mich über den spontanen Besuch meines Freundes gefreut, aber nach der unangenehmen Szene in Kai Wangs Praxis war Devlin der letzte Mensch, den ich sehen wollte. Er kannte mich zu gut und konnte meine tiefsten Gedanken und Gefühle erspüren. Er würde sofort merken, dass etwas nicht stimmte.

Ich fuhr langsam auf mein Cottage zu und stieg vom Fahrrad, während Devlin aus dem Schatten der Haustür auftauchte und mir entgegenkam.

„Devlin!", sagte ich und hoffte, dass er meine Kurzatmigkeit der anstrengenden Fahrt und nicht meiner Nervosität zuschrieb. „Was für eine nette Überraschung!"

„Hi, Gemma." Er beugte sich nicht vor, um mir einen Kuss zu geben, und ich bemerkte voller Unbehagen die Falten auf seiner Stirn. „Ich habe mir schon Sorgen gemacht. Ich habe es in der Teestube versucht, aber Cassie sagte, du seiest schon längst weg. Dann habe ich dich auf deinem Handy angerufen, aber du bist nicht rangegangen.“

„Oh … ich habe es wohl aus Versehen auf lautlos gestellt.“ Ich gab mich so lässig wie möglich.

„Cassie sagte, du wolltest direkt nach Hause fahren, und ich dachte, du wärst schon längst da.“ Er fragte nicht, wo ich gewesen war, aber die Frage stand im Raum.

„Ähm … ich … äh …“ Ich zögerte. Ich hasste es, Devlin anzulügen, aber ich konnte ihm auf keinen Fall von meiner jüngsten Eskapade mit den Silberlocken erzählen. Dann fiel mir eine glaubwürdige Erklärung ein. „Ich habe auf dem Rückweg bei Mrs Chu angehalten. Müsli ist seit ein paar Tagen bei ihr, und ich wollte sie abholen.“

Devlin warf einen Blick auf den leeren Korb an meinem Fahrrad. „Und wo ist sie jetzt?“

„Ja, äh … Mrs Chu wollte sie noch ein bisschen länger bei sich haben.“ Ich versuchte, unter Devlins forschendem Blick gelassen zu bleiben. „Und warum bist du hier?“ Ich schenkte ihm ein strahlendes Lächeln und versuchte, meine Stimme locker und scherzhaft klingen zu lassen. „Sag nicht, dass man dich zur Abwechslung mal früher rausgelassen hat?“

Er erwiderte mein Lächeln nicht. „Ich bin eigentlich aus einem beruflichen Grund hier.“ Seine blauen Augen waren hart, als er fortfuhr: „Gemma, warum hast du Harry McKenzie nachspioniert?“

Kapitel 25

„Ich … ich habe gar nicht …“

„Er sagt, du hättest hinter seinem Rücken mit anderen Hotelangestellten gesprochen und angedeutet, dass er für Azaleas Tod verantwortlich sein könnte. Und als er dich zur Rede stellte, hast du angefangen, ihn auszufragen, wo er zur Tatzeit gewesen sei.“

Unter Devlins vorwurfsvollem Blick war mir gar nicht wohl in meiner Haut. „Das stimmt nicht ganz“, protestierte ich schwach. „Ich meine, ich habe ihm nicht absichtlich nachspioniert. Ich habe mich nur zufällig mit einer Hotelangestellten über das Menü unterhalten, das McKenzie kreiert hat. Dann kam das Gespräch auf sein Londoner Restaurant und … nun, da Azalea diejenige war, die ihn ruiniert hat, war es ein kleiner Schritt, über ihn als möglichen Verdächtigen zu spekulieren." Ich warf ihm einen beschwichtigenden Blick zu. Komm schon, Devlin - ich wette, ganz Oxford tratscht über den Fall. Wenn die Leute wüssten, dass McKenzie ein Motiv hat, nach allem, was er mit Azalea erlebt hat, hätten sie auch diese Fragen gestellt!"

„Ja, aber sie hätten sich dabei nicht als Mitarbeiter der Kripo ausgegeben", erwiderte Devlin. Als er meine schuldbewusste Miene sah, wurde sein Blick hart. „McKenzie rief heute auf dem Revier an, um sich über die Kripo zu beschweren und darüber, dass eine unserer ‚freiberuflichen Beraterinnen' ihn belästigt."

„Nein …", hauchte ich entsetzt.

„Du kannst von Glück sagen, dass der Anruf zu mir durchgestellt wurde", sagte Devlin finster. „Ich war in der beneidenswerten Situation, McKenzie zu beschwichtigen und die Frage beantworten zu müssen, ob du mit der Kripo in Verbindung stehst."

„Was … was hast du gesagt?", flüsterte ich.

„Hatte ich eine Wahl? Ich habe Ja gesagt." Devlins Stimme bebte vor Zorn. „Verdammt, Gemma, das ist genau das, wovor ich dich neulich gewarnt habe! Du hast mich in eine Lage gebracht, in der ich gezwungen war, zu lügen, um dich zu decken – und das bedeutet, dass ich genau das getan habe, was Roberts mir vorwirft. Wenn er davon erfährt, gibt ihm das die nötige Munition, um meine Beförderung zu verhindern - vielleicht werde ich sogar vom Dienst suspendiert!"

Ich wagte nicht, ihm in die Augen zu sehen. „Es tut mir leid! Ich hatte wirklich nicht vor, McKenzie auszuspionieren. Ich bin nur zufällig mit der Hotelangestellten ins Gespräch gekommen und dann führte eins zum anderen ..."

Devlin schwieg.

Ich schluckte, dann legte ich ihm zögernd die Hand auf den Arm. „Es tut mir leid, Devlin, ehrlich! Du weißt, dass ich dich nie absichtlich in Schwierigkeiten bringen würde. Ich wollte wirklich nicht, dass das passiert. Kann ich irgendetwas tun, um dir zu helfen oder die Dinge wieder in Ordnung zu bringen?"

Sein Blick wurde ein wenig weicher. „Halte dich einfach von den Ermittlungen fern, okay?", seufzte er. „Diesmal konnte ich das Schlimmste verhindern, aber ich bin nicht immer zur Stelle. Und Roberts hat es schon lange auf mich abgesehen, er wartet nur auf eine Gelegenheit, meine Karriere beim CID zu torpedieren."

„Ich weiß", sagte ich kleinlaut.

Devlin seufzte erneut. „Du hast mir bei einigen Fällen sehr geholfen, ebenso wie die Silberlocken, aber diesmal sieht die Sache anders aus. Ich kann es mir nicht erlauben, Roberts noch mehr gegen mich in die Hand zu geben." Er sah mich von der Seite an. „Habt ihr sonst noch etwas ausgeheckt, was ich eigentlich nicht wissen will?"

Bei dem Gedanken an unseren zweifelhaften

Auftritt in der Zahnarztpraxis musste ich schlucken. Würde sich Kai Wang bei der Polizei beschweren? *Nein*, dachte ich, *er scheint ein friedliebender Mann zu sein.* Er war nicht einmal der hinterhältigen Azalea wirklich böse gewesen und würde wegen eines kleinen „Missverständnisses" sicher kein Aufhebens machen.

„Gemma?" Devlins Stimme riss mich aus meinen Gedanken.

„Äh … ja … ich meine … nein … Wir werden auf keinen Fall … Ich rede mit den Silberlocken und sorge dafür, dass sie verstehen, was auf dem Spiel steht." Ich schlang ihm die Arme um den Hals und gab ihm einen Kuss auf die Wange. „Es tut mir wirklich leid, Devlin."

Seine Arme hatten sich wie von selbst um mich gelegt, als ich mich an ihn schmiegte, und trotz seiner strengen Miene konnte ich spüren, dass sein Ärger nachließ.

„Möchtest du … heute Nacht hierbleiben?", fragte ich vorsichtig. „Hast du schon gegessen? Ich kann uns schnell etwas kochen und dann könnten wir vielleicht einen Film ansehen und …"

„Tut mir leid, Gemma!" Sein Bedauern klang aufrichtig. „Ich ermittle in einem Mordfall draußen in Blackbird Leys, und für heute Nacht ist eine Observierung geplant. Wahrscheinlich dauert sie bis in die frühen Morgenstunden."

Wieder einmal war der Job für Devlin wichtiger als unsere Beziehung – das schien in letzter Zeit immer häufiger zu passieren. Ich konnte mich kaum an unser letztes „Date" oder einen Abend zu zweit erinnern. *Wenn er zum Chief Inspector befördert wird, muss ich mich wahrscheinlich verhaften lassen, wenn ich ihn zu Gesicht bekommen will*, dachte ich mürrisch.

Sogleich schämte ich mich für meine kleinlichen Gedanken. Devlin hatte mich in allem unterstützt, was meine Teestube anging, und hatte sich nie beklagt, wenn ich keine Zeit für Zweisamkeit hatte, weil ich arbeiten musste. Ich wusste, dass ich ebenso tolerant sein sollte, doch es fiel mir schwer, da sein ganzes Leben aus Arbeit zu bestehen schien.

„Tja ... dann machst du dich besser auf den Weg", sagte ich leise seufzend und wollte mich aus seinen Armen lösen.

Devlin zog mich enger an sich. Er sah mich schweigend an, doch nun blitzte etwas ganz anderes in seinen blauen Augen auf.

Mit einem Blick auf meine Haustür sagte er grinsend: „Es ist noch recht früh, ich muss erst in ein paar Stunden zu der Observation stoßen. Außerdem habe ich einen Bärenhunger ..."

*****

Als ich am nächsten Morgen nach Meadowford fuhr, war ich fest entschlossen, mich künftig aus den Ermittlungen herauszuhalten, so wie Devlin es sich wünschte. *Heute hole ich Müsli ab und danach kümmere ich mich weder um die Familie Chu noch um den Mord an Azalea*, dachte ich.

Was nun die Silberlocken anging … kaum hatten sie sich an ihrem angestammten Platz am Fenster niedergelassen, ging ich mit einem Tablett voller frischer Backwaren zu ihnen, um meine Standpauke zu versüßen.

„Hmmmm – Teacakes!" Ethels Augen leuchteten, als ich das Tablett absetzte.

„Geröstete Teacakes mit reichlich Butter – gibt es etwas Köstlicheres?", fragte Florence und rieb sich voller Vorfreude die Hände.

„Sind da Gewürze drin?" Mabel beäugte die Leckereien misstrauisch. „Ich rieche Zimt und eine Gewürzmischung. In einem echten Teacake sind keine Gewürze, sonst ist es ein Hot Cross Bun, wie es sie zu Ostern gibt."

„Ach, Mabel", wies Glenda sie zurecht, „du weißt doch, dass es in England viele unterschiedliche Rezepte für Teacakes gibt. Man kann also nicht von dem ‚echten' Teacake sprechen. Manche Leute verwenden Gewürze, manche lassen sie weg und wieder andere fügen Trockenfrüchte hinzu, andere nur Sultaninen –"

„Ich persönlich hab nichts gegen ein paar Gewürze." Florence schnupperte begeistert. „In Hot Cross Buns sind viel mehr Gewürze, außerdem sind sie viel süßer, weil sie eine Zuckerglasur haben. Ich finde, bei Teacakes ist die Mischung genau richtig."

„Setzt du dich zu uns, Gemma?", fragte Ethel.

„Äh …" Ich sah mich im Tearoom um. Es war noch nicht allzu viel los und Cassie hatte alles unter Kontrolle. Ich lächelte. „Klar, warum nicht?"

Ich holte einen zusätzlichen Stuhl heran und nahm Platz. Obwohl ich zwischendurch immer wieder einen Happen aß und natürlich alle Kreationen von Dora gekostet hatte, war dies das erste Mal, dass ich mich in meinem eigenen Tearoom wie ein Gast an einen Tisch setzte. Jetzt genoss ich die ungewohnte Situation, nahm mir eine geröstete Teacake-Hälfte, bestrich sie mit Butter und biss mit Vergnügen in das weiche Brötchen.

Wie so oft bei britischen Backwaren war die Bezeichnung irreführend. Bei Teacakes handelte es sich nicht um Kuchen, sondern um süße, leicht gewürzte Hefebrötchen, die es je nach Region auch mit Trockenfrüchten wie Rosinen und Sultaninen gab. Die runden Brötchen wurden meist halbiert und die Hälften unter einen Grill geschoben oder über einem Feuer geröstet, bis sie in der Mitte wunderbar weich aufgingen, an den Rändern knusprig goldbraun waren und die Butter schmolz, sobald man sie daraufstrich. Mit einer Tasse heißem Tee waren Teacakes die ultimativen Seelentröster.

Ich war so damit beschäftigt, meine unverhofften Snacks zu genießen, dass ich beinahe vergaß, warum ich mich zu den Silberlocken gesetzt hatte. Nachdem ich den letzten Bissen hinuntergeschluckt und meinen Tee ausgetrunken hatte, musste ich wohl oder übel zur Sache kommen. Ich berichtete den vier Damen von meinem Gespräch mit Devlin am gestrigen Abend.

„... und das bedeutet, dass Sie Ihre Schnüffeleien und Beschattungen und alle anderen Einmischungen sofort einstellen müssen", schloss ich. „Wir müssen die Finger von diesen Ermittlungen lassen."

„Wir mischen uns nicht ein", gab Mabel empört zurück. „Wir leisten wichtige Detektivarbeit."

„Ja, wenn wir gestern nicht in der Praxis gewesen wären, hätten wir diese gusseiserne Kanne nicht gefunden", mischte Glenda sich ein.

„Aber bei der Teekanne handelt es sich nicht um die Mordwaffe und Kai Wang hat seine Frau nicht ermordet!", rief ich genervt. „Er hat ein Alibi, die Polizei hat es bestätigt."

„Pah! Die Polizei hat keine Ahnung!", schnaubte Mabel. „Sie hat die Alibis der Familie Chu nur oberflächlich geprüft und Dr. Wang keine besondere Bedeutung geschenkt. Dabei könnten entscheidende Hinweise -"

„Moment mal, wollen Sie damit sagen, dass Sie die Alibis der ganzen Familie Chu überprüft haben?", unterbrach ich sie. „Sind Sie sicher?"

„Ich vertraue meinen Informationsquellen", meinte Mabel würdevoll.

Es war mir unbegreiflich, wie es die Silberlocken schafften, ihre arthritischen Finger am Puls der Ereignisse zu haben. Hier ging es nicht nur um einen Maulwurf auf der Polizeiwache, sondern um ein komplexes Netzwerk, das sich von den höchsten Stellen im Stadtrat von Oxford bis zu den fragwürdigsten Jugendbanden in den örtlichen Problemvierteln erstreckte.

„Hat die mittlere Schwester ein Alibi?", fragte ich eifrig. „Wo war Magnolia, als ihre Schwester ermordet wurde?"

„Warum? Verdächtigst du sie etwa?", fragte Florence.

„Warum nicht?", gab ich zurück. „Sie haben selbst gehört, was Kai gestern Abend gesagt hat: Azalea hatte eine Affäre mit ihrem Schwager, Magnolias Ehemann. Und als ich letztens bei Mrs Chu mit Magnolia gesprochen habe, hatte ich den Eindruck, dass die beiden Schwestern sich nicht leiden konnten. Magnolia hat Azalea sogar ein echtes Mistst– äh, sie hat gesagt, ihre Schwester sei kein netter Mensch gewesen." Aus Rücksicht auf das Alter meiner Zuhörerinnen zensierte ich Magnolias Aussage ein wenig. „Wenn sie herausgefunden hat, dass ihre Schwester ein Verhältnis mit ihrem Mann hatte, vermutlich ohne einen Anflug von schlechtem Gewissen, nach allem, was Kai gestern erzählt hat – einen schlimmeren Betrug an der eigenen Schwester gibt es kaum, oder?"

„Aber würde sie Azalea deshalb umbringen?", fragte Ethel zweifelnd.

„Dass Kai der Mörder seiner Frau ist, fanden Sie nicht seltsam. Ich sehe da keinen großen Unterschied", sagte ich. Zu Mabel gewandt fuhr ich fort: „Daher ist es wichtig zu wissen, wo Magnolia zur Tatzeit war."

„Angeblich war sie in einem Restaurant, mit ihrem Mann Dax -"

„Ihr Mann heißt Dax?", unterbrach ich sie ungläubig. Azalea, Magnolia, Freesia, Kai – und jetzt Dax! Gab es in dieser Familie auch ganz normale Namen?

Mabel nickte. „Dax Hutton. Er ist Arzt am John-Radcliffe-Krankenhaus. Magnolia hat angegeben, dass er nach einem Notruf aus dem Krankenhaus das Restaurant verlassen hat. Sie hat allein weitergegessen und ist dann nach Hause gefahren."

„Kann das jemand bestätigen?", fragte ich.

„Der Babysitter sagt, dass Magnolia gegen halb elf zurückgekehrt ist."

„Aber wann ist ihr Mann zum Krankenhaus aufgebrochen", hakte ich nach. „Azalea wurde vermutlich kurz vor 22 Uhr ermordet. Je nachdem, wann Dax weg war, hatte Magnolia genug Zeit, zur Tea Bar zu fahren, die Tat zu begehen und nach Hause zu fahren."

Ist sie möglicherweise die Gestalt gewesen, die am Küchenfenster vorbeigelaufen ist?, fragte ich mich. *Aber was ist mit dem Pullover?* Ich war mir sicher, einen weit geschnittenen blauen Pullover gesehen zu haben – wie ihn Freesia an jenem Abend angehabt hatte.

„Hm, die Bewegungen des Ehemannes müssen wir überprüfen", überlegte Mabel. Sie warf den anderen Silberlocken einen fragenden Blick zu. „Ednas Großnichte könnte helfen. Sie arbeitet als Krankenschwester am John-Radcliffe und könnte in der Notaufnahme nachfragen, wann Dr. Hutton an jenem Abend zurückgekommen ist."

„Was ist mit Irenes Enkel?", schlug Glenda vor. „Er ist kein Arzt, sondern Physiotherapeut, glaube ich, aber er kümmert sich regelmäßig um Patienten am John-Radcliffe." Sie kicherte. „Ein gutaussehender Bursche, seit Kurzem geschieden. Wie ich höre, sind die jungen Frauen ganz verrückt nach ihm. Er könnte es wie James Bond machen und mit seinem Charme –"

„Oh! Oh, ich weiß!", rief Ethel aufgeregt. „Was ist mit Beverlys Nachbarn? Er muss einmal in der Woche zur Dialyse ins Krankenhaus. Vielleicht kann er sich umsehen, wenn niemand aufpasst, und -"

„Stopp!" Ich hatte mit wachsendem Entsetzen zugehört, wie sie ihre Pläne schmiedeten. „Das ist verrückt. Sie können niemanden fragen, weder Beverlys Nachbarn noch Irenes Enkel oder Ednas Großnichte. Devlin hat gesagt, wir sollen uns aus den Ermittlungen heraushalten, haben Sie das schon vergessen?"

„Und wie sollen wir dann Antworten auf unsere Fragen bekommen?", wollte Mabel wissen.

Ich biss mir auf die Lippe, dann sagte ich seufzend: „Es gibt keine Antworten. Wir müssen die Finger von der Sache lassen."

Die Silberlocken sahen mich entgeistert an. „Du

meinst, wir geben die Suche nach dem Mörder einfach auf?"

Ich holte tief Luft. „Wir dürfen nichts tun, was Devlin in Schwierigkeiten bringen könnte. Und das bedeutet, dass das Herumschnüffeln im Krankenhaus tabu ist."

Die vier alten Damen sahen so enttäuscht aus, dass sie mir leidtaten.

„Es ist ja nicht so, als würde der Fall zu den Akten gelegt", betonte ich. „Die Polizei ermittelt weiter."

„Aber die Polizei hat keine Ahnung", protestierte Mabel. „Dieser Inspector Roberts ist der größte Idiot in ganz Oxfordshire!"

Insgeheim musste ich ihr recht geben, doch ich setzte mein strahlendstes Lächeln auf und erwiderte: „Ach, so schlimm ist er nun auch nicht. Ich bin sicher, dass er den Fall löst. Und bis dahin können wir unser ganz normales Leben leben. Ich arbeite in der Teestube und Sie genießen Ihren Elf-Uhr-Tee und gehen ins Gartenzentrum und spielen Bingo und machen all die unterhaltsamen Sachen, die Leute in Ihrem Alter machen. Freuen wir uns, dass wir uns ausnahmsweise nicht den Kopf über einen Mord zerbrechen müssen."

Den finsteren Mienen der Silberlocken nach zu schließen, fanden sie die Aussicht auf ein normales Leben nicht ganz so verlockend wie ich.

Kapitel 26

Das Haus der Familie Chu wirkte ein wenig verloren, als ich am Abend dort ankam. Diesmal waren weder Stimmengewirr noch Geschirrgeklapper von drinnen zu hören und die Haustür war fest verschlossen, obwohl ein weißes Tuch darüberhing, das vermutlich darauf hinweisen sollte, dass es sich um ein Trauerhaus handelte. Ich läutete – und wurde zu meiner Überraschung von meiner Mutter begrüßt, die mir öffnete.

„Hallo, Schatz", strahlte sie. „Das ist perfektes Timing! Ich habe Mrs Chu gerade von deinen ‚Flexible' Knieschonern erzählt."

„Welche Knieschoner? Ich habe keine Knieschoner."

„Noch nicht, aber bald! Ich bestelle dir ein Paar,

als vorgezogenes Geburtstagsgeschenk. Dann kannst du dich hinknien, ohne dir Sorgen um deine Gelenke machen zu müssen. Helen Green hat mich auf einen fantastischen Online-Shop aufmerksam gemacht, wo es Hilfen gibt, die den Alltag viel leichter machen. Und man bekommt die Bestellungen direkt an die Haustür geliefert. Da gibt es die unglaublichsten Sachen wie den ‚EasyGrip‘ Tubenentleerer und den ‚Maxi‘ Rückeneincremer für Leute, die zu kurze Arme haben, und die ‚Kletti‘ Hausschuhe mit Klettverschluss und gepolsterten Einlagen – oh, und man kann sogar eine Vorrichtung kaufen, mit der man sich die Strümpfe anziehen kann, ohne sich bücken zu müssen. Ist das nicht eine gute Idee?"

„EasyGrip? Kletti? Mutter, sind das nicht lauter Sachen für alte Leute?", fragte ich misstrauisch.

„Unfug, Schatz. Junge Leute finden sie ebenso hilfreich wie alte. Nimm nur das ‚Relax‘ Kissentablett, auf dem du dein iPad aufstellen kannst, zum Lesen im Bett, zum Beispiel. An der Seite ist sogar eine Tasche für die Brille. Und der Bezug ist waschbar. Ich wusste nicht, welche Farbe dir lieber ist, daher habe ich eins in Rosa und eins in Blau ..."

„Was? Ich möchte kein Kissentablett, weder in Rosa noch in Blau."

Meine Mutter fuhr fort, als hätte sie mich nicht gehört: „... und Mrs Chu sagt, sie hätte auch gerne eins, was sehr gut passt, denn im Moment läuft in dem Shop eine Sonderaktion. Wenn ich an diesem Wochenende bestelle, erhalte ich eine ‚Augenwohl‘ Kettenlupe gratis! Die ist ganz geschickt gemacht – sie sieht so elegant aus, dass niemand auf den Gedanken kommt, du hättest eine Lupe als Anhänger. Es wird dir nie wieder passieren, dass du im Restaurant sitzt und die Speisekarte nicht lesen kannst!"

„Mutter, ich habe keine Probleme mit den Augen", stöhnte ich.

„Jetzt vielleicht nicht, aber früher oder später ist es so weit, glaub mir. Es ist immer von Vorteil, auf alle Eventualitäten vorbereitet zu sein."

Ich gab seufzend auf. „Äh … hast du Müsli gesehen? Ich wollte sie abholen."

„Oh ja, sie ist bei Mrs Chu im Wohnzimmer. Komm rein, Schatz …"

Meine Mutter ging mir voraus ins Haus. Wie vor ein paar Tagen saß Mrs Chu auf dem Sofa, während Müsli es sich auf ihrem Schoß gemütlich gemacht hatte. Meine kleine Tigerkatze öffnete ein Auge, als ich hereinkam, streckte sich ausgiebig und schloss das Auge wieder. *Und ich hatte angenommen, Müsli vermisst mich und hat Heimweh*, dachte ich missmutig.

„Ahhh … Jem-Ma!" Mrs Chu versuchte, aufzustehen, doch ich hielt sie zurück.

„Nein, nein, bleiben Sie ruhig sitzen", sagte ich lächelnd und setzte mich zu ihr.

„Sie haben Hunger? Sie haben gegessen?", fragte

Mrs Chu. „Ich habe sehr gut chinesische Hühnersuppe – Sie möchten?"

„Danke, das klingt köstlich, aber ich habe im Moment keinen Hunger."

„Sie sehr dünn!" Mrs Chu musterte mich kritisch. „Müssen mehr essen. Sage ich Azalea auch -" Ein trauriger Schatten legte sich über ihr Gesicht.

Angespanntes Schweigen breitete sich aus, das meine Mutter schließlich mit einem entschlossenen Räuspern durchbrach. „Wie wäre es mit einer Tasse Tee?", sagte sie munter. „Mrs Chu hat mir gezeigt, wie man in Taiwan Tee aufbrüht."

Eigentlich hatte ich geplant, mir Müsli zu schnappen und zu verschwinden, doch das erschien mir nun zu abrupt und unhöflich, daher stimmte ich dem Vorschlag zu. Nachdem meine Mutter beteuert hatte, sie komme ohne Hilfe in der Küche zurecht, blieben Mrs Chu und ich allein im Wohnzimmer zurück.

„Ähm, hat Müsli sich gut benommen?"

Mrs Chu strahlte. „Ja, sie ist sehr *gwai* – sehr liebes Mädchen." Sie strich ihr liebevoll über die Ohren und kraulte sie dann unter dem Kinn, bis Müsli dankbar schnurrend die Augen öffnete. „Sie mag Gesichtsmassage!", lachte Mrs Chu. „Ich mache das die ganze Zeit."

„*Miau!*" Müsli warf mir einen vielsagenden Blick zu.

Hinter Mrs Chus Rücken schnitt ich ihr eine Grimasse. *Oh nein, du kleines Biest – zu Hause gibt es keine Gesichtsmassage rund um die Uhr.*

„Jem-Ma, haben Sie mit Kai gesprochen?"

Ich hatte befürchtet, dass sie danach fragen würde; meine Hoffnung, dass eine Plauderei über Müsli sie ablenken würde, erfüllte sich nicht. Ich druckste ein wenig herum und antwortete schließlich: „Ja, ich habe mit ihm gesprochen, und er ist nicht ... Er hat ein Alibi für die Tatzeit. Das bedeutet, dass er an einem anderen Ort war, nicht in der Tea Bar. Er kann es nicht getan haben."

Mrs Chu entspannte sich sichtlich. „Sehen Sie? Ich sage Ihnen, Kai ist ein guter Junge." Sie blickte mich erwartungsvoll an. „Letzte Mal sagen Sie, Sie finden heraus, was passiert ist. Aber jetzt sagen Sie, kann nicht Harry Mah-Kenzee sein und kann nicht Kai sein – also wer tötet meine Tochter?"

Eine ihrer anderen Töchter. Der Gedanke blitzte mir durch den Kopf, und einen Augenblick lang dachte ich erschrocken, ich hätte die Worte ausgesprochen. Ich betrachtete Mrs Chu nachdenklich. *Soll ich sie fragen, wie die Beziehung zwischen Azalea und Magnolia war?* Dann rief ich mich zur Ordnung. *Du hast versprochen, dich nicht mehr einzumischen!*

Ich holte tief Luft. „Mrs Chu, es tut mir wirklich leid, aber ... mehr kann ich nicht tun. Die Polizei ermittelt natürlich immer noch, und ich denke, wir sollten die ganze Sache der Kripo überlassen. Sie findet sicher heraus, wer Ihre Tochter ermordet hat."

Selbst in meinen eigenen Ohren klangen die

Worte lahm und abgedroschen, als wollte ich sie mit einer schwachen Ausrede abspeisen. Ihre enttäuschte Miene brach mir fast das Herz, und so war ich froh, als meine Mutter mit dem Teetablett erschien. Wir tranken Tee und betrieben höfliche Konversation, und nach zehn Minuten erhob ich mich.

„Ich mache mich besser auf den Nachhauseweg. Danke für den Tee, Mrs Chu. Ich nehme Müsli mit."

Ich beugte mich vor, um sie auf den Arm zu nehmen, doch die kleine Katze sprang von Mrs Chus Schoß außer Reichweite.

„Müsli, komm her!", schimpfte ich und streckte erneut die Hand nach ihr aus.

„*Miau!*" Sie zuckte mit der Schwanzspitze, sah mich trotzig an, wandte mir dann den Rücken zu und stolzierte hoch erhobenen Hauptes aus dem Raum.

„Müsli!", rief ich empört.

Ich entschuldigte mich bei Mrs Chu und bei meiner Mutter, folgte meiner Katze in den Flur und sah sie gerade noch in die obere Etage verschwinden.

Ich steckte den Kopf ins Wohnzimmer. „Mrs Chu – Müsli ist nach oben gelaufen. Ist es in Ordnung, wenn ich sie suchen gehe?"

„Ah! Ja, kein Problem." Mrs Chu machte Anstalten, aufzustehen. „Soll ich kommen?"

„Nein, nein, das ist nicht nötig. Ich bin gleich wieder da", versicherte ich ihr, bevor ich die Stufen hinauflief.

Am Kopf der Treppe sah ich mich suchend um.

Von einem kurzen Flur gingen mehrere Türen ab, die alle einen Spalt offen standen. Ich warf in jedes Zimmer einen kurzen Blick, meist waren es Schlafzimmer, eine Tür führte in ein Badezimmer. Der Gedanke, in anderer Leute Schlafzimmer einzudringen, behagte mir gar nicht, daher war ich froh, dass ich schon von der Türschwelle aus sehen konnte, ob Müsli dort war oder nicht.

Die ersten drei waren leer, das Badezimmer ebenso, doch im größten Schlafzimmer entdeckte ich sie endlich. Müsli hatte sich auf einem großen Doppelbett ausgestreckt und sah sehr zufrieden mit sich aus. Sie rollte sich auf den Rücken, als sie mich sah, und warf mir einen kecken Blick zu.

Ich sah mich in dem Zimmer um. Die teuren Kosmetika und Parfüms auf dem Frisiertisch, die Designerhandtaschen und anderen Accessoires, die achtlos über Stuhllehnen geworfen waren oder von Haken baumelten, und die gerahmten Fotos auf den Nachttischchen ließen darauf schließen, dass dies Azaleas Zimmer gewesen war. Es sah aus, als hätte jemand begonnen, ihre Sachen durchzusehen. Die Schranktür stand offen und die Schubladen einer Kommode waren ausgeleert worden, der Inhalt lag aufgetürmt auf dem Bett. Daneben lag Müsli, streckte sich genüsslich und krallte sich gerade den Träger eines Seidenhemds. Sie zog den Stoff zu sich heran, krümmte den Rücken und begann, mit den Hinterbeinen gegen das Hemd zu treten, als würde sie ein Beutetier ausweiden.

„He, lass das!", rief ich entsetzt. Wenn sich ihre Krallen in das zarte Gewebe gruben, wäre das Hemd im Nu zerfetzt.

Ich lief zum Bett. Müsli wartete, bis ich fast bei ihr war, dann ließ sie das Hemd los und sprang auf die Füße.

„Miau!"

„Komm her!", knurrte ich und streckte die Hände nach ihr aus.

Sie war jedoch zu schnell für mich. Sie zuckte zur Seite und wich auf diese Weise meinem Griff aus, bevor sie einen Satz über den Kleiderhaufen machte. Voller Wut setzte ich ihr mit ausgestreckten Händen nach, verlor das Gleichgewicht und landete mitten in dem Kleiderstapel, sodass die meisten Sachen vom Bett rutschten und zu Boden fielen.

„Oh Mist!"

Müsli saß derweil auf der Türschwelle und putzte sich, als könne sie kein Wässerchen trüben.

„Na warte ..."

Leise fluchend sammelte ich die Kleider vom Boden auf. Außer dem Seidenhemd schienen die anderen Sachen aus robusterem Stoff zu sein: T-Shirts, Pullover und Kapuzenpullis. Ich schüttelte jedes Teil aus, bevor ich es sorgfältig faltete und aufs Bett zurücklegte. Ich hob gerade den letzten Pullover auf, als ich etwas an meinem Fuß liegen sah: ein zerknittertes Stück Papier.

Darauf war eine verblichene Schrift zu sehen, der Zustand des Papiers ließ darauf schließen, dass es nass geworden und dann getrocknet war – wie so manches Stück Papier, das wir achtlos in eine Hosentasche schieben und dort vergessen, wenn wir die Hose waschen und trocknen lassen. Ich hätte keinen weiteren Gedanken daran verschwendet, wenn mir nicht die undeutliche Schrift ins Auge gefallen wäre.

... WIRST ES BEREUEN ...

Zögernd nahm ich den Zettel in die Hand und versuchte vorsichtig, ihn auseinanderzufalten. Er zerfiel mir zwischen den Fingern, als ich ihn glattstreichen wollte, und ich schimpfte insgeheim, weil von einem Teil der Nachricht nur noch kleine Fetzen übrig waren. Der Rest reichte jedoch, um mir einen Schauder über den Rücken zu jagen:

... DU TAIWANESISCHE HURE ... BEKOMMST WAS DU VERDIENST ... WIE DIR DIE UNABHÄNGIGKEIT GEFÄLLT ... WIRST ES BEDAUERN ...

Ein Geräusch hinter mir ließ mich herumfahren. Mrs Chu stand in der Tür und sah mich verdutzt an. „Jem-Ma? Was machen Sie?"

„Oh, Mrs Chu ..." Unwillkürlich schloss sich meine Hand um die Reste des Zettels, doch im selben Moment verfluchte ich mich, weil er sich dadurch komplett auflöste. *Mist!* Ich blickte nach unten.

Winzige Papierfetzen flatterten zu Boden. Der Zettel mitsamt der Nachricht darauf war unrettbar verloren.

„Sie haben Problem?" Mrs Chu kam besorgt auf mich zu.

„Nein, nein, kein Problem." Ich kam mir ein wenig albern vor. „Tut mir leid ... ähm ... ich habe versucht, Müsli zu fangen, und dabei habe ich die Kleidung vom Bett gefegt. Ich wollte sie aufheben ..."

Mir fiel auf, dass ich das letzte Kleidungsstück, einen Pullover, immer noch in der Hand hielt. Als ich mich umdrehte, um ihn auf den Stabel zu legen, hielt ich inne und betrachtete ihn genauer. Es war ein weit geschnittener, hellblauer Pullover mit Zopfmuster, der mir sehr bekannt vorkam.

Ist das nicht der Pullover, den Freesia an dem Abend anhatte, als ihre Schwester ermordet wurde? Und das war der Pullover, den die Gestalt getragen hat, die an den Küchenfenstern vorbeigelaufen ist, erinnerte ich mich stirnrunzelnd. Ich war immer davon ausgegangen, dass Freesia und jene verstohlene Gestalt identisch waren. Wenn die junge Frau jedoch ein Alibi hatte, wenn sie die ganze Zeit mit Gillian Bennett zusammen war, dann stimmte meine Vermutung nicht. Hätte Magnolia die Gestalt sein können? Das würde bedeuten, dass Magnolia irgendwie an den Pullover ihrer Schwester gekommen war ...

Mrs Chus Stimme riss mich aus meinen Gedanken. „Heute Früh habe ich nichts zu tun. Ich denke, vielleicht gehe ich und räume Azaleas Zimmer auf", sagte sie seufzend. Sie blickte traurig auf den Kleiderstapel auf dem Bett. „Wissen Sie, vor langer Zeit in China, wenn jemand stirbt, soll man seine Kleider verbrennen. Auch heute auf dem Land, manche Leute machen das. Aber in der Stadt, die alte Tradition gibt nicht mehr. Auch in Taiwan gibt modernere Weg. Normalerweise geben wir Kleider an arme Leute. Wie heißt das? Verein für Wohltätigkeit?" Sie wies auf den Stapel. „Azalea hat viel schöne Sachen. Ist gut für arme Leute."

„Sind das alles Azaleas Sachen?" Ich hielt den blauen Pullover hoch. „Dieser auch?"

„Ja, ich kaufe ihr."

„Ähm, wissen Sie, ob Magnolia ihn in letzter Zeit ausgeliehen hat?"

Mrs Chu sah mich verwirrt an. „Nein. Warum soll sie ausleihen?"

„Oh, es ist nur ..." Ich hatte keine Ahnung, was ich sagen sollte – meine Mutmaßungen über ihre Tochter und die geheimnisvolle Gestalt konnte ich ihr unmöglich erklären. „Ich dachte, ich hätte sie vor Kurzem darin gesehen", antwortete ich schließlich.

Es war kaum eine glaubwürdige Erläuterung, da ich Magnolia nur einmal bei unserem Kondolenzbesuch begegnet war, bei dem Mutter und Tochter in Trauerkleidung waren. Zum Glück gab Mrs Chu sich mit meiner Erklärung zufrieden.

„Nein, ist nicht dieser Pullover. Magnolia hat auch", sagte sie.

„Magnolia hat auch einen solchen Pullover?“

„Ich kaufe für meine drei Töchter“, nickte sie. „Sehr guter Preis, weil das Geschäft schließt. Ist gutes Material, sehen Sie? Ist schön gestrickt, daher kaufe ich drei – einen für jede.“

Ich starrte sie an. „Magnolia hat also den gleichen Pullover?“

Sie nickte erneut, mein Interesse verwirrte sie. „Ja, genau wie dieser. Zum Glück gab drei in gleicher Größe.“ Sie hielt mir den Pullover hin. „Gefällt Ihnen? Nehmen Sie Azaleas, Sie haben richtige Größe.“

„Oh nein, nein“, sagte ich hastig und trat einen Schritt zurück. „Trotzdem vielen Dank. Es ist ein schöner Pullover. Ich brauche aber keinen ... äh ... arme Leute können ihn sicher besser gebrauchen.“ Hoffentlich verletzte ich ihre Gefühle nicht!

„Miauu! Miaaauu!“

Müsli strich um Mrs Chus Beine – ihrer Meinung nach war es höchste Zeit, dass man ihr die Aufmerksamkeit schenkte, die ihr gebührte.

„Müss-Lee, hast du Hunger?“ Mrs Chu betrachtete die Katze liebevoll. „Brate ich taiwanesische Wurst für dich?“

„Das ist lieb von Ihnen, Mrs Chu, aber Müsli und ich müssen nach Hause.“ Ich nahm die Katze auf den Arm und hielt sie fest an mich gedrückt, obwohl sie sich nach Kräften wehrte. „Danke, dass Sie sich um sie gekümmert haben.“

„Nein, nein, ich danke!“, erwiderte Mrs Chu. „War schön, dass Müss-Lee hier war. Da war ich nicht so traurig." Sie holte tief Luft. „Morgen geben sie Azaleas Leiche. Die Autopsie ist fertig. Polizei sagt, ich kann sie nach Taiwan bringen. Für Beerdigung."

„Oh … ich dachte nicht, dass Sie sie dort beerdigen."

„Ja, ich habe schon mit Feng-Shu-Meister in Taiwan gesprochen. Er hilft mir, den besten Tag für Beerdigung zu finden. Ist sehr wichtig, damit Seele Abschied nehmen kann."

Ich verabschiedete mich kurze Zeit später. Müsli war sicher in ihrer Transportbox verstaut und beschwerte sich lautstark, als ich sie in den Fahrradkorb hob. Ich kümmerte mich jedoch nicht um sie, sondern stieg auf und fuhr los. Obwohl mir Devlins Ermahnung noch in den Ohren klang, fiel es mir schwer, die Gedanken an den Mordfall wegzuschieben. Vor allem der blaue Strickpullover beschäftigte mich. Jetzt wusste ich, dass alle drei Töchter das gleiche Modell hatten, und das bedeutete, dass Magnolia tatsächlich die geheimnisvolle Gestalt gewesen sein konnte.

Aber nur weil sie den gleichen Pullover besaß und außerdem guten Grund hatte, ihre Schwester zu hassen, war sie nicht zwangsläufig die Mörderin. Da war immer noch die Frage nach ihrem Alibi …

Kapitel 27

Am nächsten Morgen lag ich im Bett und überlegte, ob ich aufstehen sollte. Es war Montag - der einzige Tag in der Woche, an dem die Teestube geschlossen war. Normalerweise nutzte ich meinen freien Tag, um auszuschlafen. An diesem Morgen war ich jedoch schon vor meiner üblichen Aufstehzeit hellwach und konnte trotz aller Bemühungen nicht wieder einschlafen. Nachdem ich mich zehn Minuten lang von einer Seite auf die andere gewälzt hatte und meine Gedanken immer wieder zu dem Mordfall zurückkehrten, setzte ich mich im Bett auf.

Müsli, die sich am Fußende meines Bettes zusammengerollt hatte, öffnete ein Auge und sah mich böse an. Sie war immer noch verstimmt, weil sie am Abend zuvor feststellen musste, dass ihr Abendessen nicht aus einer Auswahl exotischer Leckereien bestand, sondern aus einem Napf mit langweiligem Katzenfutter.

„Miau!" Sie schlug gereizt mit dem Schwanz.

„Dann schlaf weiter, du Griesgram", sagte ich und stand grinsend auf.

Ich mache einen Spaziergang, beschloss ich. Die Zeit kurz nach Sonnenaufgang war besonders schön. Schnell duschte ich, zog mich an, ging hinaus in die kühle Morgenluft und schlenderte zum Treidelpfad am Fluss hinunter. Bei dem Fluss handelte es sich um einen Abschnitt der berühmten Themse, die hier jedoch - typisch Oxford! – auch als „River Isis" bezeichnet wurde. Ich stand auf dem Treidelpfad und blickte zurück zur Folly Bridge über der Furt, über die vermutlich früher Ochsen getrieben wurden und die Oxford seinen Namen gegeben hatte. Im frühen Morgenlicht wirkte alles ruhig und beschaulich, die Geräusche der gerade erwachenden Stadt klangen gedämpft herüber.

Der Treidelpfad verlief auf beiden Seiten des Flusses, wobei der Teil auf der anderen Seite, jenseits der Folly Bridge, nach Abingdon führte. Ein Spaziergang entlang eines der schönsten Flussabschnitte, der durch das Buch „Der Wind in den Weiden" berühmt geworden war, wäre herrlich, würde aber mehr als drei Stunden dauern, und ich wusste nicht, ob ich einen so großen Teil meines freien Tages sinnlos vergeuden sollte. Schließlich entschied ich mich für die entgegengesetzte Richtung, wo sich der Fluss Richtung Westen schlängelte, bis zu der Stelle, an der er in den Castle Mill Stream mündete. Der Weg war gesäumt von kleinen Reihenhäusern statt von Wäldern, Hecken und hübschen Landgasthöfen, aber er war trotzdem sehr angenehm zu gehen. Unterwegs überholten mich einige Radfahrer und Jogger, und als ich zur Seite trat, um einem besonders enthusiastischen Läufer den Vortritt zu lassen, stutzte ich. Es war Lincoln Green.

„Gemma!", rief er erfreut, als er mich erkannte, und blieb schwer atmend stehen. „Schön, dich zu sehen."

„Hi, Lincoln - ich wusste gar nicht, dass du morgens joggen gehst?"

„Das mache ich noch nicht lange, aber ich glaube, es ist höchste Zeit, dass ich mehr Sport treibe. Du weißt ja, wie es ist: Ärzte tragen ihren Patienten immer das auf, was sie selbst nicht beherzigen", sagte er mit einem verlegenen Lächeln. „Abends habe ich allerdings kaum Zeit, da ich meist noch lange im Krankenhaus bin, daher dachte ich, ich beginne den Tag mit einer Laufrunde. Normalerweise jogge ich nicht weit von zu Hause, aber einer meiner Kollegen hat mir von dem Treidelpfad hier unten vorgeschwärmt, also wollte ich ihn mal ausprobieren." Er schaute mich neugierig an. „Was ist mit dir? Gehört das zu deiner morgendlichen Routine?"

„Schön wär's!", lachte ich. „Um diese Zeit renne ich meist hektisch umher und versuche, mich für die Arbeit fertig zu machen. Aber montags habe ich frei und kann ausschlafen und den Tag etwas ruhiger angehen lassen. Heute bin ich jedoch früh aufgewacht und konnte nicht wieder einschlafen."

„Geht dir zu viel durch den Kopf?", fragte Lincoln mitfühlend. „Meine Mutter sagte, deine Mutter hätte ihr erzählt, dass die Lage in deiner Teestube in letzter Zeit nicht so rosig war?"

„Ja, aber jetzt wird es langsam besser. Wir sind noch nicht ganz auf dem Niveau von früher, doch wir sind zuversichtlich. Es war -" Ich zögerte. „Nun, eigentlich waren Azalea und ihre Tea Bar schuld an unseren Problemen, aber das hatte auch etwas Gutes: Wir mussten uns unser Marketing und ein paar andere Punkte genauer ansehen, um die wir uns bisher kaum gekümmert hatten. Wir bekommen eine neue, professionell gestaltete Website, überarbeiten unsere Speisekarte und nehmen verschiedene Änderungen vor, von denen wir sicher profitieren werden. Außerdem sind nach dem Mord und der Schließung der Tea Bar viele Stammgäste zurückgekehrt - nicht, dass ich froh über Azaleas Tod wäre oder so!", fügte ich hastig hinzu. „Es ist eine schreckliche Angelegenheit."

Lincolns Gesichtsausdruck wurde ernst. „Ja, es war ein furchtbares Ende des Abends. Im Krankenhaus gibt es kaum ein anderes Thema, vor allem, nachdem die Gerüchte über Dax' Affäre die

Runde gemacht haben."

Bei diesem Namen wurde ich hellhörig. Hieß Magnolias Ehemann nicht Dax? Es war ein ungewöhnlicher Name. Und ich erinnerte mich, dass die Silberlocken mir erzählt hatten, er sei Arzt am John-Radcliffe-Hospital - es musste derselbe Mann sein.

„Dax?", fragte ich Lincoln.

„Oh, Entschuldigung - Dax Hutton. Er ist einer der Ärzte in der Notaufnahme."

„Bist du mit ihm befreundet?"

„Hm, ich würde nicht sagen, dass wir gute Freunde sind, aber ich arbeite ab und zu mit ihm zusammen. Oft schickt uns die Notaufnahme Patienten auf die Intensivstation oder wir müssen einen Arzt aus der Notaufnahme rufen, wenn es um eine dringende Beurteilung geht."

„Wie ist er denn so?", fragte ich.

Lincoln zuckte mit den Schultern. „Er scheint ein ganz netter Kerl zu sein - jedenfalls bei der Arbeit. Aber natürlich weiß man nicht, wie ein Mensch privat ist. Sich auf eine Affäre mit seiner Schwägerin einzulassen, war ziemlich schäbig." Er schaute mich von der Seite an. „Du weißt, dass er mit der Schwester von Azalea Chu verheiratet ist? Nach dem Mord an Azalea zerreißen sich die Leute das Maul."

„Wussten alle von der Affäre?", fragte ich erstaunt. „Ich hätte nicht gedacht, dass so etwas allgemein bekannt wird, es sei denn, jemand hat eine Affäre mit einem Kollegen oder einer Kollegin."

Lincoln grinste. „In Krankenhäusern wird viel getratscht. Gerüchte verbreiten sich auf den Stationen schneller als ein Magen-Darm-Virus. Und selbst die, die Dax nicht kannten, wussten spätestens nach der Sache mit der Bettpfanne, wer er ist."

„Die Sache mit der Bettpfanne?"

„Seine Frau ist vor einem Monat im Krankenhaus aufgetaucht und hat eine furchtbare Szene gemacht. Anscheinend hatte sie gerade von der Affäre erfahren und war außer sich vor Wut: Sie stürmte in die Notaufnahme und schrie Dax an - vor allen anderen Ärzten, Krankenschwestern und Patienten. Ich war nicht dabei, aber ich habe von ein paar Krankenschwestern gehört, dass sie sich auf Dax stürzte, auf ihn einschlug und ihm die Augen auskratzen wollte. Es war wie in einer Seifenoper! Am Ende mussten sie den Sicherheitsdienst rufen, aber bevor der sie aus dem Gebäude bringen konnte, hatte sie sich eine volle Bettpfanne geschnappt und den Inhalt über Dax' Kopf ausgeleert."

„Igitt! Wie ekelhaft."

„Ja, und sehr dramatisch! So etwas vergessen die Leute nicht. Du kannst dir vorstellen, wie diese Geschichte im ganzen Krankenhaus herumging. Die Leute scheinen geteilter Meinung zu sein: Entweder betrachten sie sie als zänkisches Weib, das zu weit gegangen ist, oder sie bejubeln sie als betrogene Ehefrau, die den Mut hatte, für sich selbst einzustehen und sich zu rächen."

Die Frage ist, ob Magnolias Rachedurst mit der Demütigung ihres Mannes befriedigt war? Oder hat sie beschlossen, auch ihre Schwester zu bestrafen?, überlegte ich. „Hast du Magnolia – ich meine, Dax' Frau kennengelernt?", fragte ich.

Lincoln schüttelte den Kopf. „Letzte Woche in der Tea Bar bin ich zum ersten Mal einem Mitglied der Familie Chu begegnet, obwohl Jo den Namen ein paar Mal erwähnt hat. Sie war verärgert, weil ihre Mutter sie drängte, sich mit den Chu-Töchtern anzufreunden. Aber ich habe nicht weiter darüber nachgedacht. Die Verbindung zu Dax habe ich jedenfalls erst hergestellt, als nach dem Mord das ganze Gerede aufkam."

Nach kurzem Zögern fragte ich: „Lincoln … ähm … Dax Hutton ist am Abend, als der Mord geschehen ist, ins Krankenhaus zurückgekehrt, nicht wahr?"

„Ja. Ich war überrascht, als ich das hörte. Mir war nicht klar, dass er Dienst hatte. Ich erinnere mich, dass ich ihn getroffen habe, als ich an jenem Tag nach Hause gegangen bin, und er sagte, dass er sich auf ein paar dienstfreie Abende freute."

„Angeblich war er mit Magnolia in einem Restaurant, aber sie sagte der Polizei, dass er früher gegangen ist, weil er ins Krankenhaus beordert wurde."

„Hmm … das ist merkwürdig. In der Notaufnahme hatten andere Ärzte Nachtschicht, sie hätten ihn an seinem freien Abend kaum gerufen."

Ich runzelte die Stirn. „Warum ist er dann ins

Krankenhaus gefahren?"

„Ist das wichtig?", fragte Lincoln verwirrt. „Soweit ich weiß, wird er nicht verdächtigt. Die Polizei hat bestätigt, dass er zum Zeitpunkt des Mordes im Krankenhaus war, er hat also ein Alibi."

„Lincoln, könntest du herausfinden, wann Dax an dem fraglichen Abend ins Krankenhaus zurückgekehrt ist? Gibt es eine Liste, in die sich die Ärzte eintragen oder so?"

Er lachte. „Nein, wir stempeln nicht ein und aus wie in einer Fabrik, auch wenn es sich manchmal so anfühlt." Er schaute mich neugierig an. „Warum willst du das wissen?"

„Nun ..." Ich überlegte, wie ich es formulieren sollte. „Je nachdem, wie viel Zeit zwischen Dax Huttons Aufbruch im Restaurant und Magnolias Rückkehr nach Hause vergangen ist, hätte sie alle möglichen Dinge tun können."

„Was für Dinge meinst du?"

„Den Mord an ihrer Schwester, aus Rache, weil Azalea mit ihrem Mann geschlafen hat."

Lincolns Augenbrauen schossen in die Höhe. „Du glaubst, dass Magnolia die Mörderin sein könnte?"

Ich zuckte die Schultern. „Du kennst doch den Spruch: Die Hölle selbst kann nicht wüten wie eine verschmähte Frau."

Lincoln schüttelte ungläubig den Kopf. „Aber ... Mord? An ihrer eigenen Schwester? Geht das nicht ein bisschen weit? Weiß die Polizei von deinem Verdacht?"

Ich verzog das Gesicht. „Devlin ist diesmal nicht für die Ermittlungen zuständig, das macht ein Idiot namens Roberts, und der ist zu nichts zu gebrauchen. Er verdächtigt mich – kannst du dir etwas Dümmeres vorstellen? Er hat mich beschatten lassen und verschwendet damit Zeit und Ressourcen, ohne einen einzigen Schritt weiterzukommen."

„Wenn du nicht mit ihm reden kannst, kannst du doch sicher noch mit Devlin sprechen. Er ist schließlich bei der Kripo - er könnte die Protokolle und Angaben zu Alibis für dich überprüfen, auch wenn es offiziell nicht sein Fall ist."

„Die Sache ist die ..." Ich wich seinem Blick aus. „Diesmal will Devlin nicht, dass ich mich einmische." Schnell erklärte ich, wie schwierig Devlins Position Roberts gegenüber war und wie eindringlich er mich gewarnt hatte, eigene Ermittlungen anzustellen.

„Du siehst also, wenn ich ihn frage, weiß er, dass ich immer noch ... ‚interessiert‘ bin. Aber ich dachte mir, da du ja im Krankenhaus unterwegs bist, könntest du dich vielleicht umhören und die Informationen für mich besorgen ..." Ich schenkte Lincoln ein entwaffnendes Lächeln und sah ihn hoffnungsvoll an.

Lincoln wand sich vor Unbehagen. „Äh ... das könnte ich vielleicht tun, aber, Gemma ... das ist keine so gute Idee."

„Warum? Könntest du Ärger bekommen?"

„Oh nein, das ist es nicht. Es ist nur ... nun,

Devlin ist ein netter Kerl und ich habe großen Respekt vor ihm. Wenn er meint, du solltest dich aus dem Fall heraushalten, dann … dann wäre es klug, zu tun, was er sagt."

Ich starrte ihn verärgert an. In der Vergangenheit konnte ich immer zu Lincoln gehen, wenn es mit Devlin schwierig war, und mich darauf verlassen, dass er mir den Rücken stärkte. Er hatte meine Pläne immer gutmütig mitgetragen und sich mit Begeisterung in meine detektivischen Vorhaben gestürzt. Ich hätte nie gedacht, dass Lincoln eines Tages auf Devlins Seite stehen würde!

Das kommt davon, wenn man zwei englische Männer in Frauenkleider steckt und ihnen ein paar Bier gibt, dachte ich ironisch. Aus der ausgelassenen Kameraderie zwischen den beiden, die ich an jenem schicksalhaften Abend in der Tea Bar beobachtet hatte, war eine Freundschaft zwischen ehemaligen Rivalen geworden!

„Es tut mir leid, Gemma", sagte Lincoln unbeholfen. „Ich würde dir wirklich gerne helfen, aber in diesem Fall denke ich, dass du Devlins Rat befolgen und die Sache auf sich beruhen lassen solltest."

Ich seufzte, als ich Lincoln ein paar Minuten später seinen Lauf fortsetzen sah. Vielleicht hatte er ja recht. Schließlich hatte ich mich selbst ermahnt, mich nicht mehr in den Fall einzumischen, und ich hatte die Silberlocken zurückgehalten, als sie herausfinden wollten, worum ich Lincoln gerade gebeten hatte. Es war frustrierend und widersprach meinem Instinkt, aber vielleicht musste ich die Dinge dieses Mal wirklich ruhen lassen.

Kapitel 28

Ich atmete tief durch und stieß widerwillig die Tür zum Polizeirevier auf. Das war nicht das, was ich mir für meinen freien Tag vorgestellt hatte, doch nachdem ich den ganzen Vormittag versucht hatte, den Gedanken an den Mord zu verdrängen, hatte ich schließlich beschlossen, dass ich die Sache nicht einfach vergessen und weitermachen konnte, als sei nichts geschehen. Wenn ich nichts unternahm, würde ich keinen Frieden finden. Und da ich auf eigene Faust keine Ermittlungen anstellen konnte, blieb mir nichts anderes übrig, als meinen Stolz - und meine Frustration - hinunterzuschlucken und Inspector Roberts meinen Verdacht mitzuteilen.

„Sieh an, sieh an, wen haben wir denn da? O'Connors Mädchen!", begrüßte mich der diensthabende Wachtmeister mit strahlender Miene. Er wurde meist an der Rezeption eingesetzt und war mein größter Fan - seit ich eine Ladung Scones mitgebracht und auf der Polizeiwache verteilt hatte. „Wenn Sie Devlin suchen, haben Sie ihn leider verpasst, meine Liebe. Er ist vor etwa einer halben Stunde nach Blackbird Leys gefahren."

„Nein, eigentlich hatte ich gehofft, mit Inspector Roberts sprechen zu können."

Der diensthabende Sergeant verzog das Gesicht. „Was wollen Sie denn mit ihm besprechen?"

Ich bedachte ihn mit einem schiefen Lächeln. „Glauben Sie mir, wenn ich es irgendwie umgehen könnte, würde ich es tun."

Der Wachtmeister wies auf einen Korridor zu seiner Linken. „Er müsste in den Büros des CID sein. Sie kennen sich ja aus -" Dann brach er ab und verzog erneut das Gesicht. „Wenn es Ihnen nichts ausmacht, sollten Sie lieber hier warten, während ich Sie offiziell ankündige. Wahrscheinlich ist es keine gute Idee, einfach hier herumzuspazieren, wie Sie es normalerweise tun. Roberts pocht immer auf die Vorschriften, wenn Sie verstehen, was ich meine, und er ist in letzter Zeit auf dem Kriegspfad."

„Oh, glauben Sie mir, ich weiß genau, was Sie meinen", sagte ich. „Und das ist überhaupt kein Problem – ich halte mich gerne strikt an die Regeln."

Als ich in einem engen, stickigen Verhörraum Inspector Roberts gegenüber Platz genommen hatte, mit einem Tonbandgerät auf dem Tisch zwischen uns, wurde mir mit erschreckender Deutlichkeit klar, wie viel Freiraum mir normalerweise eingeräumt wurde. Wann immer ich mit anderen Beamten in Devlins Einheit zu tun hatte, behandelten sie mich mit freundlichem Respekt wie eine Kollegin, und bei den wenigen Gelegenheiten, wenn ich in der Vergangenheit in den Verhörräumen gesessen hatte, war es immer eher wie ein zwangloses Gespräch als ein Verhör gewesen. Jetzt saß ich aufrecht auf dem harten Stuhl und versuchte, nicht zappelig zu werden, während sich das Schweigen zwischen uns ausdehnte. Ich hatte ihm mitgeteilt, dass ich wichtige Informationen zu dem Mord an Azalea Chu hatte, aber statt zu antworten, hatte Roberts sich zurückgelehnt und mich angestarrt.

Ich durchschaute seine Taktik – es war die uralte Technik, sein Gegenüber aus der Fassung zu bringen, indem man absichtlich schwieg und die Stille unerträglich werden ließ. Der Mensch ist so programmiert, dass er sich anderen zuwendet und mit ihnen kommuniziert, und oft genug wurde die Stille so unerträglich, dass man mit Dingen herausplatzte, die man lieber für sich behalten wollte.

Tja, er wird feststellen müssen, dass der alte Trick bei mir nicht funktioniert, dachte ich, verschränkte die Arme und lehnte mich betont lässig zurück.

Roberts wurde immer finsterer, während ich beharrlich schwieg, und schlug schließlich den dicken Ordner auf, den er mitgebracht hatte. Er zog etwas hervor und legte es auf den Tisch zwischen uns. Mir sackte das Herz in die Hose, als ich sah, was es war: die Titelseite der Lokalzeitung mit dem Artikel von Mark Scott über den Mord an Azalea Chu - und über mich.

„Vermutlich sollte ich mich geehrt fühlen, dass die ‚Tearoom-Detektivin‘ uns einen Besuch abstattet. Immerhin ‚brüstet sie sich damit, Fälle schneller zu lösen als die Polizei‘", sagte er mit beißendem Spott.

Ich holte tief Luft, ermahnte mich, mich nicht provozieren zu lassen, und erklärte mit kühler Stimme: „Ich bin gekommen, weil ich einige wichtige Informationen über den Mord an Azalea Chu habe, die Ihnen bei Ihren Ermittlungen helfen könnten."

„Ach, tatsächlich? Sie glauben, dass ich Hilfe brauche, ja? Nun, ich will Ihnen eins sagen, Miss Rose: Ich brauche Ihre Dienste als ‚freiberufliche Beraterin‘ nicht." Er spuckte die Worte regelrecht aus.

„Hören Sie, ich habe nichts von dem gesagt, was in dem Artikel steht, okay? Sie sollten inzwischen wissen, dass die Medien oft sehr großzügig mit der Wahrheit umgehen. Mark Scott, der Journalist, hat sich das meiste aus den Fingern gesogen, um der ganzen Sache einen melodramatischen Anstrich zu geben. Aber ich habe tatsächlich Informationen, die hilfreich sein könnten." Als er nicht antwortete, fragte ich gerade heraus: „Wer ist Ihr Hauptverdächtiger im Mordfall Azalea Chu?"

„Das geht Sie überhaupt nichts an!", antwortete er mit einem höhnischen Grinsen. „Ich hoffe, das ist kein Trick, um mich auszuhorchen. Was immer Sie von O'Connor gewohnt sind – bei mir läuft das nicht!"

„Ich will Sie nicht aushorchen", sagte ich ungeduldig. „Ich glaube, ich weiß, wer den Mord begangen hat, und ich muss wissen, ob Sie dieselbe Person verdächtigen."

„Oh, Sie wissen also, wer der Mörder ist?" Roberts klang weiterhin spöttisch. „Und wie kommen Sie darauf – stand es in Ihrem Tageshoroskop?"

„Nein, ich habe meinen Verstand bemüht!", fuhr ich ihn an. Dann holte ich tief Luft, ermahnte mich, ruhig zu bleiben, und sagte: „Ich glaube, es ist Magnolia, die mittlere Schwester."

„Magnolia?" Roberts stieß ein bellendes Lachen aus. „Sie hat ein wasserdichtes Alibi. Wir haben überprüft, wo sie sich zur Tatzeit aufgehalten hat: Sie war mit ihrem Mann in einem Restaurant in Oxford, und ihr Babysitter hat bestätigt, dass sie danach nach Hause gekommen ist."

„Ja, aber sie sagte, ihr Mann sei früher gegangen, um ins Krankenhaus zu fahren", beharrte ich. „Je nachdem, wann er das Restaurant verlassen hat, könnte es also eine Zeitspanne geben, für die sie kein Alibi hat. Wissen Sie, wann er zum Krankenhaus aufgebrochen ist? Und wann sie das Lokal verlassen hat? Haben Sie das Personal des Restaurants befragt?"

„Sie brauchen mir nicht zu erzählen, wie ich

meinen Job zu machen habe!", knurrte Roberts. „Und ja, ich weiß, dass Dr. Hutton das Lokal vorzeitig verlassen hat und ins Krankenhaus zurückgekehrt ist." Er beugte sich plötzlich vor und sah mich eindringlich an. „Was mich viel mehr interessiert, ist, woher Sie das wussten."

„Wie meinen Sie das?" Der plötzliche Themenwechsel überraschte mich.

„Was Magnolia Hutton zu Protokoll gegeben hat, ist vertraulich. Woher wissen Sie Details wie ihre Aussage zur Rückkehr ihres Mannes ins Krankenhaus? Schließlich haben Sie keinen Zugang zu den Akten." Er verengte die Augen zu Schlitzen. „Es war O'Connor, nicht wahr? Er hat in meinen Akten geschnüffelt und Informationen an Sie weitergegeben, nicht wahr? So war es doch, oder?"

„Was? Nein!", rief ich erschrocken. „Das hat nichts mit Devlin zu tun! Ich habe den Fall überhaupt nicht mit ihm besprochen!"

„Woher haben Sie dann diese Informationen? Wie konnten Sie wissen, was Magnolia der Polizei über ihr Alibi erzählt hat?"

„Ich ... ich habe andere Quellen", antwortete ich zögernd. Es klang albern, aber ich wusste nicht, was ich sonst sagen sollte.

„‚Andere Quellen'?", schnaubte Roberts. „Soll das ein Witz sein? Halten Sie das hier für einen Hollywood-Film?"

„Nein! Ich meine es ernst ... ich ... die vier alten Damen, mit denen ich befreundet bin - nun ja, sie haben viele Kontakte in ganz Oxfordshire, und es ist ihnen gelungen, Informationen über Magnolias Befragung durch die Polizei und über ihr Alibi zu bekommen."

„Und das soll ich Ihnen glauben? Sie wollen mir erzählen, dass ein paar alte Schachteln durch bloßes Tratschen an vertrauliche Informationen gelangen, die die Polizei unter Verschluss hält?", fragte Roberts bissig.

„Aber es stimmt!", rief ich. „Mabel Cooke und die anderen sind bekannt dafür, dass sie über ihr Netzwerk aus Verwandten und Freunden selbst die geheimsten Informationen herausbekommen. Ich weiß, es klingt verrückt, aber wenn Sie sie besser kennen würden, wüssten Sie, dass -"

„Ganz recht, es klingt verrückt. Mehr noch, es klingt wie ein Lügengespinst, das sich jemand ausgedacht hat, der verzweifelt versucht, die Wahrheit zu verbergen: nämlich, dass O'Connor dieser Person die Informationen zugespielt hat. Versuchen Sie nicht, es zu leugnen. Ihre Lügen helfen ihm jetzt auch nicht mehr. Ich werde dafür sorgen, dass der DCC und der Ausschuss genau erfahren, welche Spielchen O'Connor spielt."

„Nein! Bitte, Devlin hatte nichts damit zu tun - ich schwöre es!" Ich war entsetzt, wie sich die Situation entwickelt hatte. „Ich versichere Ihnen, das hat nichts mit Devlin zu tun. Er kümmert sich nicht um den Fall und hat mir in keiner Weise geholfen -" Ich verstummte, als ich mich plötzlich an Harry

McKenzies Beschwerde erinnerte und daran, dass Devlin mich gedeckt hatte. *Oh nein, wenn Roberts das jemals herausfindet ...*

Ich holte tief Luft und sagte mit zitternder Stimme: „Hören Sie, ich ... ich gebe zu, dass ich ein bisschen ... äh ... auf eigene Faust nachgeforscht habe. Aber Devlin hat nichts damit zu tun. Sie müssen mir glauben!"

Roberts schien mir nicht zuzuhören. Er war aufgestanden und sagte mit kalter Stimme: „Dieses Gespräch ist hiermit beendet", bevor er das Aufnahmegerät ausschaltete und mir die Tür zum Verhörraum aufhielt.

Ich ging hocherhobenen Hauptes an ihm vorbei und ließ mich mit stoischer Miene von ihm aus dem Gebäude begleiten, aber in mir brodelte es vor Wut und Verzweiflung. Ich war mit meinem Verdacht zu Roberts gegangen, wie es schließlich meine Pflicht als gesetzestreue Bürgerin war – und das Ergebnis? Ich hatte die Polizei nicht überzeugen können, den Verdacht gegen Magnolia ernst zu nehmen, und hatte Roberts zu allem Überfluss zusätzliche Munition gegen Devlin geliefert!

Schließlich hob ich den Kopf und stellte fest, dass ich schon eine ganze Weile ziellos umhergelaufen war. Das Polizeirevier hatte ich längst hinter mir gelassen, bis zum Zentrum von Oxford war es nicht mehr weit. Am Rande der Cornmarket Street, der Fußgängerzone im Herzen der Stadt, blieb ich stehen. Meine Gedanken und Gefühle wirbelten wild durcheinander. Wie gewöhnlich in der Mittagszeit wimmelte es in den Straßen von Touristen und Büroangestellten, die ihre Mittagspause nutzten, um sich etwas zu essen zu holen. Ich überlegte kurz, ob ich ihrem Beispiel folgen sollte, aber mir war der Appetit gründlich vergangen.

Während ich unschlüssig dastand, ließ ich den Blick über die Silhouette der Stadt schweifen. Einige der Turmspitzen und Giebel, die Oxford seine berühmte Skyline verliehen, konnte ich zuordnen, darunter auch den unverkennbaren Turm des Pendlebury Colleges mit seiner charakteristischen quadratischen Form.

Pendlebury. Freesia Chus College ...

Meine Gedanken wanderten zu dem Gespräch, das ich vor dem Zimmer der jüngsten Chu-Tochter unbeabsichtigt mitgehört hatte. Ihre schrille Stimme war mir in deutlicher Erinnerung:

„... sagen Sie mir nicht, ich solle von Toten nicht schlecht reden. Sie war eine Hexe, es war ihr egal, welche Schmerzen sie anderen zugefügt hat – Hauptsache, sie hat gewonnen. Es gibt so etwas wie Karma und vielleicht ... vielleicht hat Azalea das bekommen, was sie verdient hat."

Es war jedoch die andere Stimme, die von Professor Bennett, auf die ich mich jetzt konzentrierte. Sie hatte Mühe gehabt, sich Gehör zu verschaffen, und sie hatte ruhiger und leiser gesprochen als die aufgeregte Freesia, sodass ich sie nicht so gut hatte verstehen können. Ich erinnerte mich jedoch an die Worte: „... nicht dort sein sollen ... wenn es sonst niemand gesehen hat, wird die Polizei hoffentlich nicht den Verdacht –"

Nun überlegte ich, was sie damit gemeint hatte – oder besser gesagt: Wen hatte sie gemeint mit „nicht dort sein sollen?" Zunächst hatte ich angenommen, dass sie von Freesia gesprochen hatte, doch nun fragte ich mich, ob es Magnolia gewesen sein könnte. Und was, wenn ihre Verzweiflung nicht ihr selbst, sondern ihrer Schwester gegolten hatte? Was, wenn sie ahnte, dass Magnolia mit dem Mord zu tun hatte, und befürchtete, die Polizei könne es herausfinden? Hatte sie die Tatsache ausgenutzt, dass Gillian Bennett eine Schwäche für sie hatte, und sie gebeten, Magnolia zu decken und die Polizei anzulügen?

Plötzlich war meine Neugierde geweckt. *Ich muss noch einmal mit Gillian Bennett sprechen*, dachte ich, und wandte mich in die Richtung, in der das Pendlebury College lag. Dann blieb ich stehen. Die unangenehme Szene mit Inspector Roberts auf der Polizeiwache war mir noch allzu deutlich in Erinnerung. Er würde ein Gespräch mit der Professorin als Einmischung in die Ermittlungen werten ...

Welchen Unterschied macht das jetzt noch?, dachte ich verärgert. Ich hatte versucht, das „Richtige" zu tun und was war dabei herausgekommen? Es war alles nur noch schlimmer geworden! *Egal, was ich tue oder nicht tue: Roberts wird von mir und auch von Devlin immer schlecht denken und zu den übelsten Schlussfolgerungen gelangen.*

Darauf kam es nun auch nicht mehr an – wenn schon, denn schon!

Kapitel 29

Diesmal gelangte ich ohne Schwierigkeiten ins Pendlebury College. Der freundliche Pförtner, den ich bei meinem letzten Besuch kennengelernt hatte, winkte mir zu, als ich durchs Tor kam, und wies mir zuvorkommenderweise den Weg zu Professor Bennetts Zimmer. Obwohl es zu den Gründungsprinzipien der Universität Oxford gehörte, dass Dozenten und Studenten innerhalb der Collegemauern leben sollten, wohnte heutzutage meist nur noch der Master des Colleges in einem eigenen Haus auf dem Gelände. Aber vielleicht war Gillian Bennett als unverheiratete und kinderlose Frau eine der Ausnahmen. Sie bewohnte ein Zimmer in der Nähe des Hauptgebäudes, und auf den Weg dorthin legte ich mir in aller Eile meine Fragen an sie zurecht. Als ich an ihre Tür klopfte, erhielt ich jedoch keine Antwort. Während ich überlegte, was ich tun sollte, hörte ich Schritte hinter mir. Eine junge Studentin mit einem Bündel Papiere in der Hand sah mich ungeduldig an.

„Ich glaube, sie ist nicht da", sagte ich und deutete auf die geschlossene Tür. „Ich habe geklopft, aber es antwortet niemand."

„Oh, Professor Bennett schließt nie ab", meinte die junge Frau und griff nach der Klinke. „Sie sagt, ihre Tür steht uns immer offen. Wir dürfen jederzeit reingehen und auf sie warten oder ihr eine Nachricht hinterlassen, wenn sie nicht da ist."

Sie betrat den Raum, und nach kurzem Zögern folgte ich ihr. Er sah aus wie zahllose andere Räume von Universitätsdozenten, mit dunklen, holzgetäfelten Wänden und Regalen voller Lehrbücher. Die Sessel mit ihren verblichenen Polstern standen einander am Kamin gegenüber, bereit für das nächste Tutorial. In der Ecke stand ein altmodischer Mahagoni-Schreibtisch, auf dem sich Bücher und Papiere türmten, und die Studentin warf ihren Aufsatz auf einen wackligen Stapel und schlenderte wieder hinaus.

Ich war zunächst unsicher, was ich nun tun sollte, doch dann ließ ich mich in einen der Sessel fallen. Sofort überkam mich ein Déjà-vu: Wie oft hatte ich schon in einem solchen Sessel gesessen und nervös abgewartet, ob mein hastig zusammengeschmierter Aufsatz vor den Augen meines Tutors Gnade gefunden hatte.

Neben Cambridge war Oxford eine der letzten Universitäten der Welt, die noch das „Tutoriensystem" anwandten. Das bedeutete, dass die Studenten nicht in Kursen und Seminaren unterrichtet wurden, sondern jede Woche ein Thema zugewiesen bekamen, zu dem sie recherchieren und einen Aufsatz von mehreren Tausend Wörtern schreiben mussten. Es gab natürlich immer noch Vorlesungen, und vor allem die Studenten der Medizin und Naturwissenschaften mussten Übungen in den Laboren absolvieren, aber die wöchentlichen Tutorien bildeten das Rückgrat des Studiums.

Einmal in der Woche traf man sich also mit seinem Tutor, um zu besprechen und zu analysieren, was man durch die Arbeit an dem Thema gelernt hatte. Es war eine eigenwillige Art des Unterrichts mit dem Ziel, „unabhängiges kritisches Denken" und die Fähigkeit zu fördern, das Für und Wider abzuwägen, zu prüfen und dann eigene Schlussfolgerungen zu ziehen. Es gibt kein Schwarz und Weiß, wurde uns gesagt, sondern viele Grautöne, und es ist wichtig, sie alle zu verstehen und zu schätzen.

Ich muss zugeben, dass ich mit achtzehn Jahren wenig Verständnis für die hehren Ziele dieses Bildungsansatzes hatte. Die Pflicht, jede Woche einen Aufsatz abzuliefern, war mir lästig, weil sie mich bei den vergnüglicheren Seiten des

Studentenlebens störte, von den Clubs und Vereinigungen bis hin zu den Partys und anderen Geselligkeiten. Und im Gegensatz zu einigen meiner disziplinierteren und besser organisierten Kommilitonen, die sich ihr Arbeitspensum einteilten und ihre Aufsätze immer lange vor dem Abgabetermin fertigstellten, geriet ich mit schöner Regelmäßigkeit in die „Aufsatzkrise" – wie schon Generationen von Studenten vor mir.

Ich konnte mich lebhaft daran erinnern, dass ich mich oft am Abend vor der Abgabe hingesetzt hatte, voller Zuversicht, dreiundzwanzig wissenschaftliche Artikel und fünf Lehrbücher lesen zu können (ach ja, und vielleicht auch noch die Bücher, die ich mir aus der Bibliothek ausgeliehen hatte) und noch vor Sonnenaufgang eine durchdachte Abhandlung von zweitausend Wörtern zu verfassen. Natürlich verbrachte ich die folgenden sechzehn Stunden in einem Zustand heilloser Panik, trank literweise Kaffee und hämmerte wie wild eine leicht umformulierte Zusammenfassung, die ich in einem der Lehrbücher gefunden hatte, in die Tastatur. Im Morgengrauen machte ich mich dann bleich und übernächtigt auf den Weg zum Tutorium, nur um entsetzt festzustellen, dass genau das Lehrbuch, aus dem ich abgeschrieben – äh, das mich zu meinem Aufsatz inspiriert hatte - von meinem Tutor, der landesweit führenden Autorität auf diesem Gebiet, verfasst worden war ...

All diese Erinnerungen überkamen mich jetzt, als

ich in dem abgewetzten Sessel saß, und obwohl seitdem fast ein Jahrzehnt vergangen war, fühlte sich alles so real an, dass es mich nicht gewundert hätte, wenn mein Tutor hereinspaziert wäre und mich gefragt hätte, ob ich ein Glas Sherry möchte! Ich kam mir ein wenig albern vor, sprang vom Sessel auf und ging zum Schreibtisch hinüber. Auf der ledernen Schreibunterlage sah ich einen leeren Notizblock, und ich ergriff ihn aus einem Impuls heraus. Ich nahm einen Stift in die Hand und begann zu schreiben:

Liebe Frau Professor Bennett,

ich muss dringend mit Ihnen über den Mord an Azalea Chu und über das sprechen, was Sie der Polizei über jene Nacht erzählt haben. Können Sie mich so bald wie möglich anrufen? Ich kann jederzeit nach Pendlebury kommen, wenn es Ihnen passt, später am Tag oder heute Abend. Herzlichen Dank.

Ich riss die Seite vom Block und las meine Nachricht noch einmal durch, dann unterschrieb ich mit meinem Namen und fügte meine Handynummer hinzu. Ich überlegte, ob ich einen Umschlag für meinen Zettel suchen sollte, drehte mich leicht um, um mich an der Seite des Schreibtischs umzusehen - und schrie entsetzt auf, als ich gegen jemanden stieß, der hinter mir stand.

Es war Freesia Chu.

„Oh Gott! Sie haben mich zu Tode erschreckt!" Ich

fasste mir an die Brust.

Sie sagte nichts, sondern stand schweigend da. Unter dem eindringlichen Blick ihrer schwarzen, mandelförmigen Augen wurde mir unbehaglich zumute.

Wie lange war sie schon im Raum?, fragte ich mich. Die Zimmertür hatte offen gestanden, und sie war so leise hereingekommen, dass ich nichts gehört hatte.

„Ähm … hallo, Freesia", stammelte ich. „Ich war auf der Suche nach Ihrer Tutorin, aber … ähm … Professor Bennett scheint nicht hier zu sein, also wollte ich ihr eine Nachricht hinterlassen."

Sie antwortete nicht, sondern beobachtete mich mit regloser Miene.

Ich räusperte mich und sagte mit einem leichten Lächeln: „Nun … ähm … wie auch immer, vermutlich erwische ich sie später …"

Den Zettel hielt ich immer noch in den Händen und überlegte kurz, was ich tun sollte. Auf keinen Fall wollte ich ihn auf Gillian Bennetts Schreibtisch legen, während Freesia Chu dort stand und mich nicht aus den Augen ließ. Ihn mitzunehmen würde jedoch noch seltsamer wirken. Schließlich faltete ich ihn mehrmals sorgfältig und schob ihn unter eine Ecke der ledernen Schreibunterlage. Dann murmelte ich einen Abschiedsgruß und verließ eilig den Raum, wobei ich das Gefühl hatte, dass sich Freesias Blick tief in meinen Rücken bohrte. Als ich außer Sichtweite war, atmete ich erleichtert auf. *Verdammt noch mal, dieses Mädchen ist wirklich unheimlich,* dachte ich und trat aus dem Tor auf die Straße.

Da ich nichts weiter zu tun hatte, fuhr ich nach Hause, obwohl ich das unangenehme Gefühl hatte, etwas Unerledigtes zurückzulassen. Außerdem beschlich mich eine düstere Vorahnung, die ich nicht ganz abschütteln konnte. Als ich in meinem Cottage ankam, erwartete mich Müsli in der Küche. Sie starrte wütend auf das Katzenfutter in ihrem Napf.

„*Miauuu!*", machte sie, sobald sie mich sah. „*Miiiiauuuu!*"

„Hör auf zu jammern! Hier gibt es weder handgemachtes Sushi, noch taiwanesische Wurst oder andere Köstlichkeiten, also vergiss es", antwortete ich gereizt.

Müsli gab einen Laut von sich, der verdächtig nach „Pah!" klang, und trottete beleidigt aus der Küche. Ich wollte ihr gerade folgen, als mein Telefon läutete. Ich kramte es aus meiner Tasche und warf einen Blick auf das Display: Es war Devlin. Mein Herz setzte einen Schlag aus - nicht aus Vorfreude wie sonst, sondern eher aus nervöser Sorge.

„H-hallo?"

„Gemma."

Seine Stimme ließ keinen Zweifel aufkommen: Dies würde kein angenehmes Geplauder werden.

„Äh ... hi, Devlin ... wie ... was gibt's?", sagte ich munter.

„Das sollte ich dich fragen", antwortete er in

trügerisch sanftem Ton. „Ich habe gerade einen Anruf vom Chef erhalten, der mir mitteilte, dass der DCC mich morgen sehen möchte … um Bedenken bezüglich meines Verhaltenskodex, meiner Standesethik und meiner Professionalität zu besprechen. Offenbar hat Inspector Roberts gemeldet, ich habe mir ‚unerlaubt Zugang zu den Unterlagen des Azalea-Chu-Falls verschafft und vertrauliche Informationen preisgegeben, insbesondere an meine Freundin, die sich aufgrund dieser Informationen auf eine Weise in die Ermittlungen eingemischt hat, die eine ernsthafte Gefährdung derselben darstellen könnten‘.“

Ich unterdrückte ein Stöhnen. „Devlin, ich kann das erklären. Roberts ist ein Idiot. Ich bin heute Morgen zu ihm gegangen, um ihm mitzuteilen, dass Azaleas Schwester meiner Meinung nach dringend tatverdächtig ist, und er hat daraus voreilige Schlüsse gezogen! Er wollte mir nicht glauben, dass ich durch die Silberlocken von dem Alibi der Schwester erfahren habe. Er war überzeugt, dass ich die Informationen von dir bekommen haben muss. Ich habe ihm gesagt, dass du nichts damit zu tun hast, aber er wollte einfach nicht zuhören …“

„Warum hast du überhaupt mit ihm gesprochen?“, fragte Devlin. „Du weißt doch, wie Roberts ist. Du weißt, dass er nur nach einem Vorwand sucht, mich in Misskredit zu bringen – und du hast mich ihm geradewegs an Messer geliefert!“

„Ich habe nur getan, was mir vernünftig schien!“,

protestierte ich. „Ich musste mir ständig anhören, ich solle die Polizei ermitteln lassen. Als ich wichtige Informationen hatte, die für die Lösung des Falls entscheidend sein könnten, habe ich sie Roberts mitgeteilt."

„Ich habe dir nicht gesagt, dass du deine Theorien und Schlussfolgerungen vor der Polizei ausbreiten sollst - ich habe dir gesagt, dass du dich völlig raushalten sollst!", herrschte Devlin mich an. „Du hättest gar nicht in der Situation sein sollen, ‚wichtige Informationen' zu haben, mit denen du zu Roberts läufst, denn du hättest überhaupt nicht versuchen sollen, irgendwelche Informationen zu sammeln."

„Red keinen Unfug!" Allmählich wurde ich wütend. „Die Polizei bittet die Öffentlichkeit ständig um Informationen! Soll ich etwas ignorieren, das den Ermittlern helfen könnte, nur damit Roberts' empfindliches Ego intakt bleibt?"

„Es ist eine Sache, wenn die Polizei öffentlich zu Informationen aufruft, aber das war hier nicht der Fall. Roberts hat nicht um Hilfe gebeten; er will offensichtlich nicht, dass jemand in sein Revier eindringt, und dann kommst du daher und sagst ihm, was er tun soll -"

„Ich habe ihm nicht gesagt, was er tun soll", entgegnete ich entrüstet. „Ich habe ihm nur nahegelegt, Magnolia, Azaleas Schwester, ernsthaft als Verdächtige in Betracht zu ziehen, weil ihr Alibi lückenhaft ist."

„Du hättest darauf vertrauen sollen, dass die Polizei sie unter die Lupe nehmen würde, und die Sache auf sich beruhen lassen", schnauzte Devlin.

„Und wenn Roberts so verdammt inkompetent ist, dass er alle wichtigen Hinweise übersieht?"

„Weißt du, was dein Problem ist, Gemma? Du vertraust niemandem und bestehst darauf, immer alles selbst in die Hand zu nehmen."

„Das ist nicht wahr!", rief ich wütend. „Hier geht es nicht darum, irgendetwas in die Hand zu nehmen. Es geht darum, einen Mörder nicht davonkommen zu lassen! Es gab Zeiten, als dir das wichtig war, Devlin O'Connor – da wolltest du um jeden Preis die Wahrheit herausfinden, weißt du noch? Oder hast du das verdrängt, weil dir deine Beförderung inzwischen wichtiger ist?"

„Mir geht es darum, meinen Job zu behalten, damit ich weiterhin all jenen Gerechtigkeit verschaffen kann, die sie brauchen." In Devlins Stimme schwang kalte Wut mit. „Manchmal muss man eine Schlacht verlieren, um den Krieg zu gewinnen, Gemma. Ich kann mehr gegen die Inkompetenz von Leuten wie Roberts unternehmen, wenn ich bei der Kripo bleibe."

„Was? Wovon redest du?"

„Ich spreche davon, dass bei meinem Treffen mit dem DCC die Empfehlung im Raum steht, mich von allen Aufgaben zu suspendieren, bis eine interne Untersuchung meiner Integrität als Polizeibeamter abgeschlossen ist."

Ich schnappte entsetzt nach Luft. „Nein! Das können sie nicht machen!"

„Sie können und sie werden es tun, es sei denn, der DCC lässt sich vom Gegenteil überzeugen", sagte Devlin grimmig. „Dein Verhalten könnte bewirken, dass ich nie wieder einen Fall untersuchen werde."

Kapitel 30

Nach dem Gespräch mit Devlin fühlte ich mich krank - krank vor Angst und Sorge um ihn, aber auch krank vor Wut und Empörung über mich selbst, und vor allem erfüllt von einem brennenden Groll auf Inspector Roberts. Es war so falsch und ungerecht, dass er mit einem derartigen Benehmen davonkam!

Ich ging ruhelos umher und versuchte, nicht an Devlins Anruf zu denken, doch es gelang mir nicht, mich auf etwas anderes zu konzentrieren. Ich versuchte vergeblich, E-Mails abzuarbeiten, die in den letzten Tagen aufgelaufen waren, bemühte mich, Rechnungen und Papieren durchzusehen, die ich achtlos beiseitegelegt hatte, und unternahm einen halbherzigen Anlauf, einen Haufen Wäsche zu sortieren, gab aber jedes Mal nach ein paar Minuten auf. Schließlich ging ich in die Küche, um mit einer Tasse Tee und etwas zu essen gegen meine aufgewühlten Gefühle anzukämpfen. Normalerweise brachte ich aus der Teestube das mit, was am Ende eines Tages übrig war, und jetzt schaute ich in die Vorratskammer, in der Hoffnung, einen Kuchenrest oder das eine oder andere Brötchen zu finden, aber außer ein paar einsamen Krümeln war der Brotkasten leer. Ich seufzte. Selbstgebackenes wäre jetzt genau das Richtige!

Dann erspähte ich hinter dem Brotkasten eine vergessene Tüte Mehl. Ich würde mir ein paar frische Scones backen! Zugegeben, ich war nicht die beste Bäckerin, aber ich hatte Dora schon Dutzende Male zugesehen, wenn sie Scones machte, und hatte ihr sogar gelegentlich dabei geholfen. So schwer konnte das nicht sein.

Eifrig begann ich, meine Küche nach den nötigen Zutaten zu durchforsten. Das Gute an Scones war, dass man nur das brauchte, was man sowieso vorrätig hatte: Mehl, Butter, Zucker, Salz, Milch, Eier und Backpulver. Ich hatte alles ... außer Eiern. Ich betrachtete die zusammengesuchten Zutaten und überlegte, was ich tun sollte. Natürlich könnte ich Scones auch ohne Eier zubereiten - viele moderne Rezepte lassen sie weg, weil sie das Gebäck angeblich zu schwer bekömmlich machen -, aber aus irgendeinem Grund hatte ich das Bedürfnis, an der traditionellen Vorgehensweise festzuhalten, als würden „richtig" gebackene Scones das Chaos in anderen Bereichen meines Lebens aufwiegen.

So fand ich mich eine Viertelstunde später im nächstgelegenen Supermarkt wieder. Während ich die Etiketten auf den Eierkartons studierte, gingen meine Gedanken immer wieder zu dem Gespräch mit Devlin zurück. Schließlich legte ich ein Paket Eier in meinen Einkaufskorb und wollte zur Kasse gehen, als ich eine vertraute Stimme hinter mir hörte.

„Hallo, Gemma, wie schön, Sie zu sehen!"

Es war Mr Prendergast. Er trug einen altmodischen Regenmantel, hatte einen grauen Filzhut auf dem Kopf und eine Zeitung unter den Arm geklemmt.

„Hallo, Mr Prendergast!" Ich freute mich, ein freundliches Gesicht zu sehen. „Wohnen Sie in Oxford? Ich dachte, Sie leben nicht weit von Meadowford-on-Smythe."

„Ich bin nur für ein paar Tage in der Stadt, um einen Freund zu besuchen", antwortete er und fügte augenzwinkernd hinzu: „Aber ich wäre heute Morgen noch in Ihre Teestube gekommen, wenn sie montags nicht geschlossen wäre." Er warf einen Blick auf die Zeitung unter seinem Arm. „Ich bin mir sogar sicher, dass ich beim heutigen Kreuzworträtsel besser abgeschnitten hätte, wenn ich dazu meine tägliche Tasse Tee getrunken und ein leckeres Stück Gebäck von der Speisekarte des Little Stables gegessen hätte. Ich habe es in einem Café am Covered Market versucht, aber das konnte nicht mithalten."

Ich lachte. „Nun, ich bin froh, dass wir der Konkurrenz etwas voraushaben und wenigstens bei den Kreuzworträtselfans punkten können."

„Oh, Sie sind Ihren Konkurrenten in mehr als einer Hinsicht voraus, meine Liebe", erklärte Mr Prendergast. „Erinnern Sie sich übrigens an das Wort, das wir letztens gesucht haben? ‚Tee für Vierbeiner?' Wir haben herausgefunden, dass mit dem Vierbeiner eine Katze gemeint ist, aber uns ist nicht eingefallen, was es mit dem Tee auf sich hat. Nun, jetzt weiß ich die Lösung: ‚Katzenminze'."

„Natürlich!" Ich schlug mir mit der Hand an die Stirn. „Pfefferminztee – Minze. Darauf wäre ich nie gekommen!"

„Ich habe ein paar Tage gebraucht", schmunzelte Mr Prendergast. „Beim heutigen Kreuzworträtsel hakt es ebenfalls. Ob Sie mir weiterhelfen können?" Er faltete seine Zeitung auseinander und las vor: „‚Britisches Allheilmittel – und für Kolumbus überhaupt kein Problem' – fünf Buchstaben."

„‚Britisches Allheilmittel – und für Kolumbus überhaupt kein Problem'", wiederholte ich langsam. „Was könnte damit gemeint sein?" Dann ging mir ein Licht auf. „Das Allheilmittel könnte ‚Tee' sein, meinen Sie nicht?", fragte ich Mr Prendergast. „Damit werden wir Briten schließlich immer aufgezogen, dass wir glauben, dass eine gute Tasse Tee alles richten kann."

„Tee?" Er zog die Stirn kraus. „Grundgütiger – da könnten Sie recht haben. Meine Gedanken gingen eher in Richtung Medikamente, aber Sie haben um die Ecke gedacht und das ist viel besser. Ja, ,Tee' könnte passen. Aber was ist mit Kolumbus? Was hat er damit zu tun?"

Wir grübelten schweigend und schüttelten schließlich resigniert den Kopf.

„Ich denke weiter darüber nach", seufzte Mr Prendergast. „Trotzdem danke für Ihre Hilfe, meine Liebe – wenigstens haben Sie mich in die richtige Richtung gewiesen."

„Ich lasse es mir auch durch den Kopf gehen", versprach ich. „Und wenn wir uns das nächste Mal sehen, sind wir vielleicht schon einen Schritt weiter."

Er lüpfte kurz seinen Hut zum Abschied und ging dann seiner Wege. Die kurze Begegnung hatte meine Stimmung erheblich verbessert, sodass ich den Supermarkt mit leichterem Herzen verließ. Abgesehen davon, dass Mr Prendergast immer ein angenehmer Gesprächspartner war, fühlte es sich nach den Frustrationen der letzten Tage herrlich an, beim Kreuzworträtsel einen kleinen Sieg errungen zu haben. Für einen Augenblick hatte ich den Mord an Azalea Chu, Devlins Zorn und den Ärger, der ihm drohte, vergessen können.

Zu Hause angekommen konterte ich Müslis mürrisches *„Miau!"* mit einem fröhlichen „Hallo", bevor ich in die Küche ging. Ich wollte gerade meine Einkäufe verstauen, als es an der Tür klopfte. Ich öffnete und sah mich dem Journalisten Mark Scott gegenüber. Er hatte sich eine prall gefüllte Mappe unter einen Arm geklemmt und hielt ein Diktiergerät in der anderen Hand.

„Miss Rose!", begrüßte er mich strahlend. „Ich habe hier gewartet, in der Hoffnung, Sie zu erwischen ..." Er ließ ein blendend weißes Lächeln aufblitzen und hielt mir das Diktiergerät unter die Nase. „Mir ist zu Ohren gekommen, dass Sie sich intensiv mit dem Fall Azalea Chu beschäftigt haben. Wie wär's mit einem kurzen Kommentar?"

„Nicht zu fassen, dass Sie die Frechheit besitzen, hier aufzutauchen - nach dem Artikel, den Sie über mich zusammengeschmiert haben." Ich sah ihn angewidert an.

„Ach, meine Güte ... Sie sind doch in dem Artikel gut weggekommen", erwiderte er mit einem unverschämten Grinsen.

„Ich brauche Sie nicht, um ‚gut wegzukommen', wie Sie es nennen", sagte ich säuerlich. „Sie sollten die Fakten korrekt wiedergeben. Die Hälfte der Dinge, die Sie mir in dem Artikel andichten, habe ich nie gesagt!"

Scott zuckte mit den Schultern. „Hey – guter Journalismus braucht manchmal ein paar kreative Freiheiten. Außerdem entsprach der Artikel im Wesentlichen der Wahrheit, und das ist doch das Wichtigste, oder?"

Ich presste die Lippen aufeinander, fest entschlossen, ihn auflaufen zu lassen.

„Ach, kommen Sie ...", bettelte er. „Sie wollen doch sicher nicht, dass ich wieder ... äh ... kreativ werden muss, nicht wahr?"

„Kein Kommentar!" Ich begann, die Tür zu schließen.

„Warten Sie!" Scott streckte die Hand aus, um mich daran zu hindern. Dabei ließ er unwillkürlich die Mappe los, die er sich unter den Arm geklemmt hatte, und der Inhalt verteilte sich auf dem Boden.

„Oh, Mist!" Leise fluchend fing er an, die Papiere aufzusammeln, und nachdem ich ihm einen Moment dabei zugesehen hatte, hockte ich mich seufzend hin und half ihm, die Zettel mit hastig hingekritzelten Notizen, ausgedruckten Texte und Zeitungsausschnitte aufzuheben. Es waren auch ein paar Fotos dabei, von denen die meisten Azalea Chu zeigten. Ich nahm eins in die Hand und betrachtete es interessiert.

Eine junge, energiegeladene Azalea stand hinter einer Absperrung, inmitten einer Gruppe von Menschen, bei denen es sich dem Alter und der Kleidung nach zu schließen vermutlich um Studenten handelte. Neben Azalea waren zwei etwa gleichaltrige Frauen zu sehen, sie alle schienen etwas zu rufen. Eine der Frauen hielt ein Schild mit der Aufschrift „FREIHEIT UND UNABHÄNGIGKEIT FÜR ALLE LÄNDER!!", während die andere zwei Finger als Friedensgruß in die Höhe hielt und Azalea hoch über ihrem Kopf begeistert eine Fahne schwenkte. Die Flagge kam mir bekannt vor – ich erinnerte mich, dass ich eine Miniaturversion auf dem Kaminsims in Azaleas Haus gesehen hatte.

„Welche Flagge ist das?", fragte ich Mark Scott.

Er richtete sich auf und warf einen Blick auf das Foto. „Das? Das ist die Fahne von Taiwan." Er lächelte – und diesmal schien sein Lächeln tatsächlich von Herzen zu kommen. „Azalea war eine glühende Patriotin", sagte er mit einem Anflug von Wehmut in der Stimme. „Die taiwanesische Identität und alles, was damit zusammenhing, waren ihr sehr wichtig. Sobald die Sprache darauf kam, wurde sie richtig leidenschaftlich, und sie hat keine Gelegenheit ausgelassen, ihre Argumente darzulegen. So haben wir uns kennengelernt. Ich habe damals für eine Studentenzeitschrift geschrieben und wollte eine Geschichte über Studentenproteste verfassen ... Azalea kam zu mir und verlangte, dass ich etwas für sie schreibe." Er schüttelte schmunzelnd den Kopf. „Eine Frechheit, wenn man es sich recht überlegt, aber ich habe sie für ihre Chuzpe bewundert. Wir landeten im Pub, haben stundenlang geredet und waren seitdem befreundet. Wir haben uns oft getroffen und ...“

Er redete weiter, doch ich hörte nicht mehr zu. Stattdessen starrte ich auf das Foto und dachte über Azalea als „glühende Patriotin" nach. Ich erinnerte mich an den Abend bei meinen Eltern, als meine Mutter zum ersten Mal von ihrer neuen Freundin Mrs Chu erzählt und uns ein wenig über ihren Hintergrund berichtet hatte. Mein Vater hatte damals von den politischen Verhältnissen gesprochen: „Allerdings ist Taiwans Status als unabhängiger Staat umstritten. China betrachtet die Insel als abtrünniges Territorium, während Taiwan sich selbst als eigenständiges Land sieht."

Dann dachte ich an den gestrigen Abend und den zerknitterten Zettel, den ich in Azaleas Schlafzimmer gefunden hatte. Die Worte „taiwanesische Hure" und der Hinweis auf „Unabhängigkeit" hatten höhnisch, wenn nicht gar drohend geklungen.

Ich unterbrach Scott: „Hören Sie, wissen Sie, ob Azalea wegen ihrer politischen Aktivitäten bedroht wurde?"

Kapitel 31

Mark Scott sah mich überrascht an. „Ja, das wurde sie, sogar mehrmals. Sie hat nie mit ihrer Meinung hinterm Berg gehalten, wenn es um Taiwan ging, vor allem in den sozialen Medien, und das hat natürlich viel Gegenwind erzeugt. In den letzten Wochen hat sie öfter anonyme Briefe bekommen, in denen sie gewarnt wurde, nicht weiter auf dem Thema herumzureiten. Aber sie hat nur darüber gelacht. Warum fragen Sie?" Seine Augen blitzten interessiert auf. „Denken Sie, dass der Mord an ihr politische Motive hat?"

„Nein, nein", sagte ich hastig, „ich war nur … neugierig. Äh, ich muss meine Einkäufe in den Kühlschrank packen. Wenn Sie mich entschuldigen würden …"

Es gelang mir, ihm die Tür vor der Nase zuzuschlagen, und blieb hart, obwohl Mark Scott auf der anderen Seite um Einlass bettelte. Irgendwann gab er auf und verschwand. Ich lehnte mit einem Seufzer der Erleichterung an der Tür und starrte an die Decke.

Hatte ich mich vergaloppiert und die ganze Zeit in die falsche Richtung geschaut? Ich war davon ausgegangen, dass Azalea aus „persönlichen" Gründen umgebracht wurde: aus Rachsucht, als Vergeltung für emotionale Verletzungen – aber was, wenn ich damit falschlag? Was, wenn ein politisches Motiv hinter ihrem Mord steckte?

Mr Wang – Kais Vater – war gegen die Ehe seines Sohnes mit Azalea gewesen und empfand eine tiefe Abneigung gegen seine Schwiegertochter. Ich hatte angenommen, dass es eine persönliche Antipathie war, doch nun überlegte ich, ob ihre politischen Ansichten die Ursache waren. Als ich mich mit den Silberlocken in die Zahnarztpraxis geschlichen und dabei unbeabsichtigt das hitzige Gespräch zwischen Vater und Sohn belauscht hatte, hatte Kai auf Englisch gesagt: „... selbst wenn sie ein Engel gewesen wäre, hättest du sie gehasst. Und aus einem so albernen Grund ..." - „Wer schert sich schon um Politik –"

Seinem Vater schien die Politik jedoch sehr viel zu bedeuten. Für einen Mann in seiner gesellschaftlichen Stellung und mit seinen Verbindungen in China stellte eine solche

Schwiegertochter einen ernsthaften Gesichtsverlust dar, was für einen Chinesen undenkbar war.

Aber würde er Azalea deshalb umbringen?, fragte ich mich zweifelnd. Allerdings konnte ein reicher und mächtiger Mann wie Mr Wang mit Leichtigkeit jemanden anheuern, der das für ihn erledigte. Hatte er die Drohbriefe an Azalea schicken lassen – um einen Schritt weiterzugehen, als sie die Warnungen ignorierte? Die Vorstellung erschien mir absurd, doch oft genug griffen Menschen mit extremen Gefühlen zu extremen Maßnahmen, im Interesse ihrer politischen Überzeugungen ...

War die geheimnisvolle Gestalt, die ich durch die Küchenfenster gesehen hatte, ein Auftragsmörder gewesen? Ich runzelte die Stirn. Aber was war mit dem blauen Pullover? Nun, wenn Mrs Chu blaue Pullover kaufen konnte – warum sollte es jemand anderer nicht auch tun? Natürlich war es recht unwahrscheinlich, dass ein von Mr Wang angeheuerter Auftragsmörder in demselben Laden denselben Sonderverkauf genutzt und den gleichen Pullover gekauft hatte ...

Ich stieß mich seufzend von der Tür ab. In meinem Kopf wirbelten diese neuen Theorien und Möglichkeiten wild durcheinander, doch es half nichts: Auf der Arbeitsfläche in meiner Küche standen frische Milch und Butter, die in den Kühlschrank gehörten.

Auf dem Tresen lag mein Handy – offenbar hatte ich vergessen, es mitzunehmen. Ein Blick auf das

Display zeigte mir, dass ich einen Anruf verpasst und eine Nachricht erhalten hatte. Neugierig hörte ich die Voicemail ab.

Es war Professor Bennett, und sie klang ungewöhnlich aufgeregt: „Hallo, Gemma - hier ist Gillian. Gillian Bennett. Es tut mir leid, dass ich Sie nicht erreiche. Ich bin gerade erst in mein Zimmer zurückgekehrt und habe Ihre Nachricht gefunden. Ich würde mich gerne mit Ihnen treffen, aber ich fürchte, heute Abend geht es nicht, denn Freesia Chu hat mir eine Nachricht hinterlassen. Das arme Mädchen ist außer sich, sie sagt, sie müsse mich dringend sehen, daher mache ich mich auf die Suche nach ihr und werde sicher einige Zeit bei ihr bleiben. Vielleicht können wir uns auf morgen vertagen?"

Na ja, ein Tag mehr oder weniger macht sicher keinen Unterschied, dachte ich, legte seufzend mein Handy beiseite und begann, die Einkaufstaschen auszupacken. Außer den Eiern hatte ich Milch, frische Butter, einen Laib Brot, ein paar Tütensuppen und eine Tafel Schokolade gekauft. Müsli schlängelte sich zwischen meinen Beinen hindurch, während ich die Sachen in der Speisekammer und im Kühlschrank verstaute.

„*Miau?*" Sie warf einen vielsagenden Blick auf ihren Futternapf, den sie schließlich widerwillig geleert hatte. „*Miau?*"

„Nein, du bekommst erst heute Abend etwas zu fressen", sagte ich streng. „Du hast bei deinem Besuch bei Mrs Chu ordentlich an Gewicht zugelegt."

„Miiiiiau!" Müsli klang ernsthaft verärgert. Sie sprang auf die Arbeitsfläche und schlug nach dem Eierkarton, den ich dort abgestellt hatte, als ich mich umdrehte, um die Kühlschranktür zu öffnen.

„He, lass das!" Ich rettete den Karton in letzter Sekunde. „Du kleines Biest! Beinahe wären sie auf dem Boden gelandet – und dann hätte ich ein Problem, schließlich will ich Scones -"

Ich verstummte. *Problem ... Eier ... Kolumbus!* Das war die Lösung!

„Ich hab's, Müsli!", jubelte ich. „,Für Kolumbus überhaupt kein Problem!' Damit ist das Ei des Kolumbus gemeint! Der zweite Teil des Wortes im Kreuzworträtsel ist ,Ei'!"

„Miau?" Meine Katze sah mich fragend an.

Ich kam mir ein wenig albern vor. „Das Wort, das Mr Prendergast gesucht hat, lautet also ,Tee-Ei'."

Wie seltsam!, dachte ich. *Was für ein seltsamer Zufall, dass dieser Begriff in dem Kreuzworträtsel vorkommt.* Man nennt es das Baader-Meinhof-Phänomen - wenn etwas Neues, von dem man noch nie gehört oder gesehen hat, plötzlich überall auftaucht, unmittelbar nachdem man es zum ersten Mal wahrgenommen hat. Diese „Frequenzillusion" ist eine Art kognitive Verzerrung, die dadurch entsteht, dass das Gehirn etwas neu Entdecktes häufiger bemerkt, weil es dieses Neue nun erkennen kann, und dadurch den falschen Eindruck erweckt, ihm häufiger zu begegnen. Trotz der einleuchtenden Erklärung hatte ich das Gefühl, es mit einer seltsamen, aber absichtsvollen Fügung zu tun zu haben. Bis vor Kurzem hatte ich noch nie etwas von Tee-Eiern, diesem unverwechselbaren chinesischen Snack gehört, und hatte sie nun nicht nur bei Mrs Chu probiert, sondern stolperte auch bei einem Kreuzworträtsel darüber.

Dann tauchte vor meinem inneren Auge ein Bild auf: die Küche der Yin-Yang Tea Bar an dem Abend, an dem ich Azaleas Leiche gefunden hatte … die glänzenden Arbeitsflächen aus Edelstahl, die akkurat aufgereihten Gewürze und Vorräte … in der Mitte die Mitte die Mitte. die Mitte die Mitte Rauminsel mit Schüsseln und Töpfen, in denen Fleisch, Gemüse und Tofu in würzig duftenden Marinaden eingelegt waren … und ein Topf mit Eiern. Damals hatte ich kaum darauf geachtet, die Entdeckung der Leiche hatte alle anderen Gedanken ausgelöscht, doch nun wurde mir klar, dass es sich dabei um Tee-Eier gehandelt hatte. Die zarte Marmorierung auf der Oberfläche der hartgekochten Eier in ihrer aromatischen Brühe aus Tee, Sojasoßen, Ingwer und anderen Gewürzen war unverkennbar …

Plötzlich erinnerte ich mich an die Szene in der Küche von Mrs Chu, als Magnolia die Frage ihrer Mutter beantwortet hatte, ob Azalea Tee-Eier in ihrer Tea Bar anbot: „Nein, Ma, sie hat in der Tea Bar keine Tee-Eier gemacht. Sie hatte zu viel zu tun. Sie sagte, vielleicht nächsten Monat."

In meinem Kopf ging alles wild durcheinander. Wenn Magnolia die Mörderin war, wäre sie an jenem

Abend in der Küche gewesen und hätte den Topf mit den Tee-Eiern auf der Kücheninsel wahrgenommen. Sie hätte ihn gar nicht übersehen können – unmittelbar daneben war Azalea zusammengebrochen. Und das hätte bedeutet, dass sie wissen musste, dass Azalea bereits Tee-Eier im Restaurant angesetzt hatte ... und dann hätte sie die Frage ihrer Mutter anders beantwortet. Natürlich könnte es auch ein doppelter Bluff sein: Sie gab vor, es nicht zu wissen, damit niemand auf den Gedanken kam, sie könne in der Küche gewesen sein. Allerdings bezweifelte ich, dass sie eine so geschickte Lügnerin war. Ihre Antwort hatte ungezwungen und gelassen geklungen, nicht durchdacht und kalkuliert wie bei einer polizeilichen Befragung. Nein, oft genug war die einfachste Überlegung die richtige: Magnolia wusste nichts von den Tee-Eiern ... was bedeutete, dass sie am fraglichen Abend nicht in der Tea Bar gewesen sein konnte.

Und das bedeutete, dass sie nicht die Mörderin sein konnte, wie ich widerstrebend einsehen musste. Es ärgerte mich, dass Inspector Roberts in diesem Punkt recht hatte. Aber was war mit der geheimnisvollen Gestalt, die an den Küchenfenstern vorbeigehuscht war? War es wirklich ein Auftragsmörder, den Mr Wang angeheuert hatte? Oder war meine anfängliche Vermutung richtig und es war doch Freesia gewesen? Nein, Professor Bennett hatte steif und fest behauptet, sie sei mit der jungen Frau zusammen gewesen.

Und wenn Gillian Bennett lügt?, dachte ich plötzlich. Ich war davon ausgegangen, dass sie die Wahrheit gesagt hatte, doch war es ausgeschlossen, dass ihre Zuneigung zu Freesia und ihre mütterlichen Instinkte sie dazu gebracht hatten, ihr ein falsches Alibi zu geben? Schließlich hatte ich bereitwillig akzeptiert, dass Freesia sie überredet hatte, Magnolia zu decken ... warum sollte sie das nicht auch für Freesia tun? Ich erinnerte mich nur zu gut an ihre leidenschaftliche Schilderung der Studentin und ihrer außerordentlichen Talente, die bisweilen Opfer erforderte. Ich konnte mir gut vorstellen, dass sie Freesias Verbrechen vertuschen würde, um ihrer vielversprechenden Zukunft als Schriftstellerin keine Steine in den Weg zu legen. Außerdem hatte sie keinen Hehl daraus gemacht, dass sie Azalea Chu nicht mochte und sich ärgerte, dass diese einen so großen Einfluss auf das Leben ihrer jüngsten Schwester hatte.

Unvermittelt fiel mir ein, wie sich Freesia in Professor Bennetts Zimmer angeschlichen und mir über die Schulter geschaut hatte, als ich meine Nachricht schrieb. Sie wusste, dass ich Fragen stellte, und vermutete, dass ich ihr Alibi in Zweifel ziehen würde.

„Oh nein!", flüsterte ich entsetzt, als ich an die Nachricht dachte, die Gillian Bennett mir auf Band gesprochen hatte: Die jüngste Tochter der Chus wollte sie dringend sehen ...

Nein, es war kein Mord mit einem politischen Motiv, sondern mit einem sehr persönlichen. Und wenn Freesia ihre Schwester umgebracht hatte, war ihre Tutorin die Einzige, die sie verraten konnte – es sei denn, sie brachte sie rechtzeitig zum Schweigen.

Gillian Bennetts Leben war möglicherweise in höchster Gefahr!

Kapitel 32

Was soll ich bloß tun? Ich lief unruhig in der Küche auf und ab. Mein erster Gedanke war, zum Telefon zu greifen und die Polizei anzurufen, doch die Erinnerung an mein morgendliches Gespräch mit Roberts war noch zu frisch. Ich konnte fast seine vor Verachtung triefende Stimme hören: „Heute Früh dachten Sie, es ist die eine Schwester, und jetzt wollen Sie mir die andere Schwester als Mörderin verkaufen? Wundert es Sie, dass wir Morduntersuchungen nicht den Laien überlassen?"

Nein, die Polizei zu verständigen wäre reine Zeitverschwendung – und jede Minute konnte über Leben oder Tod von Gillian Bennett entscheiden. Ich musste sie selbst warnen. Ich warf einen Blick auf die Küchenuhr, dann rief ich noch einmal die

Nachricht auf, die sie mir geschickt hatte. Es war gerade zehn Minuten her. Schnell suchte ich die Nummer des Pendlebury College heraus, wählte und landete in der Pförtnerloge, von wo aus ich zu Professor Bennetts Wohnung durchgestellt wurde. Das Telefon läutete, doch niemand meldete sich. Frustriert legte ich auf.

Wenn ich Glück hatte, hatte Gillian Bennett sich gerade erst auf die Suche nach Freesia gemacht, und ich erwischte sie, bevor sie das Collegegelände verließ, um sie zu warnen, dass ihr Leben möglicherweise in Gefahr war.

Ich rannte hinaus in den Flur, schnappte mir mein Fahrrad, das an der Wand bei der Haustür lehnte, und wäre fast auf Müsli getreten, die sich mit einem empörten *„Miauuu!"* zur Seite rettete. Ich sauste die St Aldate's hoch, überquerte die Kreuzung am Carfax Tower und fuhr weiter in die Cornmarket Street, obwohl das Fahrradfahren auf diesem Abschnitt der Fußgängerzone nicht erlaubt ist. Inzwischen war es früher Abend, der Touristenstrom hatte nachgelassen und die meisten Büroangestellten hatten bereits Feierabend gemacht, sodass ich recht schnell vorankam. Trotzdem war ich froh, als ich die Kirche von St Michael erreichte, wo ich in eine Seitenstraße einbog.

Es fühlte sich wie eine Ewigkeit an, doch in Wirklichkeit dauerte es nur ein paar Minuten, bis ich schwer atmend vor dem Pendlebury College hielt. Ich stieg ab, lehnte das Fahrrad an die Wand und stellte erfreut fest, dass der diensthabende Pförtner mein alter Bekannter war. Er blickte überrascht auf, als ich keuchend seine Loge betrat.

„Lieber Himmel, wo brennt's denn?", scherzte er.

„Haben Sie … haben Sie Professor Bennett gesehen?", japste ich.

„Ja, Sie haben sie knapp verpasst. Komischerweise hatte sie es auch furchtbar eilig. Ich stand am Tor, und sie hat kaum ‚Guten Abend' gesagt, als sie vorbeigelaufen ist. Ich glaube, sie sucht jemanden, jedenfalls hat sie sich immer wieder umgesehen."

„Wissen Sie, wohin sie gegangen ist?"

„Tut mir leid, da kann ich Ihnen nicht weiterhelfen." Er runzelte die Stirn. „Zuletzt habe ich sie Richtung St Giles gehen sehen."

Ich überlegte rasch. Gillian Bennet war offenbar auf der Suche nach Freesia – aber wo? Dann fiel mir ein, dass sie ihre Studentin schon einmal gesucht hatte, an dem Tag, als ich unabsichtlich ihr Gespräch mit Freesia belauscht hatte. Sie hatte einen bestimmten Ort erwähnt, an den sich die junge Frau gerne zurückzog …

Der Kirchhof! Dort, wo die Straße St Giles, der breite Boulevard, der in nördlicher Richtung aus Oxford hinausführte, sich in zwei Straßen gabelte, lag eine beschauliche Grünanlage mit Bäumen, Büschen und alten Grabsteinen. Sie war besonders bei Touristen und Angestellten beliebt, die an sonnigen Tagen dort gern ihre Mittagspause verbrachten. Jetzt war es allerdings dunkel – würde Freesia den Kirchhof trotzdem aufsuchen?

Spekulationen halfen mir nicht weiter. Ich dankte dem Pförtner, stürzte aus dem Tor und rannte die St Giles hoch. Einige Minuten später war ich an der Stelle, an der sich die Straße teilte. In der Kirche brannte Licht, vermutlich war ein Abendgottesdienst im Gange, der Kirchhof lag jedoch still und dunkel da.

Ich sah kurz nach rechts und links und sprintete dann über die Straße, ohne zu warten, dass die Fußgängerampel umsprang. Glücklicherweise herrschte um diese Zeit nicht mehr viel Verkehr. Der Kirchhof lag in tiefem Schatten, das Dunkel wirkte still und unheimlich. Hatte ich mich geirrt? War Freesia doch nicht hier?

Dann hörte ich ein Geräusch – es hörte sich an wie ein gedämpfter Schrei. Aus den Augenwinkeln nahm ich in einiger Entfernung eine schemenhafte Bewegung wahr. Mit klopfendem Herzen lief ich über das dichte Gras, umrundete die Grabsteine, die sich mir in den Weg zu stellen schienen, und eilte auf die Eibengruppe zu, bei der ich die verschwommene Bewegung gesehen hatte. Ich erreichte eine freie Fläche mit einem mit Flechten bedeckten, steinernen Truhengrab, das von hohem Gras und Wildblumen umgeben war. Im schwachen Licht der Straßenlaterne konnte ich die beiden Gestalten erkennen: Es waren Gillian Bennett und Freesia – und sie schienen miteinander zu kämpfen.

„Halt! Halt!" Ich stürzte auf die beiden zu, packte Freesia am Arm und riss sie von Professor Bennett weg. „Es ist zu spät, Freesia! Ich kenne die Wahrheit und werde dafür sorgen, dass die Polizei Sie verhaftet!"

„Lassen Sie mich los!", fauchte Freesia. Sie riss sich los und starrte mich an. „Was zum Teufel reden Sie da?"

„Es hat keinen Sinn zu leugnen. Ich weiß, dass Sie es waren. Sie haben Azalea ermordet", sagte ich unverblümt. „Selbst wenn Sie Professor Bennett zum Schweigen bringen, wird die Wahrheit ans Licht kommen."

„Ich habe nicht versucht, sie zum Schweigen zu bringen!", rief Freesia wütend. „Sind Sie verrückt? Ich wollte sie nur in den Arm nehmen, okay?"

Ich warf einen Blick auf die Professorin. Sie lehnte schwer atmend an dem Grab, war blass und angespannt.

„Es ... es ist nicht, wie Sie denken", sagte sie schwach.

Ich sah sie mitleidig an. Verstellten ihr die mütterlichen Gefühle für Freesia den Blick für ihre Schuld? Würde sie ihre Studentin auch jetzt noch decken?

„Und das mit dem Mord an meiner Schwester ist Unfug", fuhr Freesia fort. „Es gibt nichts, was mich mit ihrem Tod in Verbindung bringen würde!"

„Oh, glauben Sie nicht, dass Sie sich herausreden können, selbst wenn Professor Bennett für Sie bürgt", erwiderte ich. „Es ist allgemein bekannt, dass Menschen lügen und andere durch falsche Alibis schützen. Außerdem gibt es weitere Beweise gegen Sie – Sie wurden beobachtet."

„Von wem?"

„Von mir. Ich habe Sie durch das Küchenfenster gesehen. Sie waren in der Gasse hinter der Tea Bar."

Gillian Bennett sog erschrocken die Luft ein. Freesia errötete, ihr Blick ging nervös hin und her, als würde sie überlegen, was sie darauf sagen sollte. Dann reckte sie angriffslustig das Kinn.

„Ich wollte in Ruhe eine Zigarette rauchen, okay? Das ist doch kein Verbrechen, oder? Ich hatte es auf der Terrasse versucht, aber Azalea hat mich erwischt und mir die Leviten gelesen - also dachte ich, in dem Durchgang findet sie mich nicht so leicht. Aber ich habe nur geraucht! Ich war nicht in der Küche."

„Warum sind Sie dann weggelaufen? Ich habe Sie gesehen", fragte ich vorwurfsvoll. „Sie haben nicht nur dagestanden und geraucht, Sie haben sich verhalten, wie jemand, der vom Tatort wegläuft."

„Das stimmt nicht! Ich habe nur ... eine Zigarette geraucht, aber dann hörte ich Stimmen in der Küche. Eine davon klang wie Azaleas und ich dachte: Oh nein, gleich öffnet sie die Hintertür und sieht mich, und dann macht sie mir wieder die Hölle heiß. Daher habe ich meine Zigarette ausgedrückt und bin abgehauen. Ich bin um das Gebäude herumgelaufen und durch den Vordereingang wieder reingegangen."

„Und Sie meinen, die Polizei würde das glauben?",

fragte ich verächtlich.

„Die Polizei muss nichts davon wissen", warf Gillian Bennett schnell ein. Sie sah mich besorgt an. „Sie haben den Beamten offensichtlich nichts erzählt, sonst hätten sie Freesia viel intensiver unter die Lupe genommen. Wenn Sie das also für sich behalten, wird man nie -"

„Oh nein, ich werde nicht schweigen", antwortete ich entrüstet. „Ich habe der Polizei bisher nichts gesagt, weil ... nun ja, ich ... ich war mir nicht sicher, wer es war. Aber wenn es Freesia ist, werde ich nicht helfen, es zu vertuschen - und das sollten Sie auch nicht", fügte ich hinzu und warf ihr einen strengen Blick zu.

„Ich habe meine Schwester nicht umgebracht!", schrie Freesia mich an. „Das habe ich Ihnen doch gesagt – ich wusste nicht einmal, dass man Azaleas Leiche gefunden hat, bis ich das ganze Durcheinander in der Tea Bar sah."

„Warum haben Sie dann Professor Bennett gebeten, Ihnen ein Alibi zu verschaffen?", fragte ich. „Warum musste sie angeben, dass Sie die ganze Zeit mit ihr zusammen waren?"

Freesia sah mich finster an. „Ich habe sie nicht darum gebeten. Sie hat es selbst vorgeschlagen. Sie sagte, wir müssten der Polizei sagen, wir seien die ganze Zeit zusammen gewesen -"

„Ich wollte nicht, dass die Polizei voreilige Schlüsse zieht", warf Gillian Bennett ein. „Sie hätte Freesias Tagebucheintrag sehen und dann denken können -"

„Aber ich habe diesen Eintrag gelöscht - das habe ich Ihnen doch gesagt", meinte Freesia ungeduldig. „Ich wollte nur ein bisschen Dampf ablassen, aber ich habe ihn sofort gelöscht, kaum dass ich ihn geschrieben habe. Die Polizei hätte ihn nicht zu Gesicht bekommen, also hätten sie nichts gegen mich in der Hand gehabt."

„Sie vergessen, dass man Sie vor der Küche hat weglaufen -" Ich verstummte plötzlich, als mir klar wurde, dass außer mir niemand die geheimnisvolle Gestalt wahrgenommen hatte.

Ich war die Einzige, die Freesia gesehen hatte, aber ich hatte der Polizei nichts davon erzählt. Sie wusste also nicht, dass sie sich am fraglichen Abend in der Nähe der Küche aufgehalten hatte. Ebenso wenig wusste sie von dem Streit zwischen Freesia und Azalea, den ich beobachtet hatte, denn auch das hatte ich verschwiegen. Und da die Chinesen darauf bedacht waren, nur ja nicht das Gesicht zu verlieren, bezweifelte ich, dass Mrs Chu oder Magnolia von den Spannungen zwischen Freesia und ihrer älteren Schwester berichtet hätten. Die Polizei hatte also keine Informationen über den Konflikt, der zwischen beiden geschwelt hatte. Wenn überhaupt, dann wäre Magnolia das einzige Familienmitglied, auf das ein Verdacht fiel. Sie hatte ein Motiv, weil sie sich für die Affäre ihrer Schwester mit ihrem Mann rächen wollte.

In meinem Kopf drehte sich alles. Wenn die Polizei

weder von der Gestalt im Durchgang hinter der Küche noch von Freesias feindseliger Haltung ihrer Schwester gegenüber wusste – schließlich war ihr Tagebucheintrag sofort gelöscht worden -, welchen Grund hätte die Polizei dann gehabt, Freesia zu verdächtigen?

Keinen, dachte ich. Sie hätten sie ebenso wenig verdächtigt wie die anderen Leute, die zur Tatzeit in der Tea Bar waren. Gillian Bennett hatte das gewusst und trotzdem darauf bestanden, ein falsches Alibi zurechtzulegen, um sie zu schützen ...

Ich erstarrte. Nein, ich hatte alles falsch verstanden. Langsam hob ich den Kopf und sah Gillian Bennett in die Augen. „Nicht Freesia brauchte das Alibi, sondern Sie", sagte ich. „Als Sie behauptet haben, Freesia sei die ganze Zeit bei Ihnen gewesen, haben Sie sich selbst ein Alibi verschafft. Sie haben Azalea getötet."

Kapitel 33

„W-was?" Freesia wich einen Schritt zurück, sie war kreidebleich.

„Das ist Unsinn! Freesia, hör nicht auf sie", sagte Gillian Bennett eindringlich. „Sie weiß nicht, wovon sie redet -"

„Aber … aber Sie haben darauf bestanden, dass wir die Polizei anlügen, obwohl ich Ihnen gesagt habe, dass ich nicht verstehe, warum ich überhaupt ein Alibi brauche." In Freesias Miene spiegelte sich blankes Entsetzen.

„Diese … gusseiserne Teekanne, die ich gestern in der untersten Schublade Ihres Schreibtischs gefunden habe", sagte sie plötzlich mit schreckgeweiteten Augen. „Sie haben mir erklärt, Sie hätten sie vor langer Zeit gekauft und dann vergessen. Aber warum waren feuchte Teeblätter darin?"

Sie wich noch weiter von der Professorin zurück. „Sie haben mich angelogen. Azalea ist durch einen Schlag auf den Kopf getötet worden, und die Polizei geht davon aus, dass der Mörder eine der gusseisernen Teekannen aus der Tea Bar benutzt hat … Das war die Teekanne, die ich gefunden habe, nicht wahr?"

Ihre Stimme wurde immer schriller und hysterischer.

„Das war die Teekanne, mit der Azalea getötet wurde, und Sie haben sie versteckt! Deshalb haben Sie so komisch geguckt, als ich sie gefunden habe, und wollten so schnell das Thema wechseln." Freesia warf mir einen kurzen Blick zu, dann sah sie Gillian Bennett erneut an. „Sie hat recht – Sie haben meine Schwester ermordet!"

„Nein … ich …" Die Professorin machte einen Schritt auf die verzweifelte Studentin zu. „Freesia, so ist es nicht … ich meine …" Sie zögerte, holte dann tief Luft und fuhr fort: „Ja, ich gebe es zu. Ich habe Azalea getötet, aber du musst verstehen, dass ich es für dich getan habe!"

Die junge Frau sah sie entgeistert an. „Für mich?"

„Ja, für dich! Azalea hat dich erdrückt! Sie hat dich schikaniert, sie hat dich beherrscht und dir die Möglichkeit verwehrt, dein wahres Potenzial zu entfalten. Du hast mir an jenem Abend von eurem Streit erzählt und von ihrer Drohung, deine

Studiengebühren nicht mehr zu zahlen. Sie wollte dich zwingen, dein Studium abzubrechen und deine Talente zu vergeuden und ... und ... sie wollte dich mir wegnehmen!", rief Gillian Bennett. „Das konnte ich nicht zulassen! Ich musste sie aufhalten. Als du zum zweiten Mal nach draußen gegangen bist, um eine weitere Zigarette zu rauchen, sah ich Azalea in die Küche gehen, also bin ich ihr gefolgt und habe versucht, sie zur Vernunft zu bringen - aber sie wollte einfach nicht zuhören. Sie war so arrogant und höhnisch, und dann machte sie lauter schreckliche Andeutungen, über dich und mich ... Ich konnte es nicht ertragen, dass sie so über uns redete! Ich wollte, dass sie schwieg, ich musste ihr eine Lektion erteilen. Und es war ganz einfach - sie drehte mir den Rücken zu, ich griff nach einer der Teekannen in der Nähe und schlug ihr auf den Kopf. Sie sackte ohne einen Laut zu Boden ..."

Freesia starrte sie mit weit aufgerissenen Augen an. „Nein ... nein ... nein!" Sie machte einen wankenden Schritt zurück. „Ich kann nicht glauben, dass Sie sie getötet haben!"

Professor Bennett streckte die Hand nach ihr aus. „Freesia, hör mir zu, vielleicht verstehst du es im Moment nicht, aber mit der Zeit wirst du begreifen, dass es das Beste war -"

„Nein! Fassen Sie mich nicht an! Kommen Sie mir nicht zu nahe!", schrie Freesia. Sie taumelte rückwärts und wäre fast über einen losen Stein gefallen, der von dem Truhengrab stammen musste.

Sie fing sich im letzten Moment, wandte sich mit einem gedämpften Schluchzen um und rannte davon.

„Freesia!" Professor Bennett lief ihr nach und ich folgte ihr.

Ohne auf sie zu achten, drängte sich Freesia durch die Büsche, bis sie St Giles am Rand des Kirchhofs erreichte. Ohne sich umzusehen, stolperte sie blindlings auf die Straße.

Lautes Hupen ertönte und das grelle Licht der Autoscheinwerfer fiel auf Freesia, die mitten auf der Fahrbahn stehen geblieben war.

Mir stockte vor Angst und Entsetzen der Atem. Im nächsten Moment stieß Gillian Bennett, die der Studentin nachgelaufen war, einen Schrei aus.

„FREESIA! Pass auf! Neeeiiin!"

Danach ging alles im Quietschen von Bremsen unter. Ich sah, wie Freesia zur Seite geschleudert wurde.

Dann ein furchtbarer, dumpfer Aufprall.

Ein Auto war quer über die Fahrbahn zum Stehen gekommen, der Motor brummte noch, unter der Motorhaube quoll Rauch hervor. Der Fahrer hatte die Tür geöffnet und stieg mit aschfahlem Gesicht aus.

Mein Magen krampfte sich zusammen, als ich die reglose Gestalt auf dem Boden liegen sah. Ich wollte hinlaufen, schreien, irgendetwas tun, aber ich war wie erstarrt.

„Professor! Professor!", rief Freesia und kauerte

sich neben die leblose Frau.

„Sie kam wie aus dem Nichts", stammelte der Fahrer des Wagens.

„Professor Bennett wollte ... mich retten", schluchzte Freesia. „Sie hat mich aus dem Weg gestoßen und wurde selbst angefahren."

„Ich habe versucht zu bremsen - ehrlich!", beteuerte der Fahrer verzweifelt. „Aber es ging alles so schnell -"

„Ein Krankenwagen! Hat jemand einen Krankenwagen gerufen?", rief jemand.

Mittlerweile hatte sich eine Menschenmenge gebildet, Passanten umringten uns, die Kirchentür stand offen und die Gottesdienstbesucher kamen eiligen Schrittes herbei.

Ich erwachte mit einem Ruck aus meiner Benommenheit. „Oh Gott ... ja ... ein Krankenwagen!", rief ich.

Mit zitternden Fingern holte ich mein Handy hervor und wählte den Notruf, doch als ich versuchte zu schildern, was passiert war, zitterte meine Stimme so sehr, dass ich mich kaum verständlich machen konnte. Plötzlich legte sich eine Hand auf meine Schulter, als ich aufblickte, sah ich in das freundliche Gesicht eines Mannes. Dankbar reichte ich ihm mein Handy und stand stumm dabei, während er die notwendigen Einzelheiten des Unfalls und unseren Standort durchgab. Einige Umstehende begannen, die anwachsende Menschenmenge unter Kontrolle zu halten und sich um den Fahrer zu kümmern, während Decken und heiße Getränke aus der Kirche gebracht wurden ...

Ich stand wie benommen da und starrte Freesia an, die neben der stillen Gestalt kauerte. Als in der Ferne Sirenengeheul ertönte ging ein erleichtertes Aufatmen durch die Menge, doch ich fragte mich, ob die Hilfe nicht zu spät kam ...

Kapitel 34

Der Warteraum in der Notaufnahme eines Krankenhauses hat immer etwas Unangenehmes an sich. Die Sorgen und Ängste, die in der Luft liegen, sind fast mit Händen zu greifen, ebenso das Leid der Menschen, die hoffen, bald aufgerufen zu werden, und die Anspannung von Freunden und Verwandten, die mit banger Miene warten. Ich war nun eine von ihnen. Freesia und ich harrten auf unbequemen Plastikstühlen aus, während das ungewisse Schicksal von Gillian Bennett wie eine dunkle Wolke über uns hing. Um ehrlich zu sein, hätte ich nicht ins Krankenhaus fahren müssen, doch als man Freesia sagte, dass sie sich untersuchen lassen solle, hatte ich spontan beschlossen, sie zu begleiten. Ich wusste, dass die

Polizei mich zu dem Unfall befragen wollte, aber bis man Mrs Chu benachrichtigt und ins Krankenhaus gebracht hatte, wollte ich die junge Frau nicht allein lassen.

Ich warf ihr einen raschen Blick zu. Sie saß zusammengekauert da, mit leichenblassem Gesicht und leeren Augen. Abgesehen von leichten Prellungen hatte sie bei ihrem Sturz keine äußerlichen Verletzungen davongetragen, doch ich hatte das Gefühl, dass die wirklichen Wunden seelischer Art waren. Hoffentlich stimmte es, dass ihr das Schreiben helfen würde, das emotionale Trauma zu verarbeiten.

Plötzlich betrat ein gutaussehender Mann im Arztkittel und mit einem Stethoskop um den Hals den Warteraum. Er hielt einen Moment inne, um sich umzusehen, dann entdeckte er uns und kam mit großen Schritten zu uns.

„Freesia", sagte er und legte ihr die Hand auf den Arm. „Ich wusste nicht, dass du in diesen Unfall verwickelt warst. Hat man dich schon untersucht?"

Die junge Frau nickte. „Hast du nach Gillian Bennett gesehen, Dax? Wird sie wieder gesund?"

„Ja. Sie hat großes Glück gehabt. Sie hat eine Gehirnerschütterung und ein paar gebrochene Rippen, aber sie wird wieder auf die Beine kommen. Jetzt braucht sie vor allem Ruhe und gute Pflege." Zu mir gewandt sagte er mit einem höflichen Lächeln: „Ich bin Dr. Hutton. Gehören Sie zur Familie von Professor Bennett?"

Ich musterte ihn aufmerksam. Das war also Dax Hutton, Magnolias treuloser Ehemann! War es nicht eine furchtbare Ironie des Schicksals, dass er die Frau verarztete, die seine Geliebte ermordet hatte?

„Professor Bennett hat keine Angehörigen, Dax", sagte Freesia, bevor ich antworten konnte. „Sie ist nicht verheiratet und hat keine Kinder. Ihre Eltern sind tot; sie hatte einen Bruder, aber der ist vor ein paar Jahren an Krebs gestorben, also ist sie ganz allein." Freesia schwieg einen Augenblick, dann fügte sie mit leiser Stimme hinzu: „Sie hat immer gesagt, dass wir - die Studentinnen am Pendlebury – für sie wie die Töchter sind, die sie nie hatte."

„Oh." Dr. Hutton schien nicht recht zu wissen, wie er darauf reagieren sollte. Nach einem verlegenen Räuspern fragte er mich: „Verzeihung, und Sie sind …?"

Freesia warf mir einen flüchtigen Blick zu. „Das ist Gemma. Sie war dabei, als Professor Bennett … Ihre Mum ist mit Ma befreundet."

„Ah, ich verstehe. Holt deine Mutter dich ab?", fragte Dr. Hutton seine junge Schwägerin.

„Ja, man hat mir gesagt, Ma sei auf dem Weg hierher", murmelte Freesia. Sie war mit ihren Gedanken offenbar bei ihrer Professorin. „Ist sie wach? Kann ich sie sehen?", fragte sie mit einem Blick zu dem Flur, der zur Notaufnahme führte.

„Ja, sie hat sogar nach dir gefragt. Sie kommt jetzt auf die Beobachtungsstation, und wenn ihr Zustand in den nächsten vierundzwanzig Stunden stabil bleibt, wird sie nach Hause entlassen."

Nein, nach Hause kommt Professor Bennett nicht – sondern direkt in die Obhut der Polizei, dachte ich düster.

„So, Freesia, ich bringe dich zu ihr", sagte Dax.

Ich sah ihnen voller Sorge nach. Als Verdächtige in einem Mordfall müsste Gillian Bennett eigentlich bewacht werden, bis man sie in Gewahrsam nehmen konnte – und ich hätte der Polizei schnellstens Bescheid sagen müssen, damit sie sie festnahm. Vielleicht hätte ich Freesia nicht einmal zu ihrer Professorin lassen sollen, doch dann erinnerte ich mich daran, wie sich Gillian Bennett vor das entgegenkommende Auto geworfen und Freesia an den sicheren Straßenrand gestoßen hatte. Sie hatte der jungen Frau möglicherweise das Leben gerettet, und man konnte nicht leugnen, dass sie eine tiefe mütterliche Zuneigung für ihre Studentin empfand, auch wenn diese Zuneigung sie auf Abwege geführt hatte.

Nicht Habgier und Bosheit waren das Motiv für den Mord, sondern übertriebene Fürsorge. Gillian Bennett hatte ihren leidenschaftlichen Einsatz für das Wohl ihrer Studentin zweifellos auf die Spitze getrieben, womöglich hatte sie damit versucht, gegen ihre Einsamkeit anzukämpfen? Hatte sie, da es in ihrem Leben kein anderes Ziel für ihre Liebe gab, all ihre Hoffnungen und Träume, all ihren Beschützerinstinkt auf die jungen Frauen in ihrer Obhut gerichtet - und insbesondere auf Freesia?

Vielleicht war es falsch von mir, Mitleid mit ihr zu haben, aber ich wollte ihr nicht die letzte Chance verwehren, mit Freesia zu sprechen, bevor die Polizei ihres Amtes waltete.

Wir waren in Begleitung einiger Polizisten zum Krankenhaus gefahren, die mich jetzt zur Seite nahmen, um eine Schilderung des Unfalls zu erhalten. Ich gab jedoch nur die sachliche Beobachtungen zu Protokoll, ohne den Grund für Freesias Verhalten zu erwähnen. Bei den Polizisten handelte es sich nicht um Kriminalbeamte, und es wäre zu kompliziert gewesen, ihnen den Hintergrund zu erklären. Nein, auch wenn mir der Gedanke zuwider war: Ich musste unbedingt mit Inspector Roberts sprechen und ihm mitteilen, dass ich diesmal wirklich wusste, wer Azalea umgebracht hatte.

Ich kam zu dem Schluss, dass es einfacher wäre, persönlich mit Roberts zu sprechen, als es ihm am Telefon zu erläutern. Daher nahm ich ein Taxi vom Krankenhaus zur Polizeistation in Oxford. Als ich ankam, stellte ich zu meiner Überraschung fest, dass der vordere Parkplatz hell erleuchtet war: Vor dem Revier fand offenbar eine improvisierte Pressekonferenz statt. Etwa ein Dutzend Reporter und Kameraleute drängten sich am Fuß der Eingangstreppe. Auf der obersten Stufe stand Inspector Roberts, neben ihm der DCC. Dem selbstgefälligen Gesichtsausdruck des Inspektors nach zu schließen, genoss er die Aufmerksamkeit, die die Medienvertreter ihm zuteilwerden ließen.

„... eine Situation, die ständigen Veränderungen unterworfen ist", sagte er gerade. „Aber die Kriminalpolizei von Oxfordshire setzt bei dieser Untersuchung alle ihr zur Verfügung stehenden Mittel ein, und es ist mir eine Ehre, Ihnen versichern zu können, dass sie ihren besten Ermittler mit dem Fall betraut hat." Roberts hüstelte bescheiden und fuhr sich mit einer affektierten Geste durch die Haare. „Außerdem haben wir den Tatort mit modernsten forensischen Techniken untersucht und –"

„Aber seit dem Mord ist fast eine Woche vergangen, ohne dass Sie einen Durchbruch erzielt hätten, stimmt's, Inspector Roberts?", unterbrach ihn einer der Reporter.

Ich reckte den Hals und stellte überrascht fest, dass es sich um Mark Scott handelte.

Er trat einen Schritt vor und fuhr in provokantem Ton fort: „Und wenn Sie wirklich die besten Leute an dem Fall arbeiten lassen wollen, sollten Sie dann nicht die Hilfe von Gemma Rose in Anspruch nehmen?" Scott lächelte spöttisch. „Sie hat im letzten Jahr eine ganze Reihe von Mordfällen gelöst – und das oft schneller als die Kripo."

Der DCC runzelte die Stirn und sah Roberts an, der grimmig dreinschaute.

„Ich brauche die sogenannte ‚Hilfe' von albernen Amateuren nicht!", schnauzte er. „Detektivarbeit ist ein ernsthafter Job für Profis, das ist nichts für neugierige Teeladenbesitzerinnen mit einer überbordenden Fantasie. Und ... außerdem machen wir gute Fortschritte im vorliegenden Fall", fügte er hastig hinzu. „Tatsächlich habe ich ... durch logische Schlussfolgerungen die Identität von Azalea Chus Mörder ermittelt!"

„Wirklich?", fragte Scott skeptisch. „Warum haben Sie sie dann nicht bekannt gegeben?"

„Ich ... nun, aus diesem Grund habe ich diese Pressekonferenz einberufen", erwiderte Roberts, während der DCC ein verwirrtes Gesicht machte. „Ich kann Ihnen jetzt exklusiv mitteilen, dass Azalea Chu nicht von jemandem aus ihrem unmittelbaren sozialen Umfeld getötet wurde. Üblicherweise konzentrieren sich die Ermittlungen auf die Freunde, Familie und Geschäftskontakte des Opfers, aber ich hatte schon immer die Gabe, über den Tellerrand hinauszuschauen. Ja, das kann man so sagen ... und so habe ich erkannt, was alle anderen übersehen haben: dass Azalea Chu von der Yakuza ermordet wurde!"

„Was?" Mein ungläubiges Lachen war lauter, als ich beabsichtigt hatte, und so stand ich plötzlich im Mittelpunkt der Aufmerksamkeit, als sich die Menge umdrehte und mich ansah.

„Es ist Gemma Rose!", rief Scott aufgeregt. Er wirkte wie jemand, der gerade seinen Lieblingsboxer in den Ring steigen sah.

Ich drängte mich durch die versammelten Reporter und stieg die Treppenstufen hinauf, bis ich neben Roberts stand. „Das ist Unsinn!", sagte ich. „Wie um alles in der Welt kommen Sie darauf, Azalea sei von der japanischen Mafia ermordet worden? Welche Verbindung sollte sie zur Yakuza haben?"

„Nun, sie ... sie war Geschäftsfrau, nicht wahr?", polterte Roberts. „Es ist allgemein bekannt, dass Geschäftsinhaber oft mit dem organisierten Verbrechen in Konflikt geraten, da liegt es nahe, dass sie Schutzgeld an Banden aus ihrem eigenen Land zahlen musste."

„Ja, nur war Azalea keine Japanerin", antwortete ich kalt. „Sie war Chinesin, aus Taiwan."

Roberts winkte ab. „Chinesen, Taiwaner, Japaner ... da gibt es eigentlich keinen großen Unterschied ..."

Ein empörter Aufschrei ging durch die Menge, und eine ostasiatische Reporterin drängte sich nach vorne. Sie musterte Roberts wütend. „Was haben Sie gerade gesagt?", fragte sie. „Wollen Sie behaupten, dass Chinesen und Japaner alle gleich sind?"

Roberts versuchte, die Frage mit einem weltmännischen Lachen abzutun. „Nun, ich meine ... kommen Sie, Sie müssen zugeben, dass man sie leicht durcheinanderbringen kann."

„Wie können Sie es wagen!" Die Reporterin war puterrot vor Zorn. „China und Japan sind zwei verschiedene Länder mit zwei unterschiedlichen Kulturen und Historien. Nicht zu fassen, dass Sie glauben, Sie könnten das eine einfach mit dem anderen vertauschen - oh, wahrscheinlich denken

Sie, nur weil wir alle schwarze Haare und Schlitzaugen haben, sind wir alle gleich, hm?"

Roberts trat einen Schritt zurück, sein Lächeln geriet ein wenig schief. „Äh ... ähm ... nun ... ihr seht euch wirklich sehr ähnlich", protestierte er schwach. „Und ihr trinkt alle Tee und esst Nudeln und ... äh ... ihr mögt Sojasoße ... oder etwa nicht?"

Die Frau kochte jetzt vor Wut. „Ach ja? Vermutlich sind dann auch Briten und Amerikaner gleich, weil ihr alle Bier trinkt, Pommes esst und gerne in der Sonne bratet?"

„Das ist ... das ist etwas anderes", stammelte Roberts.

Der DCC schob Roberts vom Mikrofon weg. Er setzte eine ernste Miene auf und versuchte sich in Diplomatie.

„Bitte entschuldigen Sie die unglückliche Formulierung. Ich bin sicher, dass Inspector Roberts nicht die Absicht hatte, jemanden zu beleidigen, und dass es sich um ein bedauerliches Missverständnis handelt ..."

„Deputy Chief Constable, wussten Sie, dass Rassismus in Ihrer Einheit so weit verbreitet ist?", fragte ein anderer Reporter.

„Sind Sie auch der Meinung, dass Menschen asiatischer Abstammung alle gleich aussehen?", meldete sich ein weiterer zu Wort.

„Sollte ein Polizist, der mit der Öffentlichkeit kommunizieren muss, nicht besser über die Unterschiede zwischen den Kulturen und

Nationalitäten Bescheid wissen?", lautete die nächste Frage.

„Haben Sie chinesische oder japanische Beamte auf dem Revier? Wissen Sie, wer wer ist?", fragte Mark Scott frech.

Der DCC errötete. Er räusperte sich: „Ähm ... Die Polizei von Oxfordshire hat großen Respekt vor den unterschiedlichen Identitäten, und wir fühlen uns verpflichtet, die Nuancen und Unterschiede zu verstehen -"

„Nicht sehr überzeugend, wenn einer Ihrer eigenen Inspektoren meint, Japaner und Chinesen in einen Topf werfen zu können", sagte die Reporterin bissig. „Wenn das kein blanker Rassismus ist!"

Mehrere andere Journalisten nickten und kritzelten eifrig auf ihren Notizblöcken, und im Blitzlichtgewitter der Kameras war das Entsetzen im Gesicht des DCC unverkennbar.

„Hören Sie, dies ist nicht das richtige Forum für solche Themen", sagte er verzweifelt. „Diese Pressekonferenz wurde einberufen, um über die Ermittlungen zum Mord an Azalea Chu zu informieren -"

„Gibt es denn Beweise, dass sie von der Yakuza ermordet wurde? Was ist mit den Triaden? Oder sind es vielleicht die Drogenkartelle aus Lateinamerika?", fragte Scott grinsend. Er sah aus, als würde er sich köstlich amüsieren.

Der DCC räusperte sich erneut. „Ich bin sicher, dass meine Beamten dabei sind, die nötigen Beweise zusammenzutragen. Wie Sie sicher verstehen können, müssen die Einzelheiten vertraulich behandelt werden, bis wir eine Verhaftung vornehmen können -"

„Sie brauchen darauf weder Zeit noch Ressourcen zu verschwenden", meldete ich mich zu Wort. „Ich kann Ihnen sagen, wer Azalea Chu ermordet hat."

Alle sahen mich begeistert und mit erwartungsvollen Gesichtern an.

Mark Scott beugte sich vor. Er hatte große Ähnlichkeit mit einem Hund, der einen leckeren Knochen vor sich sieht. „Miss Rose, haben Sie den Fall geknackt?", fragte er.

„Nun, ich kann Ihnen sagen, wer der Mörder ist", antwortete ich. „Es ist Gillian Bennett, eine der Tutorinnen am Pendlebury College in Oxford."

„Und wo sind Ihre Beweise?", spottete Roberts und schob sich nach vorne. „Das denken Sie sich doch nur aus, weil Sie wieder damit angeben wollten, einen Fall vor der Polizei gelöst zu haben -"

„Was? Nein!" rief ich. „Ich denke mir das nicht aus! Hören Sie mir zu! Ich kann Ihnen sagen, wo Professor Bennett die Mordwaffe versteckt hat und -"

„Meine Leute werden keine Zeit mit einer sinnlosen Suche verschwenden!", knurrte Roberts. „Ich habe Gillian Bennett bereits befragt, ihr Alibi überprüft und sie von der Liste der Verdächtigen gestrichen. Sie sollten sich hüten, die Arbeit der Polizei infrage zu stellen. Professor Bennett ist ein angesehenes Mitglied der Universität Oxford und hat kein Motiv, Azalea zu ermorden, wenn Sie also keine Beweise für Ihre lächerliche Anschuldigung vorlegen können, sollten Sie besser -"

Er brach ab, als plötzlich ein Beamter aus dem Polizeirevier trat und ihm auf die Schulter tippte. Es war Devlins Sergeant, den ich gut kannte. Er zwinkerte mir heimlich zu, bevor er sich an Roberts wandte:

„Sir? Ein Anruf für Sie."

„Wie bitte? Sehen Sie nicht, dass ich mitten in einer Pressekonferenz bin, Sergeant?", fragte Roberts gereizt. „Müssen Sie mich wegen eines läppischen Anrufs unterbrechen?"

„Nun, ich denke, Sie sollten ihn annehmen, Sir." Der Sergeant hob absichtlich die Stimme, sodass sie weithin hörbar war. „Es ist einer unserer Jungs, er ruft aus dem Krankenhaus an. Er sagt, Professor Bennett habe soeben den Mord an Azalea Chu gestanden, und will wissen, was er als Nächstes tun soll."

Entzücktes Schweigen legte sich über die Menge. Roberts wurde erst blass, dann puterrot, und er öffnete und schloss den Mund, ohne dass ein Laut hervorkam.

Mark Scott rief lachend: „Hey, meinen Sie nicht auch, dass Miss Rose jetzt ein bisschen angeben kann, Inspektor?"

Der DCC schob Roberts erneut zur Seite. „Diese Pressekonferenz ist beendet", sagte er ins Mikrofon.

„Wir danken Ihnen für Ihr Kommen, meine Damen und Herren, und werden Sie selbstverständlich über neue Entwicklungen informieren.“

Ohne auf den plötzlichen Ansturm von Fragen einzugehen, wandte er der Menge den Rücken zu und herrschte Roberts grimmig an: „In mein Büro – sofort!“

Der Inspektor schlich mit gesenktem Blick ins Innere des Gebäudes. Bevor der DCC ihm folgte, drehte er sich noch einmal um und sah mich an. Ich rechnete damit, dass er mich für meine neuerliche Einmischung in die Polizeiarbeit kritisierte, doch zu meiner Überraschung betrachtete er mich mit so etwas wie Anerkennung. Es dauerte einen langen Moment, dann neigte er leicht den Kopf und der Anflug eines Lächelns umspielte seine Lippen, dann wandte er sich ab und verschwand in der Wache.

Kapitel 35

Nach der Aufregung und den dramatischen Ereignissen des Vorabends kam es mir unwirklich vor, am nächsten Morgen den Tearoom zu betreten, der genauso aussah wie eh und je mit seinen freiliegenden Holzbalken, den Sprossenfenstern und dem offenen Kamin, der denselben gemütlichen Charme ausstrahlte wie immer. Die ersten Gäste trafen ein, und als das fröhliche Stimmengewirr erklang und sich der herrliche Duft von frischem Gebäck verbreitete, genoss ich die warme, gemütliche Atmosphäre und das Gefühl, dass zumindest hier alles seinen gewohnten Gang ging.

Nein, das stimmte nicht ganz, allerdings waren es nur geringfügige Veränderungen, die jedoch große Wirkung zeigten. Wir hatten nicht nur neue

Speisekarten mit hinreißenden Fotos und verlockenden Beschreibungen unserer typischen Gerichte, sondern auch neue Teekannen mit passenden Tassen, die jetzt die Tische zierten. Außerdem richteten wir unsere Backwaren auf hübschen Tellern besonders appetitlich an, was bei unseren Gästen bestens ankam. Alle sahen gut gelaunt und zufrieden aus, wie ich voller Stolz feststellte.

Die Idee meiner Mutter, Menüs für den Nachmittagstee zusammenzustellen, erwies sich als durchschlagender Erfolg. Das „Classic Afternoon Tea"-Paket war am beliebtesten, was mich nicht überraschte. Dabei wurden traditionelle Köstlichkeiten wie Teesandwiches, kleine Kuchen, Torten und natürlich unsere berühmten Scones auf einer Etagere serviert und dazu standen zwei Sorten Tee zur Wahl. Viele Stammgäste - vor allem Leute wie Mr Prendergast, der immer allein in die Teestube kam - schätzten jedoch den neuen „Cream Tea for One" mit zwei buttrigen Scones, hausgemachter Marmelade und Clotted Cream sowie einer Kanne Tee. Der „Chocolate Lovers' Afternoon Tea" sprach besonders die Damen an, der „Champagne Afternoon Tea" war bei Gästen beliebt, die sich etwas Besonders gönnen wollten oder Anlass zum Feiern hatten. Das „Teddy Bears' Afternoon Picnic" fand gerade bei Familien mit Kindern unter zehn Jahren großen Anklang.

Es war, als sei dem Little Stables Tearoom neues

Leben eingehaucht worden, und ich freute mich darauf, mit Cassie weitere Ideen zu entwickeln und unseren Gästen eine Mischung aus Vertrautem und Neuem zu bieten. *Das ist Azaleas Vermächtnis*, dachte ich nüchtern - obwohl die geschäftstüchtige Frau es wohl kaum zu schätzen gewusst hätte, dass ihr unternehmerischer Geist in meiner kleinen Teestube weiterlebte!

Meine Gedanken wurden jäh unterbrochen, als die Tür der Teestube mit Schwung aufgestoßen wurde und Cassie hereinplatzte. Sie hatte auf dem Postamt des Dorfes, in dem es auch Lebensmittel und andere alltägliche Waren zu kaufen gab, etwas zu erledigen gehabt. Zu meiner Überraschung trug sie mehrere verschiedene Zeitungen unter dem Arm.

„Sieh dir das an, Gemma!" Sie grinste von einem Ohr zum anderen, ließ die Zeitungen vor mir auf den Tisch fallen und fächerte sie so auf, dass die Titelseiten sichtbar waren. Als ich die Schlagzeilen und die Fotos von Inspector Roberts' selbstgefälliger Miene bei der Pressekonferenz vom Vortag sah, riss ich die Augen auf.

„OXFORDSHIRE CID - HORT IGNORANTER RASSISTEN!"

„,Chinesen, Japaner ... sie sind alle gleich!', sagt ein leitender Beamter aus Oxfordshire"

„IHR ESST ALLE NUDELN UND MÖGT SOJASOSSE, NICHT WAHR?"

„Oxfordshire Police DCC entschuldigt sich für die

Äußerungen eines ranghohen Beamten.

„Wow ... Er hat wirklich in ein Wespennest gestochen."

„Ja, irgendwie glaube ich nicht, dass Roberts dieses Jahr eine Weihnachtskarte vom DCC kriegt", kicherte Cassie. „Schließlich ist das Image heutzutage alles. Unternehmen und Organisationen haben eine Höllenangst davor, nicht politisch korrekt oder nicht ‚woke' genug zu sein. Leute verlieren ihren Job, nur weil sie in grauer Vorzeit etwas Falsches in den sozialen Medien veröffentlicht haben! Also das - ", sie deutete auf die Zeitungen „- ist ein Desaster. Roberts mag sich über deine Einmischung in diverse Mordfälle beschweren, die sicher nicht ganz koscher war, doch zumindest ist für die Polizei positive Publicity dabei herausgekommen. Aber das hier ...!" Sie lächelte schadenfroh. „Oh, ich hoffe, Roberts kriegt einen ordentlichen Tritt in den Hintern. Er hat ihn verdient." Sie raffte die Zeitungen zusammen. „Dora wird staunen, wenn sie das sieht!", grinste sie und ging in die Küche.

Kaum war sie verschwunden, kündigte die Glocke über dem Eingang die Ankunft neuer Gäste an. Ich blickte überrascht auf, als ich die beiden Frauen erkannte, die hereinkamen. Es waren Magnolia und Mrs Chu, die einen kleinen Reisekoffer auf Rädern hinter sich herzog.

„Mrs Chu!", rief ich und ging auf die beiden zu. „Wie schön, Sie hier zu sehen! Möchten Sie am

Fenster sitzen oder lieber -"

„Oh nein, wir können nicht lange bleiben. Meine Mutter möchte sich nur verabschieden", sagte Magnolia. „Eigentlich wollten wir gleich zum Flughafen fahren, aber sie hat darauf bestanden, vorher hier vorbeizuschauen."

„Oh, natürlich, die Beerdigung!" Ich dachte an die traditionelle Einäscherung, die Mrs Chu für Azaleas Leiche geplant hatte. „Ich hoffe, Sie haben einen guten Flug und dass alles ... ähm ... reibungslos abläuft. Ich freue mich darauf, Sie bei Ihrer Rückkehr zu sehen -"

Mrs Chu schüttelte den Kopf. „Nein. Ich gehe zurück in mein Land", sagte sie.

„Sie kehren für immer nach Taiwan zurück?", fragte ich erstaunt.

Sie nickte, dann wurde ihre Aufmerksamkeit durch eine kleine Tigerkatze abgelenkt, die sich auf ihrem Kissen auf der Fensterbank reckte und streckte. „Müss-Lee!", rief sie erfreut und lief zu ihr.

Magnolia wartete, bis sie außer Hörweite war, dann sagte sie leise: „Meine Mutter ist nur nach Großbritannien gezogen, weil Azalea sie immer wieder gedrängt hat, nachdem mein Vater gestorben war. Aber eigentlich wollte sie Taiwan gar nicht verlassen, es war ein ziemlicher Kulturschock für sie, als sie hier ankam. Sie vermisst ihre Freunde und ihr Leben in Taiwan und hat nun beschlossen, dass sie lieber zurückgehen möchte. Sie sagt, sie sei zu alt, um ein neues Leben in einem neuen Land zu beginnen.“

„Aber ... was ist mit Ihnen und Freesia?“, fragte ich.

Magnolias Blick wurde hart. „Freesia wird es schaffen. Ihr tut es gut, auf eigenen Füßen zu stehen, sie ist sehr behütet aufgewachsen. Was mich betrifft, so bin ich mir nicht sicher, wie lange ich selbst noch in Großbritannien bleiben werde. Mein Mann und ich lassen uns scheiden.“

„Oh. Das tut mir leid“, sagte ich überrascht.

Sie zuckte mit den Schultern. „Um ehrlich zu sein, war es schon lange abzusehen. Ich habe Dax' Affären satt. Das habe ich ihm mitgeteilt, als wir an dem Abend, an dem Azalea ermordet wurde, im Restaurant waren. Und er hat mir nicht geglaubt! Der arrogante Kerl dachte, er müsse mich nur zum Essen einladen und mir teuren Schmuck schenken, und schon würde ich ihm alles verzeihen.“ Sie lachte bitter. „Sie hätten sein Gesicht sehen sollen, als ich ihm sagte, er solle Leine ziehen. Das hat ihn derart aus der Fassung gebracht, dass er behauptet hat, er müsse zurück ins Krankenhaus, nur um das Gesicht zu wahren -“

„Ach, deshalb ist er an jenem Abend wieder im Krankenhaus aufgetaucht, obwohl er gar nicht für die Nachtschicht eingeteilt war.“

„Bei Dax geht es immer um sein Ego. Deshalb ist er ständig hinter irgendwelchen Frauen her – um seine Männlichkeit zu beweisen. Aber die Sache mit Azalea hat das Fass zum Überlaufen gebracht.“

Magnolia schüttelte den Kopf, in ihrer Miene spiegelten sich Wut und Fassungslosigkeit. „Es war schon schlimm genug mit den Krankenschwestern im Krankenhaus, aber mit meiner eigenen Schwester? Ja, ich habe Azalea die Schuld gegeben, aber noch mehr Vorwürfe habe ich Dax gemacht. Er sollte *der* Mensch auf der Welt sein, der mich niemals verletzen würde, und ausgerechnet er hat mich nach allen Regeln der Kunst verraten."

„Es … es tut mir wirklich leid." Das klang lahm, aber ich wusste nicht, was ich sonst sagen sollte.

„Wissen Sie, ich war immer die vorbildliche taiwanesische Tochter: Ich habe fleißig studiert, wurde an einer der besten Universitäten der Welt angenommen, habe einen Arzt geheiratet, zwei Kinder zur Welt gebracht, war die perfekte Ehefrau und Mutter … und was hat mir das gebracht? Vielleicht hat Freesia doch recht. Vielleicht sollte man einfach seinen eigenen Träumen und Leidenschaften folgen und Pflichtbewusstsein und kulturelle Erwartungen zum Teufel jagen." Dann lachte sie zynisch, als sie meinen Gesichtsausdruck sah. „Keine Sorge – wahrscheinlich werde ich nie den Mut aufbringen, etwas wirklich Verrücktes zu tun. Wahrscheinlich werde ich einfach weiterhin das liebe Mädchen sein, das ich immer war." Sie seufzte wehmütig. „Trotzdem ist es manchmal schön, sich vorzustellen, man könnte ganz anders sein …"

Ich starrte sie mit einer Mischung aus Mitgefühl und Schuldbewusstsein an, weil ich sie des Mordes an ihrer Schwester verdächtigt hatte. Magnolia war vielleicht nicht die umgänglichste Frau, dennoch wünschte ich plötzlich, ich hätte mehr Zeit gehabt, sie besser kennenzulernen. Trotz unseres unterschiedlichen kulturellen Hintergrunds hatten wir eine Menge gemeinsam. Ich wusste nur zu gut, wie schwierig es sein konnte, den Spagat zwischen gesellschaftlichen Erwartungen und persönlichen Neigungen zu bewältigen.

Mrs Chu kam mit Müsli auf dem Arm wieder zu uns. Sie setzte die Katze zu unseren Füßen ab und sagte zu mir: „Jem-Ma, ich habe taiwanesische Wurst für Müss-Lee. Geben Sie sie ihr, wenn ich weg bin?"

„Oh … äh, sicher." Amüsiert sah ich zu, wie sie eifrig in ihrem Koffer kramte und ein kleines Bündel herausholte, das sie mir in die Hand drückte. Ein rauchiger, süßlicher Duft stieg aus dem Päckchen auf, und Müslis Näschen zuckte erwartungsvoll.

„*Miau!*", gab sie aufgeregt von sich.

Mrs Chu gab der Tigerkatze einen letzten Klaps und lächelte liebevoll. „Ich vermisse Müss-Lee. Aber ich gehe nach Taiwan. Meine eigene Katze wartet."

„Sie werden meiner Mutter sehr fehlen", sagte ich und dachte an all die plüschigen rosa Hausschuhe im Haus meiner Eltern.

Mrs Chu lächelte. „Ja, ich vermisse auch Mrs Rose. Ich bin froh, nach England zu kommen und gute Freunde zu finden." Sie strahlte. „Aber ich sage Ihrer Mutter: Sie müssen mich eines Tages in Taiwan besuchen! Sie auch!" Sie drückte meine Hände. „Danke, Jem-Ma. Sie sind mir eine große Hilfe bei der Polizei."

„Oh nein, ich … nichts zu danken", antwortete ich unbeholfen. „Ich … es tut mir wirklich wieder leid … wegen Azalea … und überhaupt …"

Sie schenkte mir ein trauriges Lächeln. „In Taiwan glauben wir, dies ist das Leben, das passiert. Ich glaube, in England ist ‚Schicksal'?"

„Ja, Schicksal", bestätigte ich.

Sie nickte. „Es gibt altes chinesisches Sprichwort: ‚Du kannst dein Schicksal nicht ändern, du kannst nur deine Einstellung ändern' – also muss man Leben akzeptieren und so gut weitermachen, wie man kann."

„Das ist ein sehr weiser Spruch. Den werde ich mir merken", sagte ich und erwiderte ihren Händedruck.

„Ich sage Auf Wiedersehen." Dann überraschte Mrs Chu mich, indem sie sich plötzlich vorbeugte und mir einen leichten Kuss auf jede Wange hauchte. Mit einem Augenzwinkern meinte sie: „Mrs Rose hat mir die englische Art beigebracht: Kuss-Kuss … so?"

Ich lachte. „Ja, das ist richtig. Meine Mutter wäre stolz auf Sie."

Mrs Chu packte den Griff ihres Koffers, doch er klemmte und der Koffer kippte zur Seite, als sie versuchte, daran zu ziehen.

„Warten Sie!", rief ich, denn ich hatte eine

verdächtig aussehende Ausbuchtung unter dem Kofferdeckel gesehen. Bei näherem Hinsehen zeigte sich, dass Mrs Chu den Reißverschluss des Koffers nicht richtig zugezogen hatte, als sie ihr Wurstbündel herausholte. Als ich ihn nun aufzog und den Deckel anhob, kam ein kleiner pelziger Kopf zum Vorschein.

„Müsli! Was machst du denn in Mrs Chus Koffer?"

„*Miiiiaauu!*", lautete die freche Antwort.

„Ich glaube, sie will mit mir nach Taiwan", lachte Mrs Chu.

„Hmm ... ich hätte fast Lust, Ihnen das kleine Biest zu überlassen", murmelte ich finster.

Glücklicherweise ließ sich Müsli widerstandslos herausholen, sodass wir den Reißverschluss zuziehen konnten. Ich wünschte Mrs Chu eine gute Reise, begleitete Mutter und Tochter mit der Katze auf dem Arm vor die Teestube und sah ihnen nach, als sie die Dorfstraße hinuntergingen.

„*Miau?*" Müsli rieb ihren Kopf an meinem Kinn.

„Oh nein, komm mir nicht so! Schmeicheleien helfen dir nicht weiter. Ich habe genau gesehen, was du getan hast – du korruptes Vieh! Es stimmt, was man über Katzen sagt: Ihnen ist jeder Schoß recht."

Kapitel 36

Als ich am Abend nach Hause kam, war ich müde, aber es war eine gute Art von Müdigkeit. Wir hatten einen zufriedenstellenden Arbeitstag hinter uns, die Geschäfte im Little Stables Tearoom florierten wieder und wir schienen viele neue Gästen anzuziehen. Ich war erleichtert und froh und voller Hoffnung und Zuversicht. Die einzige dunkle Wolke am Horizont war die Kluft, die sich zwischen Devlin und mir aufgetan hatte. Aber er wollte an diesem Abend nach der Arbeit zu mir kommen, und ich war mir sicher, dass wir alle Unstimmigkeiten aus dem Weg räumen konnten.

Ich beeilte mich, eine hübsche Bluse und Jeans anzuziehen, mir die Haare zu bürsten und trug ein wenig Gloss auf meine Lippen auf. Wir hatten zwar kein romantisches Abendessen geplant, doch es konnte nie schaden, sich von seiner besten Seite zu zeigen - oder zumindest so gut, wie es unter den gegebenen Umständen möglich war. Ich überlegte gerade, ob ich noch ein paar Snacks zubereiten sollte, als es an der Tür klingelte.

„Hi!" Ich lächelte zu Devlin hoch und wartete darauf, dass er mich in die Arme schloss.

Stattdessen zögerte er, beugte sich dann vor und gab mir einen flüchtigen Kuss auf die Wange. „Hi, Gemma", sagte er mit müder Stimme.

Ich runzelte die Stirn, versuchte aber, nicht allzu viel in seine Zurückhaltung hineinzulesen. „Langer Tag?", fragte ich mitfühlend.

„Ja, der Fall in Blackbird Leys ist ein Brocken ... aber wenigstens ist jetzt ein Ende in Sicht. Wir brauchen nur noch ein weiteres Beweisstück, dann kann Anklage erhoben werden."

Er wurde von einem kleinen Pelzknäuel unterbrochen, das auf ihn zustürmte und sich begeistert an seinen Beinen rieb. Müsli hatte bereits bei ihrer ersten Begegnung mit Devlin beschlossen, dass Devlin ihr liebster Mensch auf der Welt war. Jedes Mal, wenn sie ihn sah, machte sie vor Entzücken wahre Freudensprünge, und als Devlin sich jetzt bückte, um sie auf den Arm zu nehmen, klang ihr Schnurren wie der Motor eines Formel-1-Rennwagens, der für eine Runde auf der Rennstrecke hochgejagt wurde.

Eine Weile streichelte er sie wortlos, dann sah er

mich an. „Ich habe gehört, was du zur Lösung des Azalea-Chu-Falls beigetragen hast", sagte er mit unverbindlicher Stimme. „Glückwunsch."

Ich schaute ihn unsicher an. Seine höfliche, distanzierte Art machte mich allmählich nervös. „Danke. Ich bin nur froh, dass letzten Endes niemand lebensgefährlich verletzt wurde. Ich meine, Gillian Bennett wird vor Gericht gestellt, aber ich frage mich, ob man vielleicht Milde walten lässt, wenn man ihre Beweggründe in Betracht zieht und die Tatsache, dass sie Freesia möglicherweise das Leben gerettet hat."

Als Devlin nicht antwortete, entstand eine peinliche Pause. „Und du bist sicher, dass du bei dem Unfall keine Blessuren davongetragen hast?", fragte er schließlich.

„Nein, mir geht es prima. Ich war ein gutes Stück von der Fahrbahn entfernt. Wenn jemand die Folgen der Ereignisse des gestrigen Abends zu spüren bekommt, dann ist es Inspector Roberts. Hast du heute die Zeitungen gelesen?"

„Ja", sagte Devlin knapp, setzte Müsli auf den Küchenboden und lehnte sich mit verschränkten Armen an den Türpfosten. „Das ganze Revier redet über nichts anderes. Roberts glänzte heute durch Abwesenheit, sein Schreibtisch war leer geräumt. Der DCC hat mir mitgeteilt, er sei ‚vorübergehend beurlaubt', während er an einem kulturellen Umerziehungsprogramm teilnimmt."

„Wirklich?" Ich lachte, doch dann stockte mir der

Atem. „Moment mal – du hast mit dem DCC gesprochen? Wie ist es ausgegangen?" Ich sah ihn besorgt an. „Hat er ... du bist hoffentlich nicht suspendiert worden, oder?"

„Nein. Der DCC sagte mir, dass er angesichts der jüngsten Ereignisse geneigt ist, Roberts' Vorwürfe gegen mich zu ignorieren. Allerdings ..." Devlin warf mir einen tadelnden Blick zu. „Er hat mich ermahnt, ‚die vorgeschriebenen Grenzen bei Kontakten mit der Öffentlichkeit einzuhalten, insbesondere im Hinblick auf die Weitergabe vertraulicher polizeilicher Informationen'."

„Oh." Ich schlug entschlossen einen munteren Ton an: „Aber wenigstens hat man dich nicht vom Dienst suspendiert! Und wenn Roberts weg ist, wird sich hoffentlich alles in Wohlgefallen auflösen und deiner Beförderung steht nichts mehr im Weg."

Devlin seufzte. „So einfach ist das nicht, Gemma. Es gibt wahrscheinlich keine offizielle Untersuchung, aber das heißt nicht, dass alles vergeben und vergessen ist. Der DCC hat sehr deutlich gemacht, dass es ernsthafte Zweifel an meiner Eignung für eine Beförderung gibt."

Ich schluckte. „Wenn alles in Betracht gezogen wird, was du geleistet hast, wird sicher deutlich, dass du eine Beförderung unbedingt verdient hast."

Devlin antwortete nicht. Stattdessen warf er einen Blick auf seine Uhr. „Ich muss jetzt gehen. Ich treffe mich mit einem Informanten, über den wir hoffentlich an wichtige Beweise in dem Blackbird-

Leys-Mord kommen."

Ich versuchte, meine Enttäuschung zu verbergen. „Meinst du, dass der Fall bis nächste Woche abgeschlossen ist?"

„Das hoffe ich doch sehr." Devlin fuhr sich mit der Hand übers Gesicht und durch das dunkle Haar. Mir fiel auf, dass er sich rasieren musste und seine Augen leicht gerötet waren.

„Du siehst erschöpft aus", sagte ich. „Warum nimmst du nächste Woche nicht ein paar Tage frei? Niemand kann erwarten, dass du in diesem Tempo weiterarbeitest; jeder braucht mal eine Pause. Mit Burn-out nützt du niemandem."

Devlin massierte sich müde den Nacken. „Eigentlich hat der DCC mir befohlen, nach Abschluss des Falles eine Auszeit zu nehmen, und der Chef war der gleichen Meinung."

„Oh, das ist großartig!", rief ich. „Ich nehme mir auch ein paar Tage frei, und dann können wir vielleicht einen Kurzurlaub machen? Wie wäre es mit einem Wochenendtrip nach Rom? Ich habe neulich ein paar tolle Angebote im Internet gesehen. Oder, wenn du in der Nähe bleiben willst, können wir auch einfach ein Cottage in den Cotswolds mieten und -"

„Gemma ..." Devlin unterbrach mich. „Während der letzten Beschattungsaktionen hatte ich viel Zeit nachzudenken." Er wich meinem Blick aus. „Ich ... nun, ich dachte, es wäre vielleicht gut, wenn wir etwas Zeit voneinander getrennt verbringen."

Ich erstarrte. „Was meinst du?"

Devlin holte tief Luft. „Ich denke ... wir sollten eine Pause einlegen."

Ich starrte ihn an. „Heißt das, wir sollten uns trennen?"

„Nein - ich meine, in gewisser Weise schon, aber nicht ... Hör zu, ich finde, wir brauchen etwas Abstand und Zeit ... Dann haben wir die Chance, zu überlegen, was wir wirklich wollen und was uns wichtig ist ..."

„Du bist immer noch wütend wegen der ganzen Sache mit Roberts, nicht wahr?", sagte ich vorwurfsvoll. „Du bestrafst mich, weil ich mich in die Ermittlungen eingemischt habe -"

„Nein, das ist nicht ..." Devlin holte tief Luft. „Okay, ich gebe zu, ich war wütend, dass du dich nicht von dem Azalea-Chu-Fall ferngehalten hast, obwohl ich dich darum gebeten habe. Ich weiß, dass es von deiner Seite keine Absicht war", sagte er und hob eine Hand, als ich zu protestieren begann. „Trotzdem hätte mich dein Verhalten fast meinen Job gekostet, Gemma! Und es könnte mich immer noch meine Beförderung kosten." Er schüttelte seufzend den Kopf. „Du kannst einfach nicht wegsehen, wenn jemand in Schwierigkeiten ist. Du kannst nicht anders - du scheinst immer mehr oder weniger wider Willen hineingezogen zu werden. So bist du eben, und mir ist jetzt klar, dass du dich nie ändern wirst ... aber ich weiß nicht, ob ich damit leben kann ... Es geht nicht nur um mich", fuhr er sanft fort. „Es geht auch um dich. Du musst entscheiden, ob du mit jemandem zusammen sein kannst, für den die Arbeit normalerweise an erster Stelle steht, der oft die Bedürfnisse völlig fremder Menschen über deine stellen muss und der nicht die meiste Zeit mit dir verbringt und all das tut, was man von einem Freund erwartet."

Ich starrte Devlin an und hatte das Gefühl, plötzlich einen Fremden vor mir zu haben. Wie konnte er diese Dinge sagen? Wie konnte er uns das antun? Der Schmerz brach über mich herein wie die Flutwelle, die jeder Surfer insgeheim fürchtet und die nur in vollständiger Vernichtung enden konnte. Ich wollte schreien, kreischen, mit den Fäusten gegen seine Brust trommeln, aber irgendetwas - vielleicht war es Stolz? - hielt mich zurück. Ich wollte ihm nicht zeigen, dass ich am Boden zerstört war.

Die stets kontrollierte, großbürgerliche Erziehung, die ich genossen hatte, war nicht ohne Spuren geblieben. Ich straffte die Schultern, setzte eine ausdruckslose Miene auf und sagte mit einer Stimme, die nur ein wenig wackelte: „Gut, machen wir eine Pause."

Devlin wirkte überrascht, als hätte er mit einer heftigeren Reaktion gerechnet, doch als ich beharrlich schwieg, gab er Müsli einen kleinen Klaps und wandte sich zum Gehen. An der Tür drehte er sich noch einmal um. Beinahe wäre ich schwach geworden und zu ihm gelaufen, doch ich biss die Zähne zusammen und blieb hart.

„Wenn es irgendetwas gibt ... wenn du Hilfe

brauchst ... du weißt, dass du mich immer anrufen kannst. Jederzeit", meinte er unbeholfen.

Ich nickte stumm.

Er zögerte. „Pass auf dich auf, Gemma."

Dann war er weg. Ich starrte wie betäubt auf die Tür, die er hinter sich zugezogen hatte. Meine Gefühle wirbelten wild durcheinander. Mir war übel, ich fühlte mich verraten, ich war wütend und niedergeschmettert und verwirrt - und ein Dutzend anderer Dinge, die ich nicht benennen konnte.

„*Miau?*" Müsli musterte traurig die Haustür.

Dann drehte sie sich um und kam zu mir. Erst dachte ich, sie wollte gefüttert oder gestreichelt werden, doch zu meiner Überraschung setzte sie sich einfach vor mich hin und kringelte ihren Schwanz ordentlich um ihre Pfoten. Sie sah mich nicht an und versuchte auch nicht, sich an mich zu schmiegen, und dennoch drückte ihr Verhalten ein Mitgefühl aus, das mich rührte.

Ich wollte sie gerade streicheln, als es an der Haustür klingelte. Mein Herz machte einen Satz – konnte es Devlin sein, der mir sagen wollte, dass er einen schrecklichen Fehler gemacht hatte? Ich brauchte einen Moment, um mich zu sammeln und eine unbeteiligte Miene aufzusetzen, bevor ich öffnete.

„Hallo, Liebes, wie schön, dass du zu Hause bist. Ich hatte schon überlegt, ob du vielleicht mit Cassie und Seth in einem Pub bist ..."

Meine Mutter wehte auf einer Wolke aus teurem

Parfüm herein. Auf den Armen trug sie einige Pakete, die sie mit theatralischer Geste auf meinem Esstisch abstellte, wie der Moderator einer Spielshow, der die Hauptpreise präsentiert.

„Die Sachen, die ich für dich bestellt habe, sind angekommen, daher dachte ich, ich bringe sie dir gleich vorbei", strahlte sie.

„Oh … ähm … danke, Mutter." Die wilde Hoffnung, Devlin könne es sich anders überlegt haben, zerplatzte wie eine Seifenblase. Stattdessen sah ich mich einer Flut pinkfarbener Knieschoner gegenüber, die meinen Esstisch überschwemmten. „Ich … ich dachte, du hättest nur ein Paar Knieschoner bestellt?"

„Oh, die waren so günstig, Schatz, und außerdem konnte man acht Paar zum Preis von fünf bekommen, ein echtes Schnäppchen", sagte meine Mutter begeistert. „Ich dachte, Cassie und Dora könnten auch welche gebrauchen. Bei der Arbeit werden sie euch sicher gute Dienste leisten."

„Es ist eine Teestube, keine Eissporthalle", erwiderte ich gereizt. „Und unsere Gäste haben selten einen Eishockeyschläger dabei."

Wie üblich achtete meine Mutter nicht auf mich. Stattdessen bemerkte sie: „Ich habe eben einen schwarzen Sportwagen aus der Sackgasse fahren sehen – er sah aus wie Devlins Auto. Habe ich ihn gerade verpasst?"

„Ja", murmelte ich.

„Oh, wie schade! Ich wollte ihn fragen, ob er auch

ein Paar Knieschoner haben möchte. Wann siehst du ihn das nächste Mal?"

Ich wollte sie schon mit einer hastig zusammengezimmerten Ausrede abspeisen, doch zu meiner eigenen Überraschung platzte ich heraus: „Mutter ... Devlin sagt, er will eine Pause!"

„Eine Pause? Eine Pause wovon, Liebling?", fragte meine Mutter verwirrt.

„Von uns. Von unserer Beziehung", erklärte ich kläglich. „Er will, dass wir uns für eine Weile trennen."

Und dann erzählte ich ihr alles von Anfang an und verspürte dabei ein seltsam tröstliches Gefühl. Natürlich war mir klar, dass ich kein kleines Mädchen mehr war. Die Zeit, in der ich zu meiner Mutter laufen konnte, in der Gewissheit, dass sie alles in Ordnung bringen würde, was in meinem Leben falsch lief, war längst vorbei. Trotzdem war es schön, sich an ihrer Schulter ausweinen zu können - zumindest im übertragenen Sinne. Meine Mutter wäre entsetzt gewesen, wenn ich intensive Emotion gezeigt oder - Gott bewahre! – tatsächlich Tränen vergossen hätte.

„Also wirklich, Liebling, wenn der dumme Junge dich nicht zu schätzen weiß, dann hat er Pech gehabt", sagte sie schließlich, als ich geendet hatte.

„Wie kannst du das nur sagen?", fragte ich entgeistert. „Es ist ... Ich habe mir meine Zukunft immer mit Devlin vorgestellt. Was soll ich ohne ihn nur tun -"

„Unsinn", meinte meine Mutter energisch. „Du wirst schon zurechtkommen. Vergiss nicht, eine Frau braucht einen Mann wie ein Krake einen Föhn."

„Äh ... ich glaube, du meinst, wie ein Fisch ein Fahrrad braucht."

„Red keinen Unfug, Liebling, Fische brauchen keine Fahrräder."

„Genau das ist der Punkt, Mutter. Das ursprüngliche Sprichwort - ach, vergiss es." Ich verdrehte die Augen.

„Und überhaupt – andere Mütter haben auch schöne Söhne", fuhr meine Mutter munter fort. „Dabei fällt mir ein, dass Helen Green deinen Vater und mich am Sonntag zum Lunch mit ihrer Familie und ein paar anderen Freunden eingeladen hat. Warum kommst du nicht mit? Es bringt dich auf andere Gedanken."

Ich beäugte sie misstrauisch. „Mutter ...", sagte ich warnend, „du wirst doch nicht wieder versuchen, mich mit Lincoln Green zu verkuppeln, oder?"

„Natürlich nicht, mein Schatz. Ich habe akzeptiert, dass du dich für Devlin entschieden hast, und nachdem ich ihn jetzt besser kennengelernt habe, halte ich ihn für einen sehr netten Jungen. Aber er ist nicht der einzige nette Junge auf der Welt, weißt du", setzte sie hinzu.

„Für mich schon."

Sie schnalzte missbilligend mit der Zunge, dann sagte sie fröhlich: „Weißt du, was du brauchst, Liebling? Eine schöne Tasse Tee. Mach es dir gemütlich, während ich das Wasser aufsetze ..." Ihre Stimme wurde leiser, als sie in die Küche eilte.

Ich ließ mich seufzend auf dem Sofa nieder. Meine Mutter ging mir oft genug auf die Nerven, doch im Moment war ich froh, dass sie hier war. Mit meinen trüben Gedanken alleingelassen zu werden, erschien mir unerträglich.

Aus der Küche ertönte das Pfeifen des Wasserkessels, aber da war noch ein anderes Geräusch, das ich nicht einordnen konnte. Als ich mich umsah, bemerkte ich Müsli, die etwas im Maul hatte und zu mir gelaufen kam.

Als sie neben mir auf dem Sofa landete, erkannte ich, dass es sich um ein Wurststück handelte. Das kleine Biest hatte offensichtlich beschlossen, das Päckchen aufzureißen, das Mrs Chu mir für sie mitgegeben hatte, und sich etwas von der taiwanesischen Leckerei zu nehmen! Doch sie hatte das saftige Stückchen Fleisch nicht gefressen, sondern legte es mir nun vorsichtig in den Schoß. Dann sah sie mich mit großen grünen Augen an und rieb ihr Kinn an meiner Hand.

Plötzlich begriff ich. Ich hatte gelesen, dass eine tote Maus oder ein anderes Beutetier, das eine Katze einem bringt, als Liebesgabe gemeint ist. Dies war Müslis Art, Mitgefühl und Trost zu spenden.

„Danke, Müsli", sagte ich und musste trotz aller Trauer lächeln.

Es war zwar keine Maus und auch kein anderes Nagetier, doch wenn man bedachte, wie sehr Müsli

die köstlichen Häppchen von Mrs Chu schätzte, war
das Wurststück ein großzügiges Geschenk, mit dem
sie mir ihre Zuneigung und ihre Anteilnahme zeigte!

Epilog

„Ich glaube, deine Mutter hat recht", sagte Cassie. „Wenn Devlin dich nicht so zu schätzen weiß, wie du bist, dann soll er gucken, wo er bleibt! Du brauchst diesen Idioten nicht. Schließlich bist du acht Jahre lang sehr gut ohne ihn ausgekommen, als du in Australien warst, nicht wahr? Und wenn du nicht nach Oxford zurückgekehrt wärst und dieser Amerikaner nicht in der Teestube ermordet worden wäre, dann hättest du ihn vielleicht nie wiedergesehen - und wärst trotzdem glücklich gewesen! Gut, du bist zurückgekehrt und Devlin ist ebenfalls hier, aber das bedeutet nicht, dass du ihn in deinem Leben brauchst. Mit der Teestube und Müsli und deiner Mutter und den Silberlocken hast du alle Hände voll zu tun -"

„Cass!" Ich legte ihr eine Hand auf den Arm, um sie zu beruhigen.

„Nein, nein - eigentlich sollte Devlin verdammt dankbar sein, dass er dich in seinem Leben hat", fuhr Cassie unbeirrt fort. Sie wurde mit jedem Wort wütender. „Und er sollte verdammt froh sein, dass du ihm bei so vielen Fällen geholfen hast! Die gesamte Polizei von Oxfordshire sollte dir auf Knien danken! Du hast ihr traumhafte Aufklärungsquoten beschert und dafür gesorgt, dass sie in der Öffentlichkeit blendend dasteht, und man sollte dich zum Ehrenmitglied der Kripo machen -"

„Oh, Cass!" Ich musste lachen, obwohl mir eigentlich nicht zum Lachen zumute war. „Du weißt, dass das Unsinn ist. Außerdem ist mir die Polizei egal. Es ist mir auch egal, ob man meine Bemühungen zu schätzen weiß oder nicht. Mir geht es nicht um die Polizei, mir geht es um Devlin."

„Mag sein, aber dass sich Devlin wie ein Idiot benimmt, hat auch mit der Polizei zu tun, nicht wahr?", erwiderte Cassie. „Ich kann es immer noch nicht fassen, dass er ‚eine Pause' will! Wie kommt er nur auf so eine dumme Idee? Am liebsten würde ich ihn mir vorknöpfen und ihm sagen, was -"

„Nein!", rief ich entsetzt. „Nein, nicht - bitte, Cassie. Ich weiß, du meinst es gut, aber ... das ist eine Sache zwischen Devlin und mir. Das können wir nur allein klären."

Cassie betrachtete mich einen Moment lang schweigend, dann nahm sie mich fest in den Arm. „In

Ordnung. Aber du weißt, dass ich immer für dich da bin. Egal wann."

„Ich weiß." Ich drückte sie an mich, ihr Beschützerinstinkt und ihre Loyalität bedeuteten mir sehr viel. „Danke, Cassie."

Es war noch früh am Morgen, bisher waren nur wenige Touristen in Meadowford-on-Smythe aufgetaucht. Die High Street war um diese Zeit normalerweise ziemlich leer und so waren wir überrascht, als wir nicht weit von der Teestube entfernt eine kleine Menschenmenge sahen.

„Was ist da los?", murmelte Cassie.

„Komm, wir sehen es uns an", sagte ich und zog sie hinaus auf die Straße.

In der Nacht hatte es geregnet und laut Wetterbericht drohten im Laufe des Tages weitere Regengüsse. Auf dem Bürgersteig hatten sich Pfützen gebildet, denen Cassie und ich geschickt auswichen, während wir auf die Gruppe zuliefen. Als wir ankamen, sahen wir, wie mehrere Dorfbewohner einer erschrocken wirkenden Frau auf die Beine halfen. Neben ihr drängten sich vier vertraute Gestalten in Regenmänteln und mit durchsichtigen Regenhauben auf dem weißen Haar: die Silberlocken.

„... eine absolute Schande, dass so etwas am helllichten Tag auf der Hauptstraße des Dorfes passiert", sagte Mabel empört. „Aber keine Sorge, ich habe bereits die Kripo von Oxfordshire angerufen und verlangt, dass man sofort den besten Mann schickt."

„Sie brauchen jetzt eine schöne Tasse Tee, dann geht es Ihnen gleich besser", sagte Florence freundlich. „Glücklicherweise ist der Little Stables Tearoom ganz in der Nähe. Eine Tasse Tee und einer von Gemmas wunderbaren Scones und dann sieht die Welt schon wieder freundlicher aus."

„Ah, Gemma, meine Liebe - perfektes Timing", rief Glenda, als sie mich sah. „Wir wollten gerade die arme Mrs Murchison zu dir bringen. Sie ist erst heute Morgen in Meadowford angekommen, um ihre Schwester zu besuchen, und jetzt hat ihr wahrhaftig so ein junger Rüpel die Tasche entrissen!"

„Das muss ein furchtbarer Schock gewesen sein." Ethel sah die Frau mitfühlend an. „Es war wirklich sehr mutig von Ihnen, sich zu wehren. Schade, dass er Ihre Handtasche trotzdem geschnappt hat."

„Keine Sorge", sagte Mabel entschlossen. „Sobald die Polizei eintrifft, werde ich sie informieren, wie sie diesen jungen Rowdy schnappen kann, und Sie bekommen Ihre Tasche im Handumdrehen zurück."

„Danke!" Die Frau wirkte ein wenig überfordert, ließ sich von den Silberlocken jedoch bereitwillig zu meiner Teestube bringen.

Ein paar Minuten später saß sie an dem schweren Eichentisch am Fenster. Ethel, Florence und Glenda wieselten eifrig um sie herum, während Mabel Cassie erklärte, wie man die perfekte Tasse Tee zubereitet: „... und achte darauf, dass du die Teeblätter genau fünf Minuten lang ziehen lässt, nicht mehr und nicht weniger", mahnte sie. „Aber nicht umrühren oder die Teeblätter zerdrücken! Sie müssen in aller Ruhe ziehen. Dann gießt du den Tee in eine Tasse, fügst einen guten Schluck Milch hinzu - und Zucker. Sechs Teelöffel."

„Sechs?", wiederholte Cassie ungläubig. „Sind Sie sicher?"

„Sechs Teelöffel", beharrte Mabel. „Nach einem traumatischen Erlebnis braucht man einen starken, süßen Tee. Dieses Rezept stammt von meiner Mutter und es hat seine Wirkung noch nie verfehlt. Ein, zwei Tassen und man wird ruhig und gelassen."

„Ein, zwei Tassen und man bekommt Diabetes", murmelte Cassie.

„Was hast du gesagt?", fragte Mabel. „Soll ich dir zeigen, wie man den Tee zubereitet?"

„Äh, nein, nein! Wir schaffen das schon; wir machen es genau so, wie Sie sagen!" Ich packte Cassie am Arm und zog sie quer durch den Gastraum zur Küche.

Dass Mabel in Doras Hoheitsgebiet vordrang und höchstpersönlich das Teekochen überwachte, war das Letzte, was wir brauchen konnten. Wenn zwei willensstarke Frauen wie Mabel und Dora aufeinanderstießen, ging man am besten in Deckung. Ich goss jedoch gerade das kochende Wasser aus dem Kessel in die Teekanne, als im Gastraum laute Stimmen ertönten.

„Lieber Himmel, was ist jetzt schon wieder los?" Ich stellte seufzend den Kessel ab und ging nachsehen.

Die Silberlocken standen am Fenster, die Nasen an die Scheibe gepresst, und behielten die Straße im Blick. Vor der Teestube hielt gerade ein Auto.

„Die Polizei ist da!", sagte Glenda aufgeregt. „Oh, ich hoffe, sie haben einen eleganten jungen Wachtmeister geschickt ...“

Die Tür der Teestube schwang mit fröhlichem Glockengeläut auf, und ein junger Mann steckte nervös seinen Kopf herein. Er sah sich im leeren Gastraum um, dann riss er die Augen auf, als er die Silberlocken am Fenster entdeckte.

„Aha!", rief Mabel. „Wenn das nicht unser junger Lieblingsdetektiv ist!“

„Oh, ist das der junge Mann mit dem gesunden Schniedel?“, fragte Ethel, nahm ihre Brille heraus und musterte ihn eindringlich.

„Ich dachte, er ist der mit den empfindsamen Händen?“, fragte Florence stirnrunzelnd.

„Nein, nein, meine Liebe, dein Gedächtnis ist auch nicht mehr das, was es mal war", schimpfte Glenda. „Er war der Spanier.“ Sie überlegte. „Oder?“

„Hauptsache, er ist ein guter Polizist", erklärte Mabel und marschierte auf ihn zu.

Der junge Constable schluckte so heftig, dass sein Adamsapfel wild auf- und abhüpfte. Je näher die Silberlocken kamen, desto bleicher wurde er. Er machte kehrt, stürzte zur Tür, stolperte auf der Schwelle jedoch über Müsli, die sich ausgerechnet dort die Schnurrhaare putzte. Sie sprang fauchend zur Seite, bevor er ihr auf den Schwanz trat, und stimmte dann ein herzzerreißendes Gejammer an.

„*Miauu!*", beschwerte sie sich. „*MIIIIAAAU!*"

„Geh und rette den armen Kerl, bevor er zusätzlich zu seiner Alte-Damen-Phobie eine Katzenphobie entwickelt", kicherte Cassie neben mir.

Ich war selbst überrascht, dass ich ihr lachend beipflichtete und plötzlich feststellte, dass ich Devlin und meine Verwirrung und Trauer für einige Augenblicke völlig vergessen hatte.

Vielleicht hatte Cassie recht; vielleicht war die Antwort ganz einfach: Ich musste mich ablenken ... und solange Müsli und die Silberlocken in der Nähe waren, würde es mir an Ablenkung sicher nicht mangeln!

Rezept für Tee Eier

Tee-Eier stammen ursprünglich aus China und sind in chinesischen Vierteln oder Ansiedlungen in ganz Asien zu einem beliebten Snack geworden, der oft von Straßenhändlern und auf Nachtmärkten verkauft wird. Besonders gern isst man sie in Taiwan, wo sie aus den Lebensmittelgeschäften nicht wegzudenken sind (man schätzt, dass jährlich über 40 Millionen Tee-Eier verkauft werden!).

Sie sind köstlich, preiswert und gesund, und obwohl die Zubereitung etwas Zeit in Anspruch nimmt, lassen sie sich sehr einfach zu Hause herstellen. Im Grunde handelt es sich um hartgekochte Eier, die mitsamt ihrer Schale in einer Marinade aus duftendem Tee, Sojasoße und verschiedenen Gewürzen eingelegt werden. Das Wichtigste ist, die Eierschalen vor dem Einlegen in die Marinade leicht aufzuschlagen, damit der Sud aus Tee und Gewürzen durch die feinen Risse eindringen kann. Wenn man die Eier später pellt, weisen sie eine schöne Marmorierung auf und haben den subtilen Geschmack des Tees und der Gewürze angenommen.

<u>ZUTATEN</u>

- 12 Eier (am besten mittelgroße)
- 2 Esslöffel „normale" Sojasoße
- 2 Esslöffel dunkle Sojasoße (Sie können sie durch normale Sojasoße ersetzen, wenn Sie keine dunkle finden)
- 2 Teelöffel Zucker
- 1 Teelöffel Salz
- 2 Esslöffel (oder 2 Beutel) schwarzer Teeblätter (idealerweise ein gerösteter /fermentierter chinesischer Tee, z.B. Oolong-Tee)

Wichtige Gewürze:
- 1 Zimtstange
- 2-3 Sternanisschoten (je nach Größe)

Optionale Gewürze:
(Diese Gewürze sind nicht unbedingt erforderlich, verleihen dem Geschmack jedoch mehr Tiefe. Alternativ können Sie auch einen halben Teelöffel chinesisches Fünf-Gewürze-Pulver verwenden, das in den meisten Supermärkten erhältlich ist, obwohl frische Gewürze in der Regel besser sind.)
- 2 Lorbeerblätter
- 4 ganze Nelken (keine gemahlenen Nelken)
- 1/2 Teelöffel Fenchelsamen
- 1/2 Teelöffel Szechuan-Pfefferkörner

HINWEIS: Szechuan-Pfefferkörner erzeugen das charakteristische Kribbeln auf der Zunge, das ein wenig gewöhnungsbedürftig sein kann! Sie können stattdessen rote oder schwarze Pfefferkörner verwenden, deren Geschmack milder ist.

Weitere optionale Gewürze, die Sie vielleicht ausprobieren möchten:

- 2-4 schwarze Kardamomkapseln (keine grünen)
- 1-2 Stück getrocknete Orangenschalen
- Frischer Ingwer

ZUBEREITUNG

1) Geben Sie die Eier in einen Topf mit so viel Wasser, dass sie vollständig bedeckt sind. Bringen Sie das Wasser zum Kochen. Reduzieren Sie die Hitze auf mittlere Stufe, damit das Wasser nicht zu stark sprudelt (auf diese Weise wird verhindert, dass das Eiweiß hart und gummiartig wird). Traditionell werden Tee-Eier hartgekocht (10 Min.), aber wenn Sie lieber Eier mit weicherem/flüssigerem Eigelb möchten, nehmen Sie eine kürzere Kochzeit (z. B. 7 Min. für mittelhart, 5 Min. für weichgekochte Eier).

2) Nehmen Sie die Eier heraus und lassen Sie sie abkühlen (Sie können sie auch in Eiswasser legen).

3) Nehmen Sie nacheinander jedes Ei in die Hand und klopfen Sie rundum vorsichtig mit der

Rückseite eines Löffels, um die Schale überall aufzubrechen. Idealerweise sollten die Risse gleichmäßig über die gesamte Oberfläche verteilt sein. Es ist nicht schlimm, wenn sich Stücke der Schale lösen und kleine Lücken entstehen, aber achten Sie darauf, dass Sie nicht so hart mit dem Löffel schlagen, dass große Teile abplatzen.

4) Geben Sie die Eier zusammen mit den Teeblättern, der Sojasoße und den Gewürzen in einen kleinen Topf. Fügen Sie Wasser hinzu, bis die Eier vollständig bedeckt sind.

5) Bringen Sie die Mischung zum Kochen, dann reduzieren Sie die Hitze und lassen die Eier etwa 20 Minuten lang köcheln.

6) Schalten Sie den Herd aus und lassen Sie die Eier vor dem Verzehr noch mindestens ein paar Stunden in der Marinade ziehen. Idealerweise sollten Sie sie über Nacht einlegen, denn je länger sie in der Marinade liegen, desto intensiver wird der Geschmack. Sie können die Eier mitsamt der Marinade nach dem Abkühlen in den Kühlschrank stellen und über Nacht ziehen lassen, dann vor dem Servieren am nächsten Tag noch einmal leicht aufkochen.

7) Nehmen Sie die Eier aus der Marinade und pellen Sie sie, um die zarte Marmorierung auf der Oberfläche freizulegen. Sie können sie in einer kleinen Schale mit etwas Marinade servieren, um dem Ei nach dem Pellen noch mehr Aroma zu verleihen.

Anmerkungen:

- Sie müssen schwarze Teeblätter (d. h. geröstet/fermentiert) verwenden. Grüner oder weißer Tee haben nicht genug Aroma und Geschmack. Oolong-Tee ist eine gute Wahl, aber auch jeder andere Schwarztee eignet sich. Einen intensiveren Teegeschmack bekommen Sie, wenn Sie eine Mischung aus chinesischen Teeblättern und „normalen" Teebeuteln verwenden.

- Die Eier können in der Marinade 4 bis 5 Tage im Kühlschrank aufbewahrt werden. Sie saugen sich mit dem Sud voll und werden mit der Zeit salziger und geschmacksintensiver.

- Wenn Sie eine salzigere Note bevorzugen, nehmen Sie einfach mehr Sojasoße. Bedenken Sie jedoch, dass die Eier durch längeres Marinieren sowieso salziger werden.

- Dunkle Sojasoße hat eine satte Karamellfarbe und einen reicheren, subtileren Geschmack als normale Sojasoße. „Dunkel" bedeutet nicht, dass sie salziger ist, sondern bezieht sich auf die Farbe, die vielen chinesischen Gerichten die typische rötlich-braune Färbung verleiht.

- Wenn Sie Ingwer in die Marinade geben, nehmen Sie unbedingt frischen Ingwer. Verwenden Sie auf keinen Fall getrockneten Ingwer, Ingwerstangen oder kandierten Ingwer.

Guten Appetit!

Über die Autorin

Die USA-Today-Bestsellerautorin H. Y. Hanna schreibt britische Cosy Mystery voller Humor, schrulliger Charaktere, spannender Mordfälle und charakterstarker Katzen! Nach ihrem Abschluss an der Oxford University hat H. Y. Hanna eine Reihe von Jobs ausgeübt: Sie war in der Werbung tätig, Model, Englischlehrerin, Hundetrainerin ... bevor sie sich wieder ihrer ersten großen Liebe zuwandte: dem Schreiben. Seit einigen Jahren arbeitet sie als freiberufliche Autorin und hat mit ihren Gedichten, Kurzgeschichten und journalistischen Beiträgen mehrere Preise gewonnen.

Hsin-Yi wurde in Taiwan geboren und ist ihr ganzes Leben lang eine Globetrotterin gewesen, die in einer Vielzahl von Kulturen gelebt hat, von Großbritannien über den Nahen Osten, die USA bis nach Neuseeland... doch inzwischen wohnt sie mit ihrem Ehemann und ihrer Katze Muesli glücklich in Perth (Westaustralien). Mehr über H. Y. Hannas Bücher erfährst du unter: www.hyhanna.com

Trage dich für meinen Newsletter ein, dann bist du immer über Neuerscheinungen auf Deutsch, Buchverlosungen und andere Neuigkeiten zu meinen Büchern informiert!

www.hyhanna.com/german-newsletter